I0823512

LA HIJA DEL FUEGO

SOFÍA ROBLEDA

LA HIJA DEL FUEGO

Título original: *Daughter of Fire: A Novel*

Traducido por: Yara Trevethan Gaxiola

Bajo el sello editorial PLANETA M.R.
Avenida Presidente Masarik núm. 111,
Piso 2, Polanco V Sección, Miguel Hidalgo
C.P. 11560, Ciudad de México
www.planetadelibros.com.mx

Primera edición impresa en México: julio de 2025
ISBN: 978-607-39-3189-2

Impreso en los talleres de Corporación en Servicios
Integrales de Asesoría Profesional, S.A. de C.V.,
Calle E # 6, Parque Industrial
Puebla 2000, C.P. 72225, Puebla, Pue.
Impreso y hecho en México / *Printed in Mexico*

Para mi hijo, Hugo, quien espero que crezca para ser exactamente lo contrario de casi todos los personajes masculinos de esta novela.

¿Dónde están ahora mis compañeros? Cayeron en batalla o fueron devorados por el caníbal, o fueron arrojados a las bestias salvajes en sus jaulas para engordarlas. Sus restos debieron yacer bajo monumentos estampados con sus logros, conmemorados en letras de oro, puesto que murieron al servicio de Dios y de Su Majestad. Vinieron a brindar la luz a aquellos que vivían en la oscuridad [...] y también a adquirir esa riqueza que codician la mayoría de los hombres.

BERNAL DÍAZ DEL CASTILLO, 1568

POR DIOS, GLORIA Y ORO

Alvarado lideró la conquista directo hacia los k'iche'.

En 1524, después de dos años de embestidas exitosas en contra del Imperio mexicano, el despiadado comandante avanzó junto con los tlaxcaltecas y otros aliados indígenas hacia el sur, a lo que en la actualidad se conoce como Guatemala. La zona estaba poblada por varios reinos mayas rivales, cada uno con su propio sistema de leyes estratificadas, idioma, milicia y civilización avanzada.

Los k'iche' eran el grupo maya dominante y su ciudad capital, Q'umarkaj, se ubicaba en las mesetas rocosas de Guatemala.

Como todos los otros pueblos indígenas que se encontraron los españoles, los k'iche' lucharon durante mucho tiempo con valentía. Sin embargo, contra un pueblo devastado por la viruela y otras enfermedades mortales traídas por los recién llegados, y con la ventaja de las espadas de acero, armas de fuego y caballos, los españoles resultaron victoriosos.

Tras este apocalíptico enfrentamiento de mundos, una sociedad de extremos violentos empezó a forjar una nueva identidad. Surgió una inédita raza mixta y una estructura de clases, en cuya cima se ubicó el español católico para dictar qué y en quién creer. No obstante, el pueblo indígena relegado —la reciente clase baja— siguió resistiendo y luchando para preservar sus derechos y cultura, incluidas sus grandes obras literarias, entre las cuales sobresale el *Popol Vuh*.

CAPÍTULO 1

Santa Cruz del Quiché, Guatemala
Verano de 1540

Cuando era niña, mi madre me contaba cuentos para dormir solo cuando mi padre no estaba. Eran historias secretas, relatos prohibidos. Mi madre siempre me decía que tuviera cuidado de no contárselos a nadie, ni a Nana, la cocinera, ni a Beatriz, pero sobre todo no a mi padre. Decía que si alguien nos escuchara acabaríamos como la indígena que se sacudía, la que murió con una soga atada al cuello.

No entendía por qué debía ocultarle estas historias a mi padre. Creía que él las habría apreciado, y me hubiera gustado ser yo quien las compartiera con él. Eran muy parecidas a los relatos que le encantaba contarnos cuando volvía a casa. Después de darle un beso a mi madre y un cálido abrazo a su otra hija, mi media hermana Beatriz, dejaba que me sentara en su regazo y empezaba a narrar. Eran historias de dioses poderosos, de creadores y criaturas que cambiaban de forma; historias de amores prohibidos, héroes heridos y trucos de guerra.

Los dioses de las historias de mi padre tenían nombres como Hefesto y Hera. Los de mi madre eran Auilix y Xbalanqué.

Una de esas noches, después de que Beatriz me ayudó a vestirme para ir a la cama, cepilló y trenzó mi cabello, cantó con su voz suave para que me durmiera, y probablemente muchas horas después de que se había ido a dormir, mi madre entró a la habitación y me despertó.

Me enseñó un baile de una de sus historias: la danza del armadillo. Cuando le mostré que podía bailarla tan bien como ella, le hice la pregunta que me abrumaba.

—Madre, ¿por qué no puedo enseñarle a mi padre lo bien que bailo?

Me miró con tristeza y se acercó a la cama con dosel. Sobre el colchón había un trozo rectangular de papel amate doblado. Nuestros ancestros lo llamaban *Popol Vuh,* el *Libro del Consejo,* aunque tenía muchos otros nombres. Mi madre se refería a él como «nuestro tesoro escondido», y estaba lleno de símbolos e imágenes de colores que me encantaba mirar.

Algún día me enseñaría a leer todos los símbolos. Algún día conocería de memoria todas sus historias, igual que ella.

Señalé el libro.

—¿Por qué no puedo contarle la historia de Uno Muerte y de los poderosos gemelos?

Me indicó con señas que me acercara. Estábamos en mi recámara. Yo solo tenía cinco años, pero recuerdo que todo, salvo la chimenea encendida, estaba hecho de hierro y madera: la silla grande, el tocador, el baúl al pie de la cama, la duela del piso y los candelabros. Todo era madera y metal. Aunque sabía que no éramos pobres, nada era extraordinario. Solo la cobija verde de lana y las paredes eran de otro color. Si las cortinas del dosel hubieran estado abiertas, el enlucido de cal blanca de las paredes las hubiera hecho brillar, incluso bajo la luz de la luna.

Hizo que me sentara en la cama, dándole la espalda, y con dedos cariñosos deshizo mis trenzas; luego me abrazó. Comparé mis brazos con los suyos. Eran mucho más cortos, pero del mismo color moreno dorado, bronceado por el día que pasamos bajo el sol. Observé las flamas en la chimenea que se agitaban y crepitaban. Tendríamos que agregar otro leño o pronto se apagarían.

—Nuestro mundo está lleno de historias —murmuró mi madre en nuestro lenguaje secreto.

Era un idioma real. Otras personas lo usaban todo el tiempo, otros mayas k'iche' como mi madre. Pero se suponía que yo no debía conocerlo; lo hablábamos cuando estábamos solas.

—La gente siempre discute sobre qué relatos son los verdaderos y cuáles no. Es un sinsentido; porque todos contienen un poco de verdad acerca del mundo y de nosotros mismos. Lo único que importa es eso: algunas historias están protegidas, resguardadas, y otras desaparecen con el tiempo.

No sabía por qué me decía todo esto o de qué manera respondía a mi pregunta; sin embargo, respiré su fragancia permanente, los vestigios de incienso que quedaban atrapados en su cabello, y me permití disfrutar el sonido de su voz, baja, clara y firme, como la corriente oscura de un río subterráneo.

—Algunas personas, como tu padre y tu hermana —explicó mesurada—, no estarían de acuerdo. Otras, incluso son peores: solo ven una verdad, una historia, y se la toman tan a pecho que están dispuestas a matar a quienes piensen diferente.

—Pero solo son historias —dije, repasando con un dedo el borde rojo cereza de su blusa blanca de algodón—. Zeus no ataca a las personas con su rayo ni la serpiente emplumada creó el mundo a partir de la neblina: Dios lo hizo.

Ella suspiró y caminó hacia la ventana. Sentí la ausencia de su calor en mi espalda y lamenté haberla alejado con mis palabras.

Abrió las cortinas y las contraventanas de madera.

—Ven. Mira allá afuera.

Corrí hacia ella, aliviada, aunque había un tono extraño en su voz. Pero en seguida se me olvidó, porque yo ya era suficientemente alta para no necesitar que me acercara una silla para pararme en ella, y esto me llenaba de orgullo. Desde mi recámara se veía el campo de hierba silvestre, que brillaba azulado en la noche y se mecía bajo la brisa.

—Los dos montes que ves en el campo fueron hechos por hombres. Son fosas, fosas funerarias profundas. Una es para los que murieron durante la guerra con Alvarado y la otra, para quienes fallecieron por las plagas que él trajo. Ahí echaron a miles de k'iche' muertos.

Sentí como si un puño de hierro estrujara mi corazón. Como si una mano esquelética, una de las miles que se ocultaban en la hierba oscilante, lo sacudiera contra mis costillas. Rodeé la cintura de mi madre con los brazos y hundí el rostro contra su vientre. Me apretó con fuerza, pero lo que dijo después no alivió mi terror.

—Mi madre y mi padre están ahí, mis hermanos mayores y sus hijos. Toda nuestra familia. Yo tenía cuatro años cuando Alvarado llegó montado en su poderoso caballo, con su espada y su cruz dorada. Era uno de esos hombres resueltos que creían en una sola historia, y aunque nosotros pertenecíamos a una de las grandes familias k'iche', no nos salvamos. Todas las familias sufrieron, sin importar si eran de alta o baja cuna. Yo sobreviví únicamente porque Nana me llevó a un lugar seguro.

—¿Nana? —Miré a mamá asombrada. Ella asintió.

—Reunió a tantos niños como pudo y nos llevó a una cueva secreta en la barranca. Cuando se negó a decirles a los españoles dónde estábamos, ellos... —Mamá desvió la mirada al otro extremo de la ventana—. La lastimaron mucho. Por eso no debes hablarle del *Popol Vuh*. No debes agobiar a alguien que ya lleva una pesada carga.

No dije nada. Sabía que debía sentir lástima por Nana, y así era, pero sobre todo sentía una punzada egoísta de frustración. Aquí había algo para lo que yo era buena y quería que mi padre lo supiera. Quería que me viera brillar y se sintiera orgulloso de mí. Al final, no pude evitarlo y murmuré:

—Entonces, ¿nunca podré decirle que me estoy aprendiendo el *Popol Vuh*? ¿Nunca?

Mi madre volteó y ya no pude verme en su rostro, oscuro y anguloso.

—No. Nunca —respondió con voz ronca.

Sus ojos, normalmente negros y hermosos, brillaron con una llama tan real que sentí miedo en lo más profundo. Ella lo advirtió y apretó los labios. Se arrodilló y me agarró de los brazos.

—Proteger este libro es un deber que nuestra familia ha jurado. Es peligroso, pero mantiene vivos a nuestros ancestros; es nuestra manera de honrarlos...

—Lo sé, pero mi padre...

Lanzó un quejido.

—Tu padre no entendería. Ningún español lo entiende.

—Pero...

—¡Nada de peros! —Se cubrió la boca y miró hacia la puerta—. Espera —susurró.

Avanzó de puntitas hacia ella, pegó la oreja contra la madera de la puerta y esperó. Luego la entreabrió, echó un vistazo al pasillo en penumbras y la volvió a cerrar.

Regresó a la cama y levantó el *Popol Vuh* con ambas manos, con sus dedos semejando pétalos, como si el libro estuviera hecho de plumas de quetzal y escrito con oro fundido.

—Escúchame —dijo arrodillándose a mi nivel y respirando con fuerza. Su aliento conservaba el olor cálido del cacao y el zapote—. Hace mucho tiempo, a nuestra familia se le encomendó mantener este libro a salvo. El dios de nuestra casa, el señor Hacauitz, nos lo ordenó. Dijo que sus hijos del fuego nunca le fallarían.

Casi pongo los ojos en blanco. Ya conocía esa historia. Pero luego agregó:

—El libro nunca debió llegar a mis manos. Ya no hay hijos del fuego. A Hacauitz solo le quedan dos hijas, tu y yo. Y un día, quizá muy pronto o en muchos años, yo ya no estaré.

Hice un puchero y fruncí el ceño, petulante.

—No, mamá.

—La naturaleza es cruel y la gente peor. —Su mirada se clavó en la mía, suavizó su rostro y vaciló—: Espero pasar muchos, muchos años contigo, pajarita. Pero si algo me llegara a suceder, necesito que me jures que tú lo cuidarás... con tu vida.

Arrugué aún más la frente. No sabía explicar lo que sentía en ese momento. Era una sensación nueva para mí, el peso de sus palabras cayó sobre mi espalda delgada, y mi joven espíritu se alargó hasta hundirse en el futuro para ver el camino oscuro, enredado y desolado que tenía por delante.

Colocó el libro entre mis manos y pronunció mi nombre secreto. Significaba que hablaba muy en serio, porque lo usaba muy pocas veces, incluso aunque estuviéramos solas. Por lo general me llamaba con mi nombre cristiano, Catalina.

—Ab'aj Pol —murmuró en un tono de urgencia—, júramelo.

Sus ojos se empañaron con lágrimas. El nuevo sentimiento extraño y terrible desapareció para ser reemplazado por la necesidad de ver feliz a mi madre otra vez. Sabía exactamente qué hacer. Sonreí con mi sonrisa más valiente y besé el libro para mostrarle que hablaba en serio.

—Sí, mamá. Lo juro.

CAPÍTULO 2

Santa Cruz del Quiché, Guatemala
Otoño de 1551

Once años después celebramos mi fiesta de cumpleaños número dieciséis y, como cualquier señorita buena y correcta, debí quedarme sentada en una de las bancas que bordeaban el salón para esperar a que me invitaran a bailar.

En vez de eso, me escondí en la sombra, junto a la puerta de la cocina, y traté de no juguetear con el cuello de holanes, que me hacía cosquillas. Alisé mi falda verde de seda y evité el contacto visual. Algo habitual en mí.

Estaba acostumbrada a que me hicieran a un lado, puesto que en el pueblo era la única hija legítima de sangre mezclada, la única mestiza. Nadie sabía bien qué hacer conmigo. Cuando era niña, mi padre siempre decía que era única, y yo me imaginaba como una criatura mítica, una suerte de grifo que sobrevolaba por encima de los españoles y los k'iche' por igual, con alas de águila y cola de jaguar.

Pero ahora, la vida era diferente. Mi infancia se había ido. Había tenido un fin rápido y brutal siete años atrás, aunque la fiesta de hoy marcaba mi entrada oficial a la sociedad adulta.

Estaba consciente de que en cualquier momento me sacarían a bailar y, sin embargo, no podía soportar la idea, por mucho que me encantara bailar y me gustara esa canción alegre.

Los músicos eran admirables. Mi padre había traído a toda la banda: guitarra, pandereta, campanas, corneta y castañuelas; todos ellos de Santiago, la capital. Tocaban en un rincón del largo patio interior, junto a un pilar que soportaba una de las cuatro arcadas blancas. La multitud bailaba bajo las estrellas, a la luz de un gran número de antorchas parpadeantes que hacían que el aire fresco con olor a pino se mezclara con un hedor a aceite de borrego.

Mis invitados formaron dos hileras al centro del embaldosado rojo. Brazos, faldas y capas ondeaban y giraban en perfecta armonía. Sabían cada paso y cada salto de memoria, y sus rostros parecían contentos, ansiosos por sobresalir. Todas las personas importantes del pequeño pueblo de Santa Cruz estaban ahí. Estaba consciente de que quizá no volvería a tener una oportunidad de divertirme así en años. Una y otra vez me dije que debía ir a sentarme.

Pero no podía hacerlo; libraba una batalla que nadie podía ver, una que estaba perdiendo. Dos de las personas más importantes en mi vida no estaban presentes en mi fiesta, y no dejaba de pensar en ellas. Imposible no escuchar la voz cantarina de Beatriz, dando la bienvenida a cada invitado, o imaginar a mi madre, que deseaba pasar inadvertida pero aun así se paraba orgullosa a mi lado. En más de siete años no habíamos mencionado a ninguna de las dos. Beatriz seguía viva, pero yo no sabía dónde estaba. Mi madre, sin embargo, estaba peor que muerta.

Era como si nunca hubiera existido.

Todos actuaban como si yo hubiera salido completamente formada de la cabeza de mi padre, como Atenea. A veces hasta a mí me parecía más fácil fingir, porque pensar en ella me hacía extrañarla o, peor aún, recordar la última vez que la vi, cuando esos hombres encapuchados...

El recuerdo, fresco, crudo, desgarrador, me dejó sin aliento, y me acerqué aún más a las sombras para que nadie pudiera ver mi rostro.

—No llores, no llores —mascullé—, no es real. Respira.

Me pellizqué el antebrazo con tanta fuerza que supe que tendría un moretón al día siguiente, pero no debía olvidar dónde estaba. Me obligué a mirar de nuevo a los bailarines. Repasé sus movimientos en mi mente: paso a la izquierda, giro, paso a la derecha, reverencia, otra vez. Cuando me sentí más fuerte, murmuré una plegaria en silencio. Poco a poco, las palabras en latín que me eran familiares me tranquilizaron y consolaron.

Mi respiración había vuelto a la normalidad cuando el portero que estaba junto a los arcos de la entrada golpeó el suelo con su báculo y anunció:

—Don Juan de Rojas, de la Casa Kaweq, cacique de Q'umarkaj.

Casi me ahogo. Incluso los músicos callaron cuando don Juan entró al patio, orgulloso y adusto. El hijo del jaguar. Hubiera sido el *ajpop*, el rey, el rey de mi madre si los españoles nunca hubieran llegado. Pero la capa roja que cubría sus hombros y el chaleco de algodón, aunque era impresionante, estaba raída y parchada. Me moví y traté de ocultar mi mueca de desaprobación.

Pobre hombre.

Suspiré, porque nada podía hacer. No podía ayudarlo, ni a él ni al pueblo de mi madre, que era también mi gente, a pesar de que no lo pudiera admitir abiertamente. Me hubiera gustado hacer algo, cualquier cosa para cambiar su situación, para devolverles un poco de lo que habían perdido. Pero yo no tenía dinero, ni voz, ni ningún poder.

Yo no era más que una niña, y española, y solo a medias. Con mi espeso cabello negro, piel morena y nariz aguileña, bien podía ser k'iche'; pero me vestía como española, hablaba un castellano elegante y cabalgaba un fino caballo andaluz, con más clase que una princesa morisca. Estaba segura de que nunca confiarían en mí, aun si pudiera hacer algo más que ofrecer limosnas y rezar todo el día, que era lo único que hacía.

Incluso recé en ese momento: «Dios mío, ayúdalos; ayuda al cacique. Consérvalo bien y con salud. Envíale una buena mujer que lo cuide y le dé hijos».

Durante un segundo, extravagante pero emocionante, me imaginé a mí misma como esa buena mujer. Mi mirada cayó sobre el taparrabos rojo brillante que sobresalía de su falda blanca corta; parpadeé y sacudí la cabeza. ¿Qué me pasaba? Como si no hubiera visto nunca el atuendo de gala k'iche'. ¿Por qué lo miraba como una moza común?

Resoplé y decidí que lo mejor sería empezar mi penitencia silenciosa. «Ave María, *gratia plena*». La primera de al menos diez que tendría que decir, y serían más si no apartaba la mirada de su ropa o de sus hermosas y poderosas piernas desnudas.

Era inútil. Estudié cada curva, cada vena, hasta que llegué a sus sandalias. Ahí estaban al fin, en el piso, cerca del infierno al que seguramente iría. Por la manera en que lo miraban otras mujeres, era claro que no iba a ir sola.

Aunque tal vez solo estaban sorprendidas. Nadie esperaba que don Juan asistiera a mi fiesta. Por supuesto, recibió una invitación. Mi padre no podía ignorarlo. Era demasiado importante para los indígenas y, a fin de cuentas, no estaban en malos términos. Pero nunca respondió, así que supusimos que no vendría.

Por qué había decidido venir era algo que no me explicaba. Esta tierra era su derecho de nacimiento. Esta casa, la residencia de campo del presidente, se la dieron a mi padre porque era el jefe de gobierno de Guatemala y Nicaragua, pero debió haber sido de don Juan. Todos deberíamos estar haciendo una reverencia. En su lugar, toda deferencia y honor eran para mi padre quien, lamento decir, no era de sangre noble como mi madre. Era vergonzoso.

Sin embargo, don Juan sabía que la situación podía haber sido peor. Antes de que mi padre llegara, el joven cacique era poco más que un esclavo, junto con la mayoría de los mayas de Q'umarkaj. Por supuesto, eran esclavos ilegales, porque nuestro sacro emperador había decretado que todos sus súbditos nativos eran libres, que se debía remunerar su trabajo y que cualquier maltrato sería castigado. Las impopulares Leyes Nuevas llevaban ya más de diez años en vigor, pero mi padre era el único líder en las Indias que se tomaba la molestia de implementarlas. Claro, salvo por el virrey Vela, a quien asesinaron en Perú por haberlo hecho.

Las fervorosas reformas de mi padre le habían valido un odio generalizado. Al menos dos españoles trataron de matarlo. Pero aquí estaba, vivo y con más edad que la mayoría, acercándose a don Juan. Se estrecharon las manos y mi padre le dio una palmadita cordial en el hombro. El murmullo del cacique se escuchó en toda la sala.

—Le agradezco haberme honrado con su invitación, don Alonso.

—El honor es nuestro, cacique. Estoy seguro de que hablo en nombre de mi hija cuando digo que a ambos nos honra su presencia.

Los españoles mascullaron. Un halago de mi padre era tan poco común como un quetzal rosa, y acababa de elogiar a un k'iche'. Mi padre sonrió al escuchar los murmullos, como si hubiera sacado cuatro cartas iguales jugando primera. Don Juan los ignoró y recorrió la sala con la mirada. No sé qué demonio se apoderó de mí, por qué quise que me distinguiera a mí de entre todos, así que avancé a la luz.

Me advirtió con facilidad, porque había heredado la gran estatura de mi padre. Un ligero destello iluminó su mirada cuando me vio, una suerte de pasión que me hizo sonrojar. Incliné la cabeza para ocultar el rostro. Aunque mi piel morena rara vez me traicionaba, esta avalancha de emoción triunfal era muy difícil de esconder.

Respiré para recuperarme y levanté la barbilla. Él asentía en un gesto elegante y de felicitación cuando de pronto se paralizó.

Tragué saliva y me tensé.

—Solicito su permiso para bailar con su hija —dijo.

No me quitó los ojos de encima ni esperó la respuesta de mi padre.

Debí sentirme eufórica por sus palabras, y en parte lo estaba, pero mi pulso se aceleró aterrado. No porque cada rostro, incluida la expresión sorprendida de mi padre, giró de pronto en mi dirección. No. Fue porque, por alguna razón incomprensible, don Juan estaba enfadado... ¡conmigo! En un abrir y cerrar de ojos me llevó a la pista de baile. Yo tenía la certeza de que no lo había imaginado: el hombre estaba lívido. Lo supe porque lo había observado la mayor parte de mi vida, aunque hasta esta noche él no me había mirado más de dos veces.

—¿Ocurre algo, mi señor? —murmuré, pero no respondió.

Ambos hicimos una reverencia y lo miré a los ojos. Solían ser color caramelo, pero ahora eran negros y estaban fijos en mi cuello. Su aliento cálido y fresco golpeaba mi rostro en ráfagas rápidas y su mano callosa temblaba en la mía.

Los otros bailarines formaron una fila a nuestro lado y la música comenzó.

Gracias a Dios era una pavana sobria y elegante. Tras algunos pasos percibí que el ritmo lo tranquilizaba y, cuando habló, su voz fue baja, un ronquido suave.

—Está usando un jade de un tono poco común, Ab'aj Pol.

Entreabrí la boca al escuchar que se dirigía a mí con mi nombre maya. Orquídea de Piedra. Mi apelativo secreto. El nombre que mi madre me murmuró al oído solo dos veces y que nunca volvió a utilizar por miedo a despertar la rabia de mi padre. ¿Cómo lo supo? Seguramente ella se lo dijo, pero ¿por qué? ¿Cuándo? No tenía respuesta. La mente me daba vueltas.

—El collar, ¿fue un regalo de su padre?

Bajé la mirada. Llevaba un collar largo y pesado, de cuentas gordas de jade. En efecto, un regalo de cumpleaños de mi padre. No tenía idea dónde lo había conseguido, pero asentí con el ritmo para aparentar que le estaba respondiendo. Sonrió, pero por alguna razón su cambio de expresión no alivió mi malestar.

—Hay una historia de un collar idéntico a ese. ¿Le gustaría escucharla, Ab'aj Pol?

—Le ruego, mi señor, que use mi nombre cristiano, Catalina.

Su sonrisa se evaporó. Volví a mirarlo a los ojos. Eran dos estanques profundos, claros y fríos, y yo nadaba en ellos, me ahogaba en ellos. Cuando la música nos acercó, me murmuró en k'iche':

—¿Le gustaría escuchar la historia?

Negué con la cabeza. Nadie, salvo mi madre, me había contado una historia en k'iche'. Nadie me había hablado más que pocas palabras en ese idioma en años. Muchos lo intentaron, porque mis rasgos delataban mi linaje con tanta claridad como el sol iluminaba el día. A menudo respondía con una mueca de disculpa, fingía no saber lo que decían y soportaba sus gestos de decepción. Me decía que era lo más seguro. La verdad era que también lo hacía para evitar que mi corazón ajado se obsesionara demasiado con el recuerdo de mi madre, y otra vez quedara destrozado.

—Ya veo... en fin, es un tesoro magnífico. Al parecer, tiene en su posesión dos tesoros como ese. De uno no es digna y el otro no le pertenece.

No estaba segura de cómo considerar su tono, pero una chispa de enojo se encendió en mi interior al escuchar sus palabras. Nos separamos para girar por la pista de baile hasta que volvimos a estar frente a frente.

—Este collar le perteneció a Waqib' Kaj, la señora de los Seis Cielos, una antigua reina. Una de mis tatarabuelas. —Giró y nuestras manos se rozaron de nuevo. Su tacto me quemó bajo la piel y casi no escuché lo que dijo después—. Se dice que la diosa Xkik', la Dama de Sangre, la tenía en gran estima.

Me tambaleé y me sujetó con más fuerza para darme apoyo. ¡Recurrir a la Dama de Sangre! ¡Decir su nombre!, ¡debía estar loco de remate! Se apartó de mí y bailamos hacia donde estaban las otras mujeres. Lo hizo sin sonreír y regresó a mi lado, me hizo girar en círculo y murmuró:

—Dicen que solo los herederos de la señora de los Seis Cielos pueden usar este collar, porque a todos los otros la Dama de Sangre podría maldecirlos con una muerte lenta y dolorosa.

De pronto, el collar me pesó. Tuve la sensación de que algo apretaba mi cuello, y entre la música, los *staccato* y el murmullo de un idioma que se suponía que yo no conocía, temí desmayarme. El terror se apoderó de mí al pensar en nuestros enemigos, escondidos a plena vista, porque dirían que hablábamos de cosas malas, me señalarían como una bruja pagana y me sentenciarían a muerte.

Sonrió como si supiera el efecto que me provocaban sus palabras.

—Pero quizá podría ayudarla... si usted estuviera dispuesta a ayudarme a mí.

Fruncí el ceño. Sus palabras me irritaron y quebraron cualquier hechizo que sus yemas me habían hecho sentir antes.

—¿Cómo podría ayudarlo? —respondí con voz ronca—. No tengo oro. Y aunque lo tuviera, ¿qué le hace pensar que tendría esas creencias fantasiosas?

La música aumentó de volumen y casi llegaba a su fin. Me tomó de ambas manos y nos balanceamos.

—No deseo oro. Pero me quedaré con el collar, porque es mío por derecho propio. Y he venido a pedirle algo más. El tesoro del linaje de su madre. El ocaso de la vida. La luz más allá del mar. —Hizo una pausa para disfrutar el horror en mi expresión, luego el golpe de realidad—. El *Libro del Consejo*, el *Popol Vuh*.

Trastabillé, muda. La música terminó. La sala se llenó de aplausos y, cuando hicimos la reverencia frente a frente, me miró a los ojos y murmuró:

—Muy pronto volveremos a hablar del tema. Hasta entonces, verá lo fantasiosas que pueden ser mis creencias.

Sus pupilas se hicieron negras como el carbón. Incluso la parte blanca desapareció. Palidecí. Me aparté, mareada, y crucé la sala hasta el patio exterior. La luz de la luna era suficiente para iluminar la fuente en el centro, rodeada de los naranjos de mi padre que estaban cargados de fruta. Varias parejas estaban sentadas en el borde de la fuente, pero avancé con tanto sigilo que nadie me advirtió en las sombras. Saqué el abanico de mi bolso y traté de no jadear mientras luchaba contra la urgencia de arrancarme el collar. Su peso parecía aumentar a cada segundo y estaba segura de que muy pronto me haría caer al piso.

Hice lo único que podía: recé. «Padre de los Cielos, renuncio a esta blasfemia. ¡Solo hay un Dios y ninguno más! ¡Solo existe una Santa Trinidad, un Salvador, un Cristo!».

«Pero... por si acaso, señor Jesús, si la Dama de Sangre está por ahí, por favor, por favor, sálvame de su ira».

Porque tenía la absoluta certeza de que había sido víctima de una maldición.

No podía recordar cómo regresé a mi recámara. No podía recordar en qué momento me cambié y me subí a la cama. Las cortinas estaban abiertas y la luz de la luna entraba por las contraventanas con la fuerza suficiente para iluminar los remolinos de polvo. Seguí los haces oblicuos y me sobresalté al ver el maldito collar con un brillo violeta bajo la luz plateada. Alguien lo había colocado sobre un cojín, encima de mi tocador.

Lo miré fijamente y me pareció que él me miraba a su vez. Un búho ululó justo fuera de mi ventana.

Poco a poco, el polvo tomó forma: brazos, una cabeza. ¡Una mujer! Me incorporé de inmediato. Su rostro, gris y terrible, estaba oculto en las sombras, pero supe que era la Dama de Sangre. Era una criatura de Xibalbá, el inframundo, una criatura de la noche.

Pasó la yema de los dedos sobre la superficie del collar. El búho volvió a ulular.

—Hija del fuego, tú no eres hija mía —murmuró.

Sentía el cuerpo caliente, demasiado caliente, y de mi garganta quería escaparse un grito, pero estaba paralizada.

Estaba segura de que alguien escucharía los fuertes latidos de mi corazón y vendría corriendo.

Nadie lo hizo.

Flotó hasta el pie de mi cama, parte sombra, parte luna.

Temblé y gimoteé:

—¡Perdóname, perdóname!

Por instinto, mi lengua formuló las palabras en k'iche', una y otra vez. Ella voló sobre mí.

—Lo... lo devolveré, ¡lo juro! —aseguré—. Le devolveré a él el collar.

Sus ojos grises se hundieron en mi alma. Una sensación helada, como la de una mano, estrujó mi estómago.

—¡Por favor, no! Mamá, mamá, ¡sálvame! —grité.

Temía la punzada de la muerte. Llegaría en cualquier momento. Era inevitable. No sobreviviría a esa noche.

Cuando cantó el gallo me senté erguida, me toqué las mejillas, los brazos y el vientre. Miré alrededor de mi habitación, aunque deliberadamente evité mirar el collar. La luz del alba se filtraba por las contraventanas. Me sentía muy débil, necesitaba más luz. Bajé a tientas de la cama, mareada. Abrí la ventana y aspiré el aire fresco y neblinoso, al tiempo que le agradecía a Dios por haberme salvado. ¡Había sobrevivido!

Lloviznaba. En poco tiempo, la lluvia y el frío me cubrieron los antebrazos. Giré, tomé el sarape de algodón de mi madre y me lo puse sobre los hombros. Era rojo con puntadas en zigzag, un patrón típico de su pueblo. Abrí la puerta y avancé descalza, de puntitas, sobre las baldosas frías hasta la cocina.

Nana volteó y me eché en sus brazos.

Me arrulló y supe que hubiera querido tener palabras para consolarme, pero era imposible. No tenía lengua para hablar. Me sentó en mi banco favorito y empezó a moler cacao tostado para formar una pasta. Vació la masa en un tarro de arcilla, agregó agua hirviendo y harina de maíz. Luego me lo dio, junto con un tarro de miel. Ella siempre se negó a endulzarlo para disminuir el sabor amargo, pero había aprendido a perdonar mi debilidad. Aspiré el vapor y bebí un sorbo. Era espumoso y reconfortante. Nana solo lo servía en circunstancias extremas.

Me acerqué un poco más al borde de la mesa. Le daba la espalda a la chimenea y no quería manchar ni llenar de humo el sarape, no quería arruinarlo. Miré las hogazas de pan que estaban en una canasta, frente a mí, pero me di cuenta de que no tenía hambre. De hecho, empezaba a tener un fuerte dolor de cabeza.

—Quizá bebí mucho vino —mascullé. Me habían dado permiso de tomar dos copas la noche anterior, cuando acostumbraba darle solo uno o dos sorbos a lo mucho.

Nana resopló y empezó a moler maíz con sus utensilios de piedra, al borde de la mesa. De vez en cuando, la mano y el metate entrechocaban con un sonido chirriante que me hacía rechinar los dientes. Cada vez que esto pasaba, me guiñaba un ojo y barboteaba una risa, yo le hacía un puchero.

Aunque todo el cuerpo me dolía, una parte de mí se sentía aliviada de seguir teniendo un cuerpo. Había estado tan cerca de la muerte, y esta era solo una prórroga. Ella regresaría. Necesitaba redimirme. Rápido. Sin embargo, resultaba imposible que le diera a don Juan el *Popol Vuh*. Quizá podía encontrar la manera de devolverle el collar, y esperar que eso fuera suficiente.

Cómo iba a hacerlo era otra cuestión. Mi padre nunca dejaba que me mostrara en público sin él. Leía todas mis cartas, aunque no enviaba tantas. Cada vez que salía, guardaba la tinta bajo llave y se la llevaba para que yo no pudiera escribir.

Decía que lo hacía porque no quería regresar y encontrarse con que no contaba con lo necesario para hacer su trabajo, pero a mí no me engañaba. Ni siquiera tenía permiso de ir a la iglesia cuando él no estaba.

No vivíamos en la ciudad nueva, Santa Cruz. Nuestra hacienda estaba a poco más de kilómetro y medio al oeste, al otro lado del altiplano, sobre una colina, más cerca del barranco y las ruinas de la antigua capital k'iche', Q'umarkaj. Cuando me paraba en el porche podía ver un poco de ambos: la cruz blanca sobre el campanario al este y, al oeste, el cañón con los muros coloridos y derruidos del templo de Auilix, la diosa de la Luna. A su izquierda también podía ver la punta de la pirámide de Hacauitz, dios del Fuego de la montaña, el dios de la casa de mi madre.

Me pregunté si él me protegería en caso de que me escapara a ver a don Juan una noche nublada y oscura, cuando mi padre estuviera fuera de casa. Quizá había sido un malentendido; quizá podíamos empezar de nuevo. Mi corazón palpitó y sentí otra vez la huella de su mano en la mía, el placer de capturar su mirada ese primer instante tan breve.

—¡Hija!

Con un sobresalto, la voz atronadora de mi padre me volvió a la realidad y derramé el chocolate tibio sobre mis manos. ¿Qué me pasaba?

Nana sacudió la cabeza y me pasó un trapo. Mi padre entró violentamente por la puerta.

—¿Por qué estás aquí?

Fruncí el ceño. Su pregunta me confundía. Siempre estaba aquí.

—Ya no eres una niña y sin duda no eres una sirvienta. La cocina no es lugar para ti. No quiero encontrarte aquí de nuevo, ¿entiendes?

—Sí, padre —respondí en un murmullo.

—Ahora... dame un abrazo.

Corrí hacia él y me abrazó con fuerza. Inhalé su aroma: caballo, carbón y tinta.

—Estuvo bien la fiesta de anoche. El caldo de pavo estaba magnífico, Nana.

Nana asintió. A mi padre le era difícil pronunciar su verdadero nombre, así que siempre la llamó Nana, aunque fuera la cocinera.

—¿Y qué te pareció la música? —siguió mi padre—. Es difícil encontrar a un guitarrista como Luis, ¡incluso en la propia corte del emperador! Tendré que agradecerle al señor tesorero por el consejo. En fin, ¿te divertiste, hija?

—Sí, señor. Gracias.

Dejó que me marchara, pero antes de que diera dos pasos, me tomó por la barbilla y me forzó a verlo a los ojos. Parpadeé, asombrada, no por el gesto brusco, tan familiar como los cielos azules en mayo, sino por su rostro redondo y arrugado, la barba plateada y la piel blanca con pecas, tan diferente a la mía que, si no fuera por mi estatura, hubiera dudado de ser hija suya.

—El cacique mostró mucho interés en ti. Dime, ¿qué te murmuró mientras bailaban?

Titubeé y traté de hacerlo pasar como confusión.

—No estoy muy segura, porque me habló en k'iche', y me dio mucha vergüenza decirle que casi no le entendía.

Me sonrojé un poco, tanto por el recuerdo como por la mentira descarada, que al parecer mi padre no creyó por completo.

—¿De verdad? Bueno, ¿qué fue lo que *sí* entendiste? —preguntó, apretando mi barbilla lo suficiente como para que me doliera.

Arrugué las cejas. La culpa que había sentido por no ser honesta desapareció.

—Me gustaría responder, pero apenas puedo sentir la lengua por la manera en la que me está apretando.

Él hizo un gesto y al instante me soltó, murmurando algo sobre la artritis que le dificultaba controlar sus articulaciones.

Me froté el mentón y lo dejé sentirse mal un momento más.

—Bueno —respondí al final—, no puedo estar segura de lo que dijo, padre, pero creo que halagó mi vestido.

—¿Eso es todo?

Me miró como si quisiera sondearme hasta lo más profundo, pero hice un esfuerzo por que mi rostro fuera lo más franco posible y asentí. Él apretó los labios.

—Debiste decirle que no le entendías —agregó—. Debiste decirlo en voz alta para que todos escucharan. La mitad de la sala pensó que tú le respondiste.

Bajé la mirada.

—Sentí lástima por él, señor. No quería hacerlo pasar un ridículo.

—Niña bondadosa. En fin, supongo que si tuvo la imprudencia de venir... y vestido como un salvaje. Él mismo no se hace ningún favor, y a mí tampoco. Ya se lo he dicho: «Ya va a cumplir veinte años, debe empezar a actuar como un hombre». Nana, tráeme agua por favor.

La anciana se movió como las alas de un colibrí; las flores coloridas de su huipil se desdibujaban frente a mis ojos. Aunque mi padre siempre le hablaba con toda la amabilidad que su naturaleza le permitía, la rapidez con la que actuó revelaba su miedo. No era la primera vez en mi vida que sentía una profunda vergüenza, una oleada de ira por lo que ella debió vivir como para tener que apresurarse de esta manera. Sin embargo, sabía que lo mejor era no decir nada, a ninguno de los dos. Ella podría desmoronarse. Él estallaría.

—Por lo menos, el otro tuvo la prudencia suficiente como para mantenerse alejado —dije, pensando que eso lo distraería y que incluso podría evitar que me siguiera haciendo preguntas.

—¡Ah! ¡Hubiera corrido sangre si ese rufián hubiera venido!

Tomó un trago de agua.

Hablábamos del otro rey maya de las tierras altas, cuyo nombre cristiano era don Juan Cortés, también conocido como Juan, el Grande. Él y el cacique, don Juan de Rojas, hubieran gobernado juntos como lo hicieron sus padres y abuelos antes que ellos.

«Hubieran sido reyes hermanos, reyes gemelos como Hunahpú y Xbalanqué, quienes derrotaron a los señores de Xibalbá antes de transformarse en el sol y la luna».

Esa voz me sobresaltó, tan vívida y clara como el vaso de agua que Nana había colocado en mi mano. Me tambaleé, mareada. Mi visión se nubló y mis manos se entumecieron.

—Por todos los cielos —exclamó mi padre, apresurándose a ayudarme a sentar en el banco.

—Discúlpeme, padre. Creo que el vino de anoche me puso mal.

Mi padre frunció el ceño.

—No me extraña que anoche te fueras a dormir temprano.

—¡Ah, padre! Debí avergonzarlo.

Me cubrí el rostro y respiré profundo varias veces para calmarme.

—Que te sirva de lección, ¿me escuchas? No hay nada más repugnante que una mujer a la que le gusta beber.

—Se le deberá evitar y se le aborrecerá como una aparición de mal agüero —murmuré, citando *Instrucción de la mujer cristiana,* de Vives, que él me pidió memorizar unos años atrás. En realidad, estaba pensando otra vez en la Dama de Sangre.

—¡En efecto! Ahora, termínate esa agua y regresa a tu habitación. Necesitas dormir.

Extendió el brazo. Yo no quería regresar a la cama, pero reconocía una orden cuando la escuchaba, así que hice lo que me indicó y dejé que me llevara por el pasillo, que estaba decorado con gusto espartano. Ninguna alfombra cubría las baldosas rojas, no había tapices sobre las paredes encaladas, ni retratos, cuadros o reliquias de ningún tipo. Solo un gran crucifijo de madera colgaba frente a la puerta de mi recámara.

—Entra —dijo. Esta vez acarició mi mejilla; era su manera de redimirse.

Dudé un momento.

—Padre, el collar de jade, ¿de dónde salió? —pregunté de pronto.

Me miró con los ojos entrecerrados.

—¿Por qué quieres saberlo?

Pensé rápido.

—Parece muy antiguo y valioso.

Se encogió de hombros.

—El obispo Marroquín lo tenía en su colección. Me lo dio como un gesto de bienvenida cuando llegué aquí. Aseguró que era un símbolo de liderazgo. Pensé que te gustaría.

—Sí, me gusta mucho —exclamé con una sonrisa, y en sus ojos pude ver un destello de satisfacción.

—Ahora, ve a descansar.

Hice una ligera reverencia antes de cerrar la puerta. Mi recámara era casi tan sencilla como el resto de la casa. El único mobiliario era una cama con dosel, del que colgaban cuatro cortinas verdes gruesas; un tocador con un pequeño espejo de plata, y una silla cuyas patas terminaban en las garras labradas de un animal, quizá las de un zorro peludo o de un jaguar.

Algo hizo que me detuviera. Había dejado las contraventanas abiertas. Examiné la habitación y comprendí algo que me hizo sentir enferma.

El cojín de terciopelo seguía ahí, pero el collar había desaparecido.

Lo busqué por todas partes. Mis manos temblaban, tanto por la furia de que hubieran violado mi espacio como por el miedo a las repercusiones. Mi padre no sería el único en estar molesto. No dejaba de pensar en los ojos grises de la Dama acechándome, envolviéndome en una tormenta de terror. Primero revisé hasta el último rincón de mi recámara, luego pasé el resto del día abriendo cajones y alacenas a hurtadillas por toda la casa. En verdad había desaparecido. Lloré hasta que me quedé dormida y desperté en medio de la noche. Llovía y hacía viento. De alguna manera había retorcido las sábanas hasta formar un nudo alrededor de mis piernas. Sentía como si una red me jalara hacia los pies de la cama.

Pateé las sábanas y traté de ignorar las punzadas que sentía en el estómago y la escalofriante sensación de que algo arrastraba mi espíritu hacia la derecha, al lugar en el que, bajo el tapete, la duela y la piedra floja, había un baúl de madera que contenía el antiguo manuscrito que, de niña, juré proteger con mi vida. Casi lanzo una carcajada. ¿Quién, en sus cinco sentidos, hacía que un niño jurara algo semejante?

Era absurdo.

Sentí un escalofrío hasta la médula, como si mis ancestros k'iche' se unieran en mi contra y me reprendieran por mi insolencia. En ese momento volví a escuchar la voz.

«Ab'aj Pol, debes amar el *Popol Vuh* y mantenerlo seguro. Este libro es nuestra historia, nuestro tesoro. Sin él, nuestro pueblo está perdido, puesto que es la visión de nuestros ancestros, los que veían todo. Sí, sabían todo, si habría muerte, si habría hambruna, lo sabían con certeza. Ahí escribieron su conocimiento, su visión, que iba más allá de los árboles, más allá de las rocas, a través de los lagos y los mares, de las montañas y las planicies; las primeras familias, moldeadas a partir de harina de maíz por la Abuela del Día y de la Claridad. Kaweq, Nija'ib, Ajaw-k'iche'; recibieron dones y estaban agradecidos».

Me senté en la cama, temblando, y miré alrededor.

—¿Madre?

Una gota de sudor cayó de mi sien mientras esperaba su respuesta, pero no dijo nada más. Relajé la mandíbula, con un alivio parcial, porque, por mucho que la extrañara, no me encantaba la idea de recibir el llamado de un fantasma. No quería que nadie me atormentara, ni siquiera ella.

La lluvia intensa golpeaba las paredes. En cualquier caso, ¿por qué me visitaría ahora, después de todo este tiempo? ¿Porque anoche le pedí ayuda? ¿Y por qué recordarme la promesa? No necesitaba que lo hiciera. Era imposible de olvidar.

Me froté la cara. ¿Todo esto podría ser parte de la maldición? ¿No morir por la cólera de la Dama de Sangre, sino escuchar las historias que mi madre me contaba en murmullos, como lo hacía cuando vivía y mi padre no estaba en casa? Quizá mi madre había venido a castigarme. Después de todo, no había sido tan diligente en mi estudio del *Popol Vuh;* hacía años que no quemaba incienso. En una ocasión incluso le rogué a Dios que me hiciera olvidarla, aunque después me enfermó la culpa, tanto que no pude dormir durante días.

Tal vez se remontaba aún más atrás. Quizá estaba enojada conmigo porque desobedecí su última orden. El recuerdo se apoderó de mí y me cerró la garganta.

—¡Cierra los ojos! —me había gritado.

Tenía las manos atadas a la espalda. Una violenta ráfaga golpeó su cabello oscuro y lustroso sobre su rostro furioso y desafiante. Todo lo demás era borroso, salvo su rostro y los dedos de un hombre, un desconocido, que se clavaban en mis clavículas y me impedían moverme. A diferencia de mí, ella no gritó, no vociferó, no gimió ni se desgarró la garganta llorando.

Ningún otro sonido volvió a salir de su boca.

—¡Basta!

Me puse de pie y me acerqué al espejo. Me miré, y golpeé con las palmas la superficie de madera del tocador. El doloroso escozor me hizo recuperar los sentidos. Pensé en buscar a mi padre, la única familia que me quedaba. A veces me consolaba cuando tenía problemas para controlar mi mente, pero eso siempre lo afligía mucho.

—Olvidarás lo que ella te haya enseñado —me había dicho.

Habían venido por mi madre cuando él no estaba en casa y era incapaz de ayudarnos, de salvarla. Él regresó de Santiago con la cabeza cubierta de canas y los ojos hundidos, que no sonreirían durante un año.

—Si no está en la Biblia, no te atrevas a pensarlo, ¿me escuchas? No permitiré que acabes como ella.

Nunca más volvió a mencionarla.

Con dedos temblorosos me enjugué las mejillas mojadas y me persigné.

Si esta era la maldición, tendría que romperla de alguna manera, pero el collar había desaparecido.

CAPÍTULO 3

Santa Cruz del Quiché, Guatemala
Otoño de 1551

Mi padre y yo nos sentamos uno al lado del otro en el porche para aprovechar lo que quedaba de la luz del día. Era una tarde hermosa; la brisa traía consigo el aroma fresco de la lluvia y de los pinos del bosque cercano. Hacíamos esto con frecuencia cuando él estaba en casa. Ya no me contaba historias, pero se quedaba trabajando a mi lado mientras yo leía lo que me había traído ese día para leer.

Los libros eran un lujo incluso para nosotros. A menudo me traía panfletos y manuscritos sobre temas legales y religiosos, bastante difíciles, pero decía que eran importantes porque, aunque mi papel se limitara a tener hijos y llevar la casa, tenía que ser inteligente y conocer las realidades de este mundo. Me explicó que el emperador había ordenado que sus hijas recibieran una educación, y que por eso yo tenía que educarme también. En cualquier caso, no había nada peor que una esposa estúpida. Así que nunca me quejé, a pesar de que yo prefería la poesía y las nuevas versiones de los clásicos griegos. Leer algo era mejor que nada. Me permitía escapar de la vida tranquila y aburrida que estaba obligada a llevar.

Río Digno, el hijo de Nana, interrumpió mis pensamientos. Él también trabajaba para mi padre. Nos traía una jarra de vino especiado rebajado con agua y unas rebanadas de naranja. Le agradecí antes de que se marchara. Mi padre masculló algo mientras leía una carta larga de uno de sus colegas jueces en Santiago. Demasiado cansada para leer, intenté bordar; esperaba que mis puntadas se parecieran a un patrón de amaranto y platanillos de una de mis viejas faldas negras de algodón.

Era difícil porque cada tanto sentía en el estómago una punzada de dolor o cabeceaba. Me piqué tres veces los dedos con la aguja, y eso también me mantuvo despierta. En verdad esperaba que, si lograba resistir el día, sería capaz de dormir toda la noche. Quizá así estaría protegida de mi madre, de las palabras e historias que me contaba. Aunque las amaba, aunque extrañaba escucharlas, también las temía.

Me la recordaban demasiado, a ella y ese día terrible. Ya era difícil lidiar con los recuerdos cuando me sobrepasaban. Pero incluso cuando lograba hacerlos a un lado y recuperar el aliento, no dejaban de afectarme. Aparecían murmurando una amenaza persistente.

«Podría pasarte a ti también, si no tienes cuidado».

También estaba mi padre. Él me había prohibido expresamente entrar de nuevo a ese mundo. Si se enterara de que yo tenía el *Popol Vuh* en mis manos, que a veces sacaba de su escondite para estudiarlo... Bueno, no sabía lo que haría. Solo sabía que era capaz de desterrar a sus hijas. Como había hecho con Beatriz.

Mis pulmones se contrajeron ante la idea de perderlo.

Sí, a veces podía ser cruel e insoportable, pero era mi padre.

Era mi padre y lo amaba.

—Debo poner a Marroquín en su lugar cuando regrese mañana a Santiago —dijo. Dobló la carta y abrió otra—. De nuestros parientes en Granada.

Se retorció el bigote, con el placer que solo le procuraba nuestra familia española perfecta.

Su familia de aquí o, para ser más específicos, su hija Beatriz, era otra historia.

Yo seguía rezando por ella en las noches. Después de todo, era la única hermana que había conocido. Ella me enseñó las letras y los números. Me enseñó francés y latín. Jugaba conmigo cuando Nana estaba demasiado ocupada y mi madre estaba bajo el influjo de uno de sus largos sueños. Pero ahora ya nunca hablaba de ella y yo tenía prohibido escribirle. Era la verdadera razón por la que mi padre guardaba la tinta bajo llave, porque ella había hecho algo imperdonable: se había fugado con un platero ordinario al día siguiente de la muerte de mi madre.

—Todos mandan saludos y desean que tu fiesta haya sido un éxito. Tienen muchas ganas de que regresemos un día.

Lanzó un suspiró y siguió leyendo. Pobre hombre, sabía que deseaba regresar a España, pero el emperador se había negado a relevarlo de su cargo. Decía que mi padre estaba haciendo muy buen trabajo y que no tenía con quien reemplazarlo.

Seguí bordando, con la esperanza de que compartiera cualquiera de las noticias que enviaban de Europa, cuál era la última moda o en qué iban los escándalos de la monarquía, pero nunca lo supe, porque, de pronto, el mozo de las caballerizas gritó y salió corriendo de la parte trasera de la casa.

Llegó hasta donde estábamos y se quitó el sombrero a modo de saludo.

—¡Señor!

—¿Qué sucede? —preguntó mi padre.

—Vienen dos hombres —respondió señalando a la derecha con el dedo meñique. Era el único dedo que tenía en esa mano—. Salieron del bosque. Pensé que se dirigirían al pueblo, pero vienen para acá, a pie. Uno camina chistoso, como si cojeara. El otro lo sostiene.

Mi padre lanzó un gruñido.

—Ve a buscar mi caballo; trae la mula.

El chico salió corriendo.

—¿Quién podrá ser? —pregunté.

—No hagas preguntas estúpidas. Lleva esta carta adentro y quédate ahí.

Levanté mis enaguas y atravesé corriendo el arco de la puerta y la sala, hasta mi recámara. Abrí la ventana de par en par y entrecerré los ojos. Mi padre ya iba a medio camino, montado en su caballo. Gritó algo, quizá acicateaba a la mula para que se apresurara.

Llegó a donde estaban los hombres. Yo no lograba ver mucho porque la luz menguaba con rapidez; al parecer, uno estaba herido. El otro hombre, que era esbelto y alto, ayudó al lesionado a montar en la mula, se acomodó detrás de él y lo sostuvo para que no se cayera. Mi padre dio media vuelta y regresó al trote.

Cuando al fin pude distinguirlos, me quedé sin aliento. Don Juan, el cacique, rodeaba con los brazos a mi querido primo, Cristóbal, cuyo rostro hinchado estaba amoratado; la camisa hecha jirones y empapada en sangre.

—¡Nana! —grité al cruzar el patio interior hacia la cocina—. ¡Nana!

No pude encontrar a la anciana por ninguna parte, pero el fuego del hogar estaba encendido. Tomé la cazuela más grande y la sumergí en el barril de agua. El carbón siseó y chisporroteó cuando coloqué la cacerola, que goteaba, sobre la estufa. Eché más leños y aticé las llamas con mi abanico.

—¡Rápido! —mascullé.

Escuché un golpe, luego ajetreo, el chirrido de una silla, un quejido, voces roncas que discutían y un grito, una orden. Después, pisadas aceleradas que se hacían cada vez más fuertes.

El mozo de las caballerizas entró como una tromba mientras yo vertía vinagre en el agua.

—Señorita, por favor... necesitamos vendas.

—Toma el abanico y sigue avivando el fuego. Trae la cacerola cuando el agua esté hirviendo.

Corrí a la alacena donde Nana tenía una canasta llena de muselina limpia. La tomé y salí corriendo. Mi padre estaba inclinado sobre Cristóbal, que yacía sobre la larga mesa del comedor. Don Juan se encontraba de pie, junto a la cabecera. Ayudó a Cristóbal a quitarse la camisa, la enrolló y la puso debajo de su cabeza. Mi padre y don Juan se miraron con expresión adusta.

Los ignoré y limpié la sangre de la frente de Cristóbal. Hizo un gesto de dolor y trató de abrir sus párpados amoratados.

—Cata...

—Sssh —dije.

El mozo de las caballerizas entró con la cacerola.

—Ponla en el piso —murmuré—. Toma esto, rápido. —Le di una gasa limpia—. No te vayas a quemar.

El chico mojó el trapo y me lo devolvió. Yo seguí limpiando a Cristóbal, que contenía el aliento y apretaba las mandíbulas.

—Señor, tengo que hablarle del capitán Lobo —dijo don Juan.

«¿En serio?», pensé. «¿Política? ¿Ahora?». Me senté en la mesa, cerca de donde estaba mi padre, y limpié el pecho de Cristóbal. Estaba cubierto de laceraciones, pero no muy profundas. Dejé escapar un suspiro de alivio.

—Sigue utilizando esclavos ilegales —continuó don Juan—. No les paga, les da poco de comer y los mata trabajando en la encomienda, en esa tierra que le concedieron.

Mi padre lanzó los brazos al aire.

—He ido tres veces ahí. Sin el apoyo de los vecinos es una tarea imposible.

—Con todo respeto...

—Ah, ¡dígame! ¿Qué quiere que haga, joven cacique? ¿Quiere que le dé a usted los esclavos?

Don Juan permaneció en silencio.

—Es una oferta tentadora, ¿o no? —agregó—. En otra época hubiera aprovechado la oportunidad. Carne de cañón para el altar, y sus piernas y brazos para la cena, ¿o no?

Lo miré boquiabierto. El cacique fulminó a mi padre con la mirada, con las fosas nasales dilatadas.

—Quizá, pero como nuestras costumbres han cambiado, gracias a Dios, me gustaría que los liberara, como ha hecho su señoría en muchas otras ocasiones, porque es la ley del emperador.

—Sí, ¡y porque es lo correcto! Solo bromeaba sobre esas antiguas costumbres suyas. La verdad es que detesto ver sus terribles expresiones. Detesto la esclavitud con cada poro de mi piel. Cada vez que hago una inspección en una de las minas de Lobo tengo insomnio durante una semana. Niño, enséñale tu mano al cacique. —El chico obedeció—. Fue un accidente en la mina. Yo mismo lo llevé a que lo curaran y ahora no puedo deshacerme de él. —Con cariño, le alborotó el cabello al mozo de la caballeriza y lo hizo a un lado—. En fin, yo decidiré qué hacer con Lobo, a mi maldito tiempo. Por ahora, ¿qué demonios le pasó a mi ahijado?

Cristóbal se quejó y entornó los ojos como si estuviera borracho.

—Creo que lo asaltaron —respondió don Juan.

—Bastardos —mascculló Cristóbal—. Me... me quitaron las botas y a mi querida Berruga. ¡Ay!

Mi padre golpeó la mesa con el puño.

—¡Malditos sean! Era un buen caballo. ¿Viste en qué dirección se fueron?

Cristóbal echó la cabeza hacia atrás y miró a don Juan.

—¿Usted... usted los vio, cacique?

—Salieron corriendo cuando me escucharon venir. Norte, noroeste, creo.

—Lo siento, padrino. Eran cuatro; de lo contrario me hubiera podido defender.

—¿Por qué estabas solo, cabeza de chorlito?

—Me sentí mal por no haber venido a la fiesta de Catalina. —Cerró los ojos—. Me retrasaron todas estas tormentas y no quería que nadie más me atrasara.

—¡Tonto, cabeza de mula! ¿En dónde crees que vivimos, en Utopía? Muchacho, encárgate de la gasa. Catalina, tú ocúpate de recompensar al cacique por sus esfuerzos. Ahora, burro, ¿qué aspecto tenían los ladrones? Enviaré cartas a los alcaldes al norte de aquí, veremos si podemos atraparlos.

Miré a don Juan y él asintió. Bajé de la mesa y tomé un pedazo de gasa limpia para limpiarme las manos mientras caminaba a la biblioteca. El cacique me siguió; su presencia, de nuevo tan cerca, me hizo sentir escalofríos que recorrieron mi columna vertebral.

Cuando entramos a la habitación y nadie podía escucharnos, dijo:

—No quiero una recompensa. Usted sabe a qué vine.

Suspiré, giré, y apreté los puños. No tenía caso aplazarlo.

—Cacique, también robaron el collar.

Su respuesta fue tan breve que si no hubiera estado esperándola no la habría percibido. En sus ojos vi un destello de angustia, sus pupilas se dilataron y oscurecieron antes de recomponerse.

—Discúlpeme —agregué en un murmullo, y casi toco su brazo.

—Miente —habló en k'iche', con voz ronca—. Usted quiere quedárselo.

Quedé boquiabierta.

—No es lo que deseo —respondí en castellano.

—¡Sí lo es!

—¡No lo es!

—Quizá usted tiene el aspecto de su madre, pero no se parece nada a ella. Ustedes los mestizos siempre semejan a su padre español y todos son iguales, antiguos invasores codiciosos...

—Cierre la boca —mascullé en k'iche'. Mis mejillas estaban en llamas y mis ojos eran dagas, tan afiladas como las suyas—. No olvide su lugar.

Don Juan se alejó y cruzó los brazos a la espalda, pero no ofreció ninguna disculpa, ninguna señal de arrepentimiento. «Canalla sinvergüenza», pensé. «¿Cómo se atreve?».

—Quizá sea una mentirosa, pero no soy una ladrona —dije—. Alguien lo robó de mi habitación. Probablemente los mismos hombres que atacaron a Cristóbal. Venga, vea, le pediré a mi padre que agregue el collar en la carta para los alcaldes.

Di media vuelta, pero él puso una mano en mi hombro.

—Espere —dijo acercándose, hasta que nuestros rostros quedaron a unos centímetros.

Mi cuerpo se agitaba como una bandera en una tormenta, jadeaba y, por un instante, él también se tambaleó aturdido. Luego parpadeó.

—¿Dónde está el *Popol Vuh*? Debo tenerlo.

—¿Por qué? —pregunté negando con la cabeza.

—Eso no puedo decírselo.

—De cualquier manera, no se lo puedo dar, ni a usted ni a nadie. Por ninguna razón.

Apretó las mandíbulas. Respiró despacio como si se preparara para hablar con una niña insolente.

—Usted no entiende. No es una súplica, es una orden del rey de la casa de su madre.

En mi corazón, él no era mi rey, pero como jefe de la Casa Kaweq, en definitiva, nos gobernaba a todos, a la Casa Ajaw-k'iche', e incluso a mi madre y a mí que, como mujeres, no teníamos derecho a encargarnos de sus nobles funciones. Nosotras solo éramos las que habíamos sobrevivido.

Y ahora, yo era la única que quedaba.

—Lo siento, cacique. No... no puedo. Le prometí, le juré a mi madre que lo mantendría seguro.

—Estará seguro.

—No, no puedo. No lo haré y no debemos hablar de esto —murmuré.

El calor entre nosotros aumentó de manera peligrosa, como brasas atizadas por un fuelle.

—Ah, debemos y lo hará. De lo contrario, revocaré su derecho como su guardiana y enviaré todo el poder de la Dama de Sangre en su contra.

Tragué saliva. Mi corazón latía frenético.

Frunció el ceño, como si percibiera mis sentimientos, como si hubiera ganado. Sonrió como lo habría hecho un niño frente a otro más pequeño al que había aventado al piso sin más razón que porque podía hacerlo. Era todo el poder que tenía en el mundo y recurría a él sin piedad.

Un fogón de rabia calcinó las semillas del miedo. Alcé la barbilla y encontré su mirada con la mía.

—No me importa. No se lo daré.

Ahora fue su turno de sentirse furioso y no pudo ocultarlo. Apretó los puños. Sus ojos se volvieron negro azabache y, demasiado tarde, recordé que este hombre pudo haber sido un dios.

—Ah... lo hará —respondió, tan cerca de mí que su aliento golpeó mi rostro.

Contuve la respiración. Estaba tan sorprendida que no me di cuenta de en qué momento dio media vuelta y se marchó. Parpadeé al escuchar un golpe y miré sobre mi hombro. Mi estómago dio un vuelco, como si me hubiera caído del caballo. El mozo de las caballerizas estaba de pie en el umbral, con el gesto fruncido. Mal. Esto estaba mal.

—El señor la manda llamar.

¡Jesús santo!, el niño le diría lo que había visto y solo Dios sabía lo que pasaría por la mente de mi padre.

—Gra... gracias, niño. ¡Ay!

Me llevé la mano al estómago, mi útero.

—¿Señorita?

—¡Ay!

Cerré los párpados con fuerza. Era como si un cuchillo me desgarrara. Algo caliente salió de mi cuerpo, escurrió por mis piernas, sobre las medias. Un río. Avancé y ahí estaba: un rastro de sangre. Rojo sobre rojo. Lancé un grito ahogado.

La Dama había venido a reclamarme.

Al día siguiente, mi padre se fue a Santiago sin despedirse de mí. Quizá quería evitar verme en un estado tan vergonzoso, o tal vez el mozo de las caballerizas me delató y estaba demasiado enojado como para hablar conmigo. Cualquiera que fuera la razón, yo me sentía profundamente desdichada. Apenas podía moverme, los espasmos eran constantes. Deseaba que mi padre estuviera en casa, con sus brazos fuertes y su mal carácter. Pensaba que, si estuviera aquí, quizá yo tendría menos miedo, me sentiría menos sola.

Porque tenía miedo.

Habían pasado tres días. Hacía ya un año que mis sangrados mensuales habían comenzado, así que sabía que esta situación no era normal. Era la maldición; me desangraría a menos que cediera.

Pero no, no podía ceder. Lo había jurado a mi madre, cuya voz no había escuchado ni una sola vez desde esa noche. Sin embargo, sabía que el *Popol Vuh* era mi carga, mi tesoro. Prefería morir a que don Juan se lo llevara. Imaginé su tonta sonrisa, y mi determinación se fortaleció.

Pasó otra noche y luego otra, pero nada cambió.

—¡Cristo bendito, sálvame! —rogaba entre lágrimas, temblando.

Nana y Río Digno estaban muy angustiados. Me alimentaban con carne cruda y me obligaban a beber un vaso de agua tras otro. Me parecía que me habían hecho ingerir un cordero completo. Pero no había forma de detener la sangre; el cuchillo de la Dama se había afianzado en mi cuerpo. Apenas mi pobre Nana traía una canasta con paños limpios que de inmediato tenía que llevárselos para lavarlos de nuevo. Era peor por la noche, un torrente. Me negué a acostarme. Cuando podía, dormía en la silla de piel con la cabeza apoyada sobre el colchón, para que la sangre goteara del asiento al orinal. Cristóbal, quien para entonces ya había sanado, se quedaba parado en el umbral durante horas y trataba de distraerme.

—¿Recuerdas cuando éramos niños y nos escapábamos para ir a las viejas ruinas a jugar a las damas y los señores?

—Tú querías ser la dama y yo el señor —respondí con una leve sonrisa.

—Encontrábamos túneles secretos e inventábamos historias sobre los símbolos y las pinturas rupestres.

—Tú me enseñabas las que conocías y yo te hablaba de las que mi madre me había hablado.

—Y ahora tu padre insiste en que entre a la orden de los dominicos.

—¿En serio quieres ser un monje? —pregunté cansada.

—Es lo que tu padre desea.

—Entonces, no.

Se encogió de hombros.

—Él me ha dado mucho, me ha cuidado bien. Dios sabe que no ha sido fácil desde la muerte de mis padres. Todos los días le agradezco a tu señora madre en mis oraciones por haberle pedido que fuera mi padrino. Así que, si él quiere que sea monje, es lo menos que puedo hacer.

Al octavo día, Cristóbal y Río Digno se apresuraron al pueblo a buscar al médico, pero volvieron diciendo que el doctor creía que solo se trataba de que mi nuevo cuerpo adulto se estaba equilibrando, gracias a la expulsión de mis pecados infantiles. Podría hacerme una sangría, pero ¿para qué? Me envió una pata de conejo para la buena suerte y recomendó que inhalara humo de tabaco para aliviar el cólico. Lancé la pata de conejo a la cara de Cristóbal con tan poca fuerza que apenas escapó de mi mano. El humo me provocó náuseas y pasé el resto del día respirando a bocanadas por la ventana.

En la noche sentí que arrojaban a una forja ese cuchillo fantasma que tenía en mi interior para volver a clavármelo. Se retorcía, daba vueltas y, tras una hora de lamentos y sollozos, acabé por ceder. Nana se sentó a mi lado, tomó mi mano y lloró por mí. Sabía que deseaba decir las palabras dulces y reconfortantes que no había escuchado desde que mi madre murió. No era la primera vez en mi vida que le pedía a Dios que nunca le hubieran cortado la lengua.

—Me rindo —musité, entre lágrimas, en k'iche'. El dolor agudo disminuyó hasta convertirse en una sensación incómoda—. Me rindo —repetí con voz ronca.

Nana estaba pálida. Río Digno presionaba un paño húmedo contra mi frente. Debieron pensar que al fin Uno Muerte venía por mí. Agité la cabeza.

—Por favor, llamen a Cristóbal —dije.

Cristóbal entró corriendo a mi recámara y tomó mi mano. Parecía que llevaba días sin dormir.

—Prima, ¿qué puedo hacer?

—Envíale un mensaje al cacique. Dile que puede tenerlo.

Un destello de confusión cruzó su rostro, pero yo estaba demasiado agotada como para explicarle. Asintió y me quedé dormida. Sin embargo, cuando desperté, muchas horas después, la hemorragia se había detenido.

CAPÍTULO 4

Santa Cruz del Quiché, Guatemala
Otoño de 1551

Dos días más tarde, enviamos al mozo de las caballerizas al pueblo con una larga lista de mandado. En la casa solo estábamos Cristóbal y yo, con Nana y Río Digno, quienes, para mi protección, se quedaban en las dependencias del servicio siempre que mi padre estaba de viaje. En cualquier caso, Río Digno le era leal a Nana, lo que significaba que me era leal a mí.

Mi padre siempre me decía que con los sirvientes ningún cuidado era excesivo, que muchas personas lo odiaban y podían usarme para vengarse de él. Aseguraba que todos tenían un precio. Yo sabía que mi madre había aprendido esa lección por las malas.

Fue una de las sirvientas quien la traicionó.

Sin embargo, yo no podía evitarlo. Nana mantuvo segura a mi madre durante la conquista, y yo confiaba en ella con toda mi alma. También le confié el secreto del *Popol Vuh*, porque como cuatro años antes había entrado una noche a mi habitación cuando yo estaba sacando el libro. No necesitaba la lengua para delatarme; pero no lo hizo.

Aún estaba demasiado débil como para dar más de unos cuantos pasos, así que decidí recibir a don Juan en la sala que se encontraba justo afuera de mi recámara. Nana y yo estábamos sentadas bordando pañuelos junto a la ventana. Entre nuestras sillas acolchadas había un gran canasto de costura y Nana descansaba sus pies desnudos sobre un banquillo; sus sandalias de cuero estaban acomodadas a un costado. Tarareaba desafinada, como siempre que se sentía muy relajada. Permanecería a mi lado todo el tiempo para cuidar mi reputación, y quizá también para protegerme.

Cristóbal entró con un libro, asintió mirándonos y se sentó frente a mí. Tenía todo el aspecto de un caballero español, excepto por su color de piel. Ambos llevábamos nuestros mejores atuendos de domingo, con gorgueras al cuello; jubón, capa y calzas blancas inmaculadas para él; verdugado con mangas abullonadas y zapatillas de terciopelo para mí. Era tomarnos demasiadas molestias por un hombre que casi me había matado. Me fastidiaba. Pero mi padre siempre fue muy claro acerca de recibir a sus pocos amigos con todo el honor, y yo no iba a defraudarlo, al menos en ese aspecto. Hice un esfuerzo por no pensar en todas las otras maneras en las que podía poner en riesgo su reputación.

Si se corriera el rumor de que el cacique me había visitado, en el mejor de los casos sería un escándalo, y mi padre se vería deshonrado; en el peor, sus enemigos habrían indagado sobre la naturaleza de esa cita. Si de algún modo averiguaban que se trataba del manuscrito que contenía la historia maya de la creación, entre otros temas que sin duda estaban prohibidos, imaginaba que me tildarían de herética como habían hecho con mi madre. No quería que mi padre volviera a pasar por lo mismo y, para ser franca, no me encantaba la idea de que me torturaran para luego quemarme viva o cortarme la cabeza, o cualquiera que fuera el castigo más en boga en ese momento.

—Gracias a Dios que estás aquí —le dije a Cristóbal.

Sabíamos todo el uno del otro, siempre había sido y siempre sería así. El año anterior, cuando estuve enferma con fiebre, le confié dónde estaba enterrado el *Popol Vuh*, en caso de que me muriera. Si hubiera querido traicionarme, ya lo habría hecho.

—El cacique lo cuidará —aseguró—. Pero es injusto que te quite los privilegios ancestrales de tu casa —murmuró, sacudiendo la cabeza.

Cristóbal pertenecía al linaje de los Nija'ib', la segunda casa más importante de los k'iche'. Poseía un título y derechos propios.

—¿Estás segura de que no quieres que intervenga? —preguntó.

Mi estómago dio un vuelco; era una advertencia.

—Lo estoy.

El sonido de pasos que se acercaban aceleró los latidos de mi corazón. El hijo de Nana tocó a la puerta y dijo en k'iche':

—Don Juan está aquí.

—Gracias, Río Digno —respondí—. Puedes hacerlo pasar.

Don Juan entró; sus movimientos eran armoniosos, decididos. Era irritantemente apuesto, con sus labios carnosos, los pómulos altos y ojos penetrantes y felinos. Era muy alto, mucho más que la mayoría de los hombres; de espalda ancha, esbelta y fuerte. Podía ver sus músculos a través de su sencilla ropa de lino, la misma que llevaba la semana pasada.

Inclinó la cabeza en dirección a Cristóbal a manera de saludo y se llevó la mano al pecho cuando miró a Nana. Era una muestra de profundo respeto. Ella era una de las k'iche' más viejas de Santa Cruz, y a la llegada de los españoles era apenas un poco mayor que yo ahora. Al ver ese gesto, se apaciguó mi enojo contra don Juan, hasta que advertí el brillo triunfal en sus ojos.

Me erguí y crucé las manos sobre mi regazo para evitar que temblaran.

—Disculpará que no me levante para saludarlo, cacique, pero he estado enferma desde que nos vimos por última vez y tengo que conservar las fuerzas.

—Señora mía, lamento escucharlo. ¿Hay algo que pueda hacer?

Hizo una reverencia para esconder su rostro de los demás, pero cuando me miró directo a los ojos, esbozó una leve sonrisa. Estaba segura de que sabía lo que había hecho, el muy desgraciado. Permanecí impasible, hasta sonreí un poco; sin embargo, en ese momento lo odié con todo mi ser. No le iba a dar el gusto de que supiera lo enferma que me había puesto ni cuánto me había afectado, incluso ahora.

—Le agradezco, mi señor —respondí—. Fue una nimiedad y ya casi estoy recuperada.

—¡Qué alivio!

Río Digno inclinó la cabeza y dio media vuelta. Cristóbal cerró la puerta tras él y toda mi simulación desapareció.

—Bueno. Está aquí para robar mi herencia. Cristóbal, si fueras tan amable de ayudar a nuestro gran señor.

—Catalina —dijo en un tono con el que me suplicaba que me comportara.

—Cristóbal me hizo saber que su padre pidió a los alcaldes que estuvieran al pendiente de… su… collar —intervino don Juan—. Se lo agradezco. Le doy mi palabra de que, cuando haya terminado con el manuscrito, se lo devolveré y podremos dejar atrás esta situación desagradable.

Lancé una risita burlona.

—De cualquier forma, ¿para qué lo necesita? ¿Por qué ahora, después de todos estos años?

Don Juan miró a Cristóbal. Recordé de pronto que se conocían muy bien. De niños, ambos habían asistido a la escuela de los misioneros para aprender a leer, escribir y hablar castellano. A ambos los habían obligado a ser acólitos juntos, en su juventud.

Miré a Cristóbal y me pregunté si mi primo tendría algo que ver con esto, pero él no volteó a verme. Parecía inocente, así que descarté la idea.

—No puedo decirle —respondió don Juan—. Solo que es importante.

Quise replicar, pero mi estómago dio un vuelco desagradable que me amedrentó.

—Siéntese, por favor.

Tomé mi pañuelo a medio bordar y le clavé una y otra vez la aguja, tratando de ignorar cómo don Juan le había dado una palmadita en el hombro a mi primo cuando pasó a su lado, camino a mi habitación. O la manera en la que se recostó de lado en la silla de Cristóbal, como si fuera un trono. Me mordí la lengua para evitar lanzarle una maldición, aunque no hubiera sabido cómo.

Un momento después se escuchó un crujido, el golpe seco de una madera que golpea otra. Cristóbal debía estar quitando las duelas del piso. Se escucharon dos golpes separados y luego una exclamación. Don Juan y yo nos miramos y luego volteamos hacia la puerta.

—¡No!

La voz aterrada de Cristóbal llegó hasta nosotros. Nos pusimos de pie al mismo tiempo y corrimos a la recámara. El cacique detrás de mí.

Cristóbal estaba arrodillado con medio brazo dentro del piso abierto. Sacó una gran piedra y yo contuve el aliento. Su manga estaba mojada de lodo.

—Dios mío —exclamé cubriéndome la boca.

Volvió a meter el brazo, sacó el cofre de madera empapado y lo puso junto a él. Las rodillas me fallaron. Nana pasó junto al cacique y trató de auxiliarme, pero yo estaba muy débil.

—¿Qué es esto? —preguntó don Juan.

Con cuidado, Cristóbal empujó el baúl hasta donde yo estaba. Era una caja de madera larga y delgada, como de la longitud de mi antebrazo, aunque dos veces más ancha. Un pequeño charco empezó a formarse a su alrededor, empapando mis rodillas.

—Lo... lo saqué en medio de la noche, cuando mi padre estaba de viaje. Lo estudié apenas el mes pasado —murmuré—. ¡Estaba bien!

Sin embargo, podía ver que ya no estaba bien. La madera estaba blanda y esponjosa, apestaba a humedad. El cerrojo de cobre colgaba de los goznes superiores, lo que lo hacía inútil.

—Debieron ser las tormentas —dijo Cristóbal, al tiempo que se arrastraba hasta llegar a mi lado para pasar un brazo sobre mis hombros—. Quizá no está tan mal como parece. Ábrelo para asegurarnos.

Tardé un momento en escuchar lo que me decía. Cuando al fin moví las manos, me pareció que eran las de otra persona. Pero no, eran las mías. Jalé el cerrojo y levanté la tapa con facilidad. Miré el papel antiguo, plegado en forma de abanico; ya no estaba firme ni en buenas condiciones, sino que se desparramaba como un pez muerto.

—Estaba bien el mes pasado —murmuré incrédula, conforme intentaba asimilar la verdad.

Todos esos hermosos relatos que tanto amaba, nuestra historia mágica, el legado de nuestro pueblo. Destrozado. Era como si mi madre volviera a morir. El terror y el dolor se apoderaron de mí, me desgarraron. Estaba a punto de gritar cuando don Juan golpeó la puerta con la palma de la mano y me sobresaltó.

—¡Aaagh! Primero el collar, ¿y ahora esto?

Me cubrí el rostro para esconder la vergüenza que me atravesaba como una lanza. El brazo de Cristóbal se tensó sobre mis hombros.

—Cacique, por favor, esto no es culpa de ella.

Se equivocaba. Había fallado. Le había fallado a mi madre, a mi casa, a mi sangre, a mi gente. Esta era mi única obligación, mi promesa. Mi madre murió para mantener vivo este libro y yo permití que se pudriera.

—¿Siquiera se dan cuenta de lo que esto significa? —preguntó don Juan con voz temblorosa.

Entre lágrimas, lo fulminé con la mirada.

—¿Cómo interpretaremos los augurios ahora, si tenemos que hacerlo? ¿Cómo leeremos el cielo? ¡Estaremos ciegos! Nuestros hijos avanzarán en la oscuridad, todo gracias a usted —agregó.

—Ah, sí, ¡todo gracias a mí! Yo hice que la tierra se inundara, ¿no?

—¡Ja! No tiene ese poder, mestiza.

Me lanzó la palabra como si fuera lo más sucio del mundo, ser de sangre mezclada, ni de aquí ni de allá. Un insulto a ambas razas.

Mi corazón se desplomó. Antes de ese momento había sentido muchas cosas sobre mi condición de mestiza. Me había sentido perdida, desgarrada, confundida sobre quién era y adónde pertenecía, puesto que siempre estaba en la periferia. Sin embargo, en raros momentos me sentía tan orgullosa, tan afortunada de estar al tanto de la belleza de dos mundos por completo diferentes. Tenía la esperanza de mejorar ambos. Pero en este momento me sentía pequeña, insignificante, devastada. Como un gusano de cuerpo frágil que la mano torpe de un niño había sacado de la tierra y partido en dos.

—Basta —intervino Cristóbal.

Se puso de pie. Aunque era más bajo que don Juan y estaba pálido, parecía irradiar luz, como un ciervo en el claro de un bosque.

—Discutir no ayudará. Dejemos que el papel se seque. Hasta entonces sabremos cuál fue el daño real.

—No intentes hacerla sentir mejor —objetó don Juan—. Mira cómo se escurre la tinta por el papel. Mira ese glifo, ni siquiera puedo distinguir el símbolo.

Miré lo que señalaba y murmuré:

—K'a katz'ininoq.

Cristóbal me miró.

—¿Qué dijiste?

Me enjugué los ojos y respiré con estremecimiento. No permitiría que el cacique viera cómo temblaba.

—K'a katz'ininoq —repetí.

Nana se sentó a mi lado y me abrazó, como antes lo hacía mi madre. Los recuerdos asaltaron mi mente y recordé cuando estudiábamos juntas esas páginas y recitábamos las palabras, como una plegaria. A veces, mi madre bailaba a mi alrededor. Se deslizaba como el satén y el agua, con pasos más ligeros que el encaje. Se elevaba como una garza, y nada era más hermoso en el mundo. Su voz resonaba de nuevo en mis oídos y la yema de sus dedos trenzaba cintas en mi cabello.

Me acurruqué en Nana, cerré los ojos y dije:

K'a katz'ininoq
Así es el relato de lo que todavía está en suspenso

de lo que todavía está callado
de lo que está silencioso
de lo que todavía está sosegado
de lo que todavía está en silencio
de lo que está vacío también en el cielo.

Esta es la primera palabra
el primer cuento:
no había un hombre
un animal
pájaro
pez
cangrejo
árbol
piedra
cueva
barranco
paja
bosque
solo, únicamente, el cielo existía
no estaba visible la superficie de la tierra
solo, únicamente, el mar estaba reposado en el cielo,
todo.
No había nada, pues, que se juntara
que se conglomerara
algo, entonces, que se moviera
nada que se formara por su propia acción
nada que hiciera ruido en el cielo
solamente no había nada levantado que existiera
solamente estaba reposada el agua
solamente estaba nivelado el mar
solamente únicamente estaba reposado
solamente no había nada que existiera
solamente estaba en silencio

había vacío en la oscuridad
en la noche.[1]

Mi voz se apagó hasta ser un sonido ronco, pero me sentí más segura, un poco más cómoda. Abrí los ojos y volví a mirar la caja. Nadie habló durante un buen momento. Solo se escuchaba el sonido sordo que hacía Nana al sobarme el brazo. Alcé los ojos y, para mi sorpresa, don Juan sonreía.

—¿Conoce el libro de memoria?

Parpadeé, desconcertada. Mi primer instinto fue ser modesta.

—Bueno, es decir... ¿tal vez?

—Catalina —dijo arqueando una ceja.

—Supongo que lo conozco lo suficiente; pero la mayoría de nosotros lo conocemos, ¿o no? Todos los k'iche' saben de las hazañas de Hunahpú y Xbalanqué, y los tres intentos para crear a la humanidad, ¿no es así?

Cristóbal negó con la cabeza.

—Todos conocemos la trama básica, desde siempre. Pero hace décadas que no se representa y nuestro pueblo... en fin, se ha concentrado en sobrevivir.

Don Juan lanzó un resoplido que me hizo hacer una mueca, mortificada. Pero Cristóbal nos ignoró.

—Muchos tienen demasiado miedo de enseñárselo a sus hijos. Algunos recordamos unas partes, pero dudo que podamos recitarlo palabra por palabra. ¿Me equivoco, cacique?

Don Juan cruzó los brazos. Recorrió la habitación con la mirada y se detuvo en mi cama, grande y cómoda, en el

---

[1] [Nota de la traductora: Fragmento extraído de Craveri, Michela. (2013). *Popol Vuh. Herramientas para una lectura crítica del texto k'iche'*, Universidad Nacional Autónoma de México.]

espejo caro. No estaba segura, pero quizá imaginé una expresión de celos y desdén.

—Era la tarea sagrada de la casa Ajaw-k'iche' —explicó—, de los hijos del fuego en particular, memorizar y poder recitar el *Popol Vuh* de principio a fin. Pero dudo que ella haya conseguido tal hazaña.

Entrecerré los ojos.

—Ha pasado mucho tiempo —respondí con franqueza—. Es cierto que estoy fuera de práctica, pero la primera vez que lo logré tenía ocho años.

Recordaba el brillo en los ojos de mi madre, el orgullo en su sonrisa esa noche. Era uno de mis grandes consuelos, saber que le había dado un pequeño placer, el alivio de que sus esfuerzos no habían sido en vano.

Don Juan se burló.

—¿En serio? ¿Qué hay del primer amanecer, del éxodo de las tribus? La historia de mi pueblo, ¿conoce esas partes? Porque yo sí.

Puse los ojos en blanco cuando dijo «mi pueblo», en lugar de «nuestro pueblo». Me puse de pie y ayudé a Nana para que también se levantara.

—Lo conozco todo. —Reprimí la urgencia de narrarle que el relato del primer amanecer era el que más amaba. Me pareció demasiado franco. En su lugar, alisé mi falda y agregué—: Aunque tengo que admitir que el final siempre me pareció terriblemente aburrido. Recitar generación tras generación de reyes muertos. Imagino por qué a usted le parece interesante.

—¡Bien! —interrumpió Cristóbal, lanzando una mirada apenada hacia don Juan, a quien mi impertinencia había sorprendido de manera clara—. Es evidente que ustedes dos disienten en casi todo; sin embargo, ninguno de los dos puede negar esto: nuestro deber es preservar el libro.

Miramos a Cristóbal un momento hasta que don Juan intervino.

—Estoy de acuerdo, pero el hecho es que ya no queda nada que preservar.

La implicación era obvia: todo por mi culpa.

Hubiera preferido que un rayo me partiera en vez de permitirle cargarme con esta culpa el resto de mi vida. Me negaba a ser recordada como Catalina, la destructora. Y justo cuando pensaba esto, me di cuenta de que no tenía que serlo.

«Contémplalo, mi pajarita, siempre que sea seguro para ti. Conócelo como conoces el Padre Nuestro. Cántalo para ti misma cuando estés sola. Nunca olvides». Ella se había asegurado de que memorizara el libro de principio a fin. Cumplió su promesa y, en nombre de Dios, yo también lo haría.

—No estoy de acuerdo, *señor* —dije, haciendo un énfasis virulento en la última palabra—. El libro vive en mí, y juré protegerlo como lo hicieron mis ancestros. Repararé el daño. Volveré a escribir el *Popol Vuh*.

Se hizo un silencio largo de estupefacción. El cacique entrecerró los ojos, confundido y desconfiado. Cristóbal parpadeó en mi dirección. Luego, Nana se paró frente a mí y tomó mi rostro entre sus manos. Bajé la mirada; su cabeza apenas me llegaba al hombro. Su expresión era adusta y dura como el pedernal. Sentí que era una advertencia por lo que me deparaba ese camino, por aquello en lo que yo debía convertirme.

Cristóbal se aclaró la garganta.

—Tu valor es admirable, pero temo que no puedas hacerlo sola.

Nana me dio unas palmaditas en la mejilla, como si me diera permiso para pelear.

—¿Por qué no? —pregunté con los brazos en jarras.

—Bueno, en primer lugar, porque no conoces todos los símbolos. ¿Cómo lo vas a escribir?

Arqueé una ceja.

—Lo escribiré en alfabeto latino, como suena.

Cristóbal parecía impresionado, pero su expresión de preocupación volvió. Miró al cacique y luego a Nana, como si les suplicara ayuda.

—Es muy peligroso. ¿Y si te descubren? La Iglesia no tendrá piedad.

—¡Exactamente! Por eso no te lo pediría a ti. Ni a nadie.

Lancé una mirada al cacique, porque era verdad. Sin importar cuánto me desagradara, odiaría verlo en la hoguera. Todos miramos la caja.

Don Juan cruzo los brazos.

—No —dijo.

—¿Perdón?

Su cuerpo se tensó. Durante una fracción de segundo su mirada se perdió en la distancia y sus ojos se oscurecieron. Luego, negó con la cabeza.

—Quiero decir que no será la única que lo escriba. No solo no confío en usted, una mujer, una mestiza, para llevar a cabo la tarea como se debe, sino que no sería correcto. Este libro lo deben escribir los tres maestros de las grandes casas k'iche', nadie más que ellos.

—Ah, «como se debe». ¿Y cómo propone su mente masculina superior que se haga? —pregunté—. Tendríamos que reunirnos en algún lugar escondido y abandonado, a horas imposibles. ¿No cree que organizar esta reunión tan placentera ya fue suficientemente difícil?

Pero antes de que don Juan pudiera responder, escuchamos el sonido de pasos apresurados.

—¡Rápido! —exclamó Cristóbal.

Don Juan tomó la caja que contenía el manuscrito mojado. Cerramos la puerta de mi recámara a toda velocidad y nos sentamos en la sala. Río Digno tocó y entró.

—El mozo de las caballerizas está de regreso. Viene al galope.

Don Juan se puso de pie e hizo una reverencia.

—Me parece que es la señal para que me marche. Gracias por su hospitalidad, mi señora.

—Ha sido un placer —respondí con una voz como si vertieran cenizas de una urna.

—Permítame acompañarlo, cacique —ofreció Cristóbal.

Ambos dieron media vuelta y partieron.

Tomé mi pañuelo y traté de bordar, pero Nana volvió a mirarme con dureza.

—Lo sé, lo sé. No te preocupes, estaré bien —le aseguré sin poder mirarla a los ojos.

Porque en mi corazón sabía que no sería así.

CAPÍTULO 5

Santa Cruz del Quiché, Guatemala
Otoño de 1551

Me llevó varias semanas recuperarme por completo de la maldición de don Juan, así como organizar y prepararlo todo para nuestra siguiente reunión. El día asignado yacía en mi cama, vestida con una túnica sencilla de algodón. Esperaba que Cristóbal tocara a la puerta. Mi padre había regresado y se había vuelto a ir, y al fin me sentía otra vez como si fuera yo misma. Bueno, la versión petrificada de mí misma, ya que estaba a punto de hacer la cosa más audaz y descabellada de mi vida. Me escabulliría de casa para encontrarme, no solo con uno, sino con dos hombres mayas de raza pura.

Por centésima vez me repetí que habíamos tomado todas las precauciones. Para la cena, Nana vertió un poco de esencia de loto blanco en la sopa del mozo de las caballerizas. No despertaría ni en medio de un huracán. En efecto, nos reuniríamos en un lugar escondido y abandonado, a horas inconcebibles. En las ruinas a las que nadie se atrevía a ir de noche, salvo, por supuesto, el tipo de personas que tenían la tendencia a arrebatarte el bolso, y cortarte la garganta, por si acaso. Pero pensé que la vieja ciudadela era grande y habría muy pocas probabilidades de que nos encontráramos a ese tipo de personas. Además, Cristóbal era un excelente espadachín. Estaríamos seguros. Y debíamos intentarlo. Mi padre estaría fuera de casa durante otros cinco días. Era el momento perfecto.

Escuché el suave golpe en la puerta y me levanté de un salto. Cubrí mis hombros con una capa y me puse la capucha para esconder mi rostro. Estaba muy aturdida cuando abrí la puerta y bajé la mirada para asegurarme de que mis pies tocaban el suelo. Cristóbal, también encapuchado, extendió su mano para que me sostuviera. Estaba a punto de hacerlo cuando vi el crucifijo detrás de él. Me quedé paralizada.

—¿Qué pasa? —murmuró.

Había estado tan preocupada por el posible daño a mi cuerpo que olvidé mi alma. Nuestras almas, la de Cristóbal, la de Juan, la de Nana.

—¿Qué pasa, Catalina? —insistió.

—¿Estamos haciendo algo malo?

Alzó una ceja, inquisitivo.

—¿Y si Dios envió esas lluvias para destruir el *Popol Vuh,* igual que las inundaciones con Noé?

Cristóbal suspiró y también miró el crucifijo.

—Es cierto. —Dudó—. Los sacerdotes dirían que el *Popol Vuh* es maligno, que incita a la idolatría. Nos condenarían al infierno por mantener vivas las palabras que contradicen a la santa Biblia. Dirían que engañamos a la gente y dañamos su alma.

Parpadeé.

—Entonces, ¿deberíamos hacer esto?

Cristóbal sonrió.

—No puedo decirte qué hacer. Es cuestión de conciencia. Yo busqué en mi alma y encontré mi respuesta, tú debes encontrar la tuya. Decidas lo que decidas, te juzgarán, en este mundo o en el siguiente.

Cerré los ojos y me recargué en el quicio de la puerta, consciente de que el tiempo pasaba.

—¡No hay tiempo para esto! —exclamé tomando su mano y jalándolo tras de mí.

Cristóbal rio y avanzamos frente al crucifijo, cruzamos el patio hasta el vestíbulo, atravesamos la cocina, el huerto y los árboles que bordeaban el límite de la casa, colina abajo. Evitamos el pasaje estrecho que llevaba al barranco y la antigua ciudadela de piedra, con sus palacios y templos, cuyas cimas eran como montañas pulidas. Ahí era donde la mayoría de los ladrones emboscaban a sus presas. En su lugar, lo pasamos de largo y avanzamos hacia un segundo camino secreto, uno que solo la alta nobleza conocía y usaba.

El viento frío sopló con más fuerza conforme ascendíamos los escalones ocultos en la pared lateral del barranco, sacudiendo tanto las ramas de los árboles como nuestros nervios. Para cuando llegamos a la cima del desfiladero, yo estaba empapada en sudor y jadeaba por el miedo y el esfuerzo.

Cristóbal abría el camino por la ciudad abandonada; la luz cambiante hacía que los grabados de las paredes cobraran vida. Había reyes que emergían de los picos abiertos de águilas y de las fauces enormes de bestias, guerreros de lenguas perforadas que blandían sus mazas con filos incrustados, músicos que golpeaban sus tambores de caparazón de tortuga. Rodeamos las rocas y las enredaderas, las hierbas y helechos que trepaban alrededor y en la cima de los edificios. Con una punzada de tristeza advertí que la selva reclamaba la tierra y que había avanzado mucho desde la última vez que estuve aquí, de niña, cuando visité el lugar con mi madre.

Nos dirigimos hacia la plaza principal, donde se erguían unos frente a otros los templos coloridos de Tohil, Auilix y Hacauitz. Para evitar el pánico, me persigné y recé.

Seguimos avanzando hasta quedar ocultos en las sombras del templo más alto, Tohil, donde esperamos. Seguí rezando y rezando. Don Juan debía reunirse aquí con nosotros, pero el tiempo pasaba. Una efigie de ojos negros y colas de escorpión en lugar de pelo me miraba desde lo alto y se me puso la piel de gallina. Al fin, tras el cuarto de hora más largo de mi vida, apareció el cacique y cruzó el patio sin prisa, debo añadir. Aunque estaba encapuchado, se deslizaba como si dirigiera una procesión, como si a su alrededor hubiera cientos de personas reunidas que miraban y adoraban a su rey.

Volteé hacia Cristóbal y agité la cabeza, incrédula. Puso una mano sobre mi hombro para tranquilizarme. Le había prometido quc me esforzaría en ser civilizada, así que callé cuando don Juan se nos acercó y dijo:

—Síganme.

No tardamos en llegar a los restos calcinados del palacio de la Casa Kaweq, la antigua sede familiar de don Juan. Los escalones seguían ahí, así como la larga plataforma plana donde alguna vez estuvo el complejo del palacio, pero, aparte de una torre más pequeña y una o dos columnatas, la mayor parte de la estructura se había convertido en escombros. Las enormes piedras habían desaparecido. Las habían usado para construir la iglesia en Santa Cruz. Lancé una mirada a don Juan, pero fueran las que fueran sus emociones al ver su hogar destruido, las ocultaba bien.

El cacique no subió los escalones; en cambio, nos llevó a un costado, donde un pequeño brote de árbol de aguacate crecía oblicuo entre la estructura y el suelo. Metió la mano al morral que llevaba bajo la capa y sacó dos palos de madera. Se acuclilló junto al aguacate y limpió con la palma de la mano uno de los cuadrados del piso, lanzando tierra en todas direcciones. Luego sacó lo que parecía una cuerda corta con ganchos en ambos extremos, que insertó en las dos hendiduras que habían quedado a la vista. Se puso de pie y jaló. La piedra se levantó con un rechinido, como si fuera una escotilla, abriendo paso a una escalera estrecha que descendía a un agujero, negro como boca de lobo.

—Toma los palos y colócalos en las esquinas —le dijo a Cristóbal.

Este obedeció. Cuando la trampilla quedó bien afianzada en los palos, don Juan soltó la cuerda y la volvió a meter a su morral.

—Solo los de corazón valiente se atreven a entrar a la guarida Kaweq —agregó, mirándome con ojos brillantes.

—Supongo que tendré que mostrarle lo que eso significa —espeté, ofendida por su tono, por la implicación de que yo era débil o estaba aterrada, aunque por supuesto lo estaba.

Y antes de que pudieran detenerme, me remangué las enaguas, me senté en el borde y penetré el túnel oscuro. Bajé sentada cada escalón hasta llegar a una suerte de rellano.

El aire frío y húmedo, y la conciencia de que ni siquiera podía ver la punta de mi nariz lograron que mi terrible indignación desapareciera enseguida.

Retrocedí hasta la pared mohosa, junto a la escalera, y de un tirón aparté la mano de su superficie lisa como la piel de una rana; luché contra las ganas de gritar con todas mis fuerzas. De pronto volvía a tener nueve años. Mi madre había muerto, y el lodo me paralizaba de miedo.

Sí, lodo. Tierra. Lo odiaba, y cualquier cosa parecida a él: barro, polvo, arena, incluso guijarros. No podía salir de la casa. No podía poner un pie fuera de la seguridad del suelo embaldosado. No quería que esas partículas minúsculas me tocaran. Temía que una ráfaga de viento las arrojara contra mi rostro. Imaginaba que lo respiraba todo, que todo ese polvo entraba por mis fosas nasales hasta mi garganta, que se acumulaba bajo mis párpados hasta asfixiar el mundo en oscuridad. No podía soportarlo. Mi pecho se comprimía y yo gritaba hasta perder la voz.

Mi padre me había ayudado a su manera. Hizo que Río Digno desenterrara las hortensias y me sostuvo sobre la tierra fresca hasta que me quedé tan quieta como una tumba. Ahora me mantenía inmóvil en esa cueva, pero no tranquila. Por fortuna, podía escuchar a los otros bajar. Poco después, la voz de Cristóbal me llamó en un eco.

—Aquí estoy —respondí con voz ronca.

Sus botas golpearon la piedra con un sonido seco. Se paró junto a mí y tomé su mano. Me dio un ligero apretón, aunque su palma estaba tan húmeda y pegajosa como la pared a nuestra espalda.

—Esperen, voy a encender una antorcha —dijo don Juan.

Parecía que estaba sentado en el último escalón. Escuché algunos golpecitos, seguidos de un olor acre a azufre y humo. Una llama dorada parpadeó y brilló cerca de mis pies e iluminó poco a poco la cueva.

Su brillo me sacó de mi terror. El lugar no era más grande que mi cocina, pero estaba decorado con un hermoso y elaborado friso, repleto de bustos de colores brillantes y esculturas de pájaros, jaguares y dioses coronados con tocados de plumas que jugaban a la pelota. En el centro había un pequeño círculo de piedras talladas, algunas de las cuales servían como soporte a jarrones de colores y a un gran cuenco de agua. El manuscrito en forma de acordeón de mi madre estaba expuesto; se veía desgastado, pero seco. En medio del círculo de piedra había un montón de madera seca colocada con cuidado. El suelo estaba cubierto de largas agujas de pino que formaban una alfombra fragante.

—¿Usted hizo todo esto, mi señor? —preguntó Cristóbal.

—No, se lo pedí al Grande, que es como un hermano para mí. Él preparó todo —respondió don Juan, al tiempo que se acercaba al centro.

Se bajó la capucha y encendió el fuego, del que escapó tanto humo negro que los ojos me lloraron. Tomó uno de los jarrones y aventó una pizca de algo al fuego, que llenó la habitación con un fuerte aroma.

Copal.

De inmediato pensé en mi madre. Siempre olía así, a resina, la sangre de los árboles. El olor me dio consuelo y me fortaleció. Me armé de valor para hacer lo que fuera necesario para cumplir la promesa que le había hecho.

El cacique se lavó las manos y los brazos, cerró los ojos y murmuró:

—Corazón del Cielo, Corazón de la Tierra, el Kaweq te habla, te suplica, lleva la cuenta de tus días. En esta noche de *oxlajuj kej,* noche que carga los destinos de la humanidad, te pedimos tu bendición.

Cristóbal y yo caminamos juntos hasta quedar frente a la hoguera. Él también tomó una pizca de copal, la arrojó al fuego y dijo:

—Creador, Modelador de la humanidad, Dador de aliento y corazón, el Nija'ib' te suplica, tú que todo lo sabes. Te pedimos tu bendición.

Cristóbal me pasó el jarrón y yo lo tomé. Sin querer miré a don Juan, quien me miró de vuelta exactamente como pensé que lo haría: con un desdén sin filtros, inconfundible.

«No perteneces aquí, mestiza». Estaba segura de que eso pensaba. Para él, yo nunca sería una verdadera k'iche'.

Estaba contaminada. Pero por primera vez una suerte de armadura me rodeaba y no me importó. Quizá mi sangre no tenía la misma pureza que la suya, pero mi amor por nuestra herencia era igual de intenso.

Mis ojos se humedecieron al darme cuenta de cuánto había tratado de apartar ese amor. Había intentado tragarlo y contenerlo, con la esperanza de reprimir el dolor que lo acompañaba. Ahora sabía que no podía. Yo no era Atenea. No podía negar la mitad de mi ser: si quería hacer honor a mi madre y en verdad mantener su recuerdo y su promesa, tendría que sentir su pérdida sin importar lo mucho que doliera.

Con ese peso en el pecho, metí la mano al jarrón y arrojé el incienso al fuego, cerré los ojos y murmuré como ella alguna vez lo hizo:

—Madre-Padre, Portador y Creador de vida, engendrado en la luz, el Ajaw-k'iche' te invoca y busca tu bendición.

Tras respirar algunas veces en silencio, Cristóbal se aclaró la garganta.

—Bien. No debemos perder tiempo. Catalina, acordamos que el cacique será el escriba porque nosotros conocemos mejor la historia de la creación. —Asentí y él continuó—: Es importante que hagamos esto de la manera correcta, como los antiguos.

Mis mejillas ardieron.

—¿Te refieres a la danza?

Asintió y se quitó la capa y las botas. Yo empecé a hacer lo mismo cuando agregó:

—Y con *balché' ki'*.

Nos miramos un momento hasta que asentí. Él se dio la vuelta y yo también, para apretar el lazo de mi corpiño.

—¿Preparó la bebida, señor? ¿El *balché' ki'*? —preguntó Cristóbal.

El cacique asintió.

—Como me indicaste. Mojé y piqué la corteza, la trituré y agregué los hongos y las flores. Estramonio, corazón verde, tabaco silvestre y miel. Está en el odre, allá; los instrumentos están aquí, así como la tinta y el amate.

Había suficiente papel amate como para escribir tres libros.

—Y traje algo mío, de los Nija'ib', para que te lo pongas.

De uno de los jarrones más grandes sacó un penacho delicado con plumas rojas y azules; por su tamaño, supuse que eran de guacamaya. Cristóbal se le acercó, con la cabeza inclinada, y don Juan amarró el penacho alrededor de su cabeza.

—Es un honor —dijo Cristóbal.

—Es lo correcto. Empecemos —respondió el cacique.

Se quitó la capa y la extendió en el suelo con cuidado antes de sentarse en ella para utilizar una de las piedras más lisas a modo de escritorio.

Cristóbal tomó el recipiente señalado y bebió un buen trago. Luego me lo pasó y dijo:

—Tómate el resto.

Me sorprendió que el *balché'ki'* fuera dulce y aromático, con un ligero sabor amargo al final. No pasó mucho tiempo para que su efecto tranquilizante me hiciera cosquillas en el pecho y las mejillas. Cristóbal me dio un cascabel y empezó a marcar un ritmo lento y constante con su tambor de mano, lanzándome una sonrisa radiante.

Me di cuenta de que el *balché'ki'* también le hacía efecto y le devolví la sonrisa haciendo sonar el cascabel.

—Ah, te quiero, prima.

Rio sin interrumpir el ritmo. Mucho tiempo después de que el último eco de su voz desapareciera, el tambor siguió latiendo.

Luego, entre los golpes del tambor, Cristóbal asintió y dijo:

—Esta es la raíz de la antigua palabra, aquí, K'iche' es su nombre.

Vi cómo don Juan empezaba a escribir.

—Aquí escribiremos, dejaremos sembrada la antigua palabra, el principio, el fundamento también de todo lo que ha sido hecho, con lo que hicieron también, en la claridad de la existencia.

Cristóbal y yo avanzamos en círculos. Todo ese tiempo, el constante latido del tambor resonó dentro de la cueva, dentro de mi corazón. Mi alma se exaltó.

—Esto escribiremos ya dentro de la voz de Dios ya en el cristianismo —dijo con voz temblorosa—. Lo sacaremos porque ya no existe el instrumento para ver, el *Libro del Consejo*. Pero este es el relato, aquí está. Cuéntalo, Orquídea de Piedra.

Canturreé un momento y esperé que llegaran las palabras. La punta de mi lengua tembló. Agité mi cascabel y recité:

—Así es el relato de lo que todavía está en suspenso, de lo que está silencioso, de lo que está vacío también en el cielo.

Seguí hablando y algo curioso le sucedió a mi voz.

Podía ver el sonido, mi aliento, un vapor azul. Hizo eco, se expandió. Envolvió la habitación con una niebla tranquila, un inmenso vacío en el que, si una sola gota de agua hubiera caído en el estanque de cristal, habría resonado durante milenios.

Estaba sola en este eterno crepúsculo, y yo no era yo.

Mi cuerpo era largo, poderoso, estaba cubierto de miles de escamas deslumbrantes, cada una del tamaño de mi antiguo cuerpo humano, y mis brazos ya no eran brazos sino alas cuyas plumas esmeralda abarcaban continentes. Las extendí y planeé, deleitada con mi gracia.

Volé por la neblina fría y silenciosa de eones sin encontrar a nadie, hasta que otro punto de luz atrajo mi mirada dorada.

El Huracán y el Rayo se reunieron y sobrevolaron el mar tranquilo. Sus voces devastadoras rasgaron las nubes y la fábrica del espacio.

—Ven con nosotros, hermano —dijeron—, y crearemos el mundo.

Permanecí con ellos y nuestras conciencias se unieron en un haz perfecto.

—¡Tierra! —exclamamos al unísono.

La tierra se elevó con el gemido de miles de piedras pulverizadas; el océano hizo espuma y se partió en dos. Al pensar en las montañas y los árboles, estos brotaron, y el pasto y las flores crecieron, en todos los tonos y formas que pudimos conjurar. Nuestra sabiduría era interminable, como lo era nuestra creación.

Bailé bajo los árboles y mi cuerpo se deslizó, deleitado, sobre la corteza áspera y los pétalos fragantes.

—Estos hermosos árboles deberían tener guardianes —dije entre dientes.

—¡Así es! Y esos guardianes deberán alabarnos y venerarnos —respondieron los otros dioses.

En el momento en el que lo pensamos, de nuestra cabeza salieron ciervos y pájaros. Corcovearon y alctearon en todas direcciones, y empezaron a construir nidos. El jaguar, el mono y la lagartija emergieron también. Qué hermosos eran, qué maravillosos.

—Pero escúchenlos: solo pueden gruñir, chillar y bufar —dijo el Rayo.

Su cuerpo de diamante centelleaba y burbujeaba con una fuerza indescriptible.

Escuché, esperando oír las alabanzas y cánticos en mi nombre, como debía ser. Pero estos animales no podían hacerlo. Una ira súbita se apoderó de mi vientre, tan interminable y poderosa como el calor salvaje que hervía debajo de las montañas que había creado.

—¡Esto no servirá!

Me abalancé sobre esas criaturas inútiles y devoré su carne.

—Basta, Q'ukumatz —dijo el Huracán, y su cuerpo como nube oscura se arremolinó sobre mí, envolviéndome en un viento estridente y una lluvia helada—. Busquemos el consejo de la Abuela del Día y de la Claridad. Ella sabrá cómo crear a los mejores devotos.

Volamos hacia la Abuela del Día y de la Claridad, quien, con la espalda encorvada, calentaba sus manos arrugadas sobre la montaña humeante.

—Lo que necesitan son hombres —dijo.

—¿Cómo haremos que esos hombres nos adoren, oh, sabia? —pregunté.

—Mmm... ¿por qué no intentan crearlos de lodo y barro? —respondió, sonriendo con sus ojos como estrellas.

Mezclamos tierra y agua, y de lodo esculpimos su carne. Pero sus tráqueas estaban demasiado mojadas como para emitir sonidos y nombrarnos. No podían alzar sus brazos flojos para alabarnos. Los destruimos y regresamos volando con la Abuela del Día y de la Claridad para pedirle más consejos.

—Mmm... ¿por qué no intentan crear a los hombres de madera?

Dividimos en dos nuestros bosques e hicimos a los hombres con una mitad. No funcionó. Miramos con horror cómo hordas de nuestros hombres de madera destruían la otra mitad del bosque y golpeaban a nuestros animales con piedras. Ni una sola vez invocaron nuestros nombres en alabanza, ni una sola vez nos recordaron en su mente vacía.

—¡Son crueles, insensatos! ¡Destruyámoslos! —dije a los otros dioses.

Un momento después inundamos la tierra y ahogamos a los seres de madera entre olas y espuma. Invocamos a los demonios de Xibalbá. Surgieron del inframundo en furia, con ojos desorbitados les arrancaron la cabeza a mordidas y devoraron su carne lignaria.

Regresamos volando con la Abuela del Día y de la Claridad una última vez.

—Por favor, sabia —pidió el Rayo—, ¿cómo hacemos que los hombres alaben nuestros nombres?

—Mmm... —sopesó, y frotó sus manos para calentarlas, palmeando una vez. De pronto, del suelo brotaron tallos de maíz que se elevaron más arriba de nuestra cabeza—. Ayúdenme a cosecharlo.

Reunimos miles de mazorcas a sus pies y seleccionamos los granos que daban vida: verdes, blancos y dorados. La sabia conjuró un metate, hizo la masa y dijo:

—Este será su cuerpo. —Luego, del arroyo que había al lado, tomó agua pura y la vertió—. Esta será su sangre.

Mezcló la pasta con el agua y moldeó tres hombres perfectos, con piel morena perfecta y los ojos encendidos de bondad.

De inmediato se pusieron de rodillas y nos dedicaron sus rezos.

—Ahora, todo lo que necesitan para ser en verdad felices —me dijo la Abuela del Día y de la Claridad— es ver el primer amanecer.

Tocó mi hombro, la articulación de mi ala izquierda, y lentamente recuperé mi cuerpo humano. No fue doloroso, pero fui sintiendo un anillo hueco en mi interior conforme la cueva subterránea volvía a tomar forma y mis hermosas alas se convertían en brazos pesados. El poder sobrenatural me abandonó, dejándome débil.

Me di cuenta de que estaba acuclillada sobre una rodilla.

Estaba a punto de pararme cuando advertí la presencia de don Juan, por primera vez en lo que me parecieron días. Estábamos a pocos metros uno del otro, pero su mirada me quemó. En sus ojos había una suerte de maravilla o una mezcla de deseo y miedo. De pronto fui consciente de que mi cabello se había soltado y estaba cubierta en sudor; había levantado mis enaguas tan alto que mis muslos quedaban al descubierto. No llevaba medias porque había arruinado todas cuando la maldición me hizo sangrar, por lo que mi piel estaba desnuda. Me apresuré a bajar mi vestido y aparté la mirada.

Cristóbal yacía en el suelo frente a mí; también estaba empapado. Todos los botones de su camisa estaban desabrochados. Me senté junto a él.

—No puedo continuar —jadeó, irguiéndose para apoyar su cabeza sobre mi hombro.

—Ni yo —respondí un momento después.

Durante mucho tiempo solo se escuchó el sonido de nuestra respiración y el de la pluma que raspaba el papel.

—Casi completamos la primera parte —dijo don Juan sin alzar la mirada—. Falta una hora aproximadamente para que amanezca. Descansen mientras cotejo con el original para ver si hay algún error y termino de escribir. Creo que lo más seguro es que deje aquí los manuscritos, hasta que terminemos. ¿Qué piensas, Nija'ib?

Pero Cristóbal ya dormía. Roncó tan fuerte que don Juan y yo nos sobresaltamos y luego lanzamos una carcajada.

Nunca antes lo había visto reír.

El cambio era drástico, hermoso. No pude evitar mirarlo fijamente. Nuestras miradas se cruzaron hasta que él la desvió como si se avergonzara. Fingí cerrar los ojos, pero en realidad lo estudiaba mientras escribía. Podía jurar que parte de él se sintió en armonía y excitado por mi mirada, pero por supuesto, también fingió lo contrario.

A la noche siguiente volvimos. Esta vez yo era la escriba. Observé a don Juan y a Cristóbal cuando bebieron *balché'ki'* y bailaron la historia del Siete Guacamayo, un dios pájaro enjoyado y pretencioso que afirmaba ser el primer verdadero amanecer y fue castigado por su vanidad.

Por supuesto, don Juan fue el elegido para ser el Siete Guacamayo. Pisaba con fuerza, saltaba y pateaba como un guerrero orgulloso, mientras Cristóbal asumió el papel de los traviesos héroes gemelos, Hunahpú y Xbalanqué, quienes lo engañaron y provocaron su muerte.

Debo admitir que me costó mucho trabajo concentrarme porque ambos hombres bailaban como tocados por la flama y el relámpago, y aunque no me advertían, perdidos como estaban en el otro mundo, nunca me había sentido tan viva. Dejé de escribir cuando Cristóbal empezó su danza de victoria y don Juan quedó tendido en el piso junto a mí. Su cabeza estaba tan cerca de mi muslo que su cabello caía sobre mi vestido. Simplemente no podía concentrarme.

Se suponía que debía representar a un muerto, pero sus ojos estaban bien abiertos, de regreso a esta tierra. Me miró a la cara y dijo:

—Mañana es nuestro turno de bailar.

—Así es —respondí.

Escribí unas cuantas líneas más y actué con tranquilidad.

—Deseo que no haya más mala voluntad entre nosotros —murmuró.

Lo miré, pero él observaba a Cristóbal y no pude determinar si era sincero.

—¿Y eso por qué? —pregunté.

No pude evitar la agudeza en mi voz.

Respiró profundo.

—Quizá... quizá me apresuré al formarme una opinión sobre usted.

«¡Qué magnánimo!», quise decir. Nos miramos y entrecerré los ojos.

—Entonces, ¿es una disculpa?

—Es un ofrecimiento de paz —chascó, con un poco de su antigua arrogancia.

En lugar de tomar en cuenta el mérito en sus palabras y practicar un poco de compasión cristiana, lo agredí.

—Su mala voluntad casi me mata. Lo que siento por usted es obra suya. Será mejor que aprenda a vivir con eso.

Su rostro se ensombreció y de inmediato me arrepentí. Pero no dije nada cuando giró sobre su cuerpo para apartarse de mí. Me limité a enterrar las uñas en mis palmas y traté de no pensar en lo tonta que era.

De regreso a casa, Cristóbal y yo apenas nos dirigimos la palabra. Él seguía embriagado y medio muerto de agotamiento, y yo estaba demasiado enojada conmigo misma. Mi madre siempre decía: «Una dama nunca muestra su enojo». Hasta hace poco, nunca había tenido problema para seguir la regla, aunque estuviera muy enojada. Pero, al parecer, con don Juan me era imposible controlarme.

Estaba tan harta de pensar en él que solté un quejido.

—¿Qué pasa? —murmuró Cristóbal.

—Nada —respondí, pero no pude resistirme—. ¡Es solo que lo odio! ¡Odio al cacique!

Cristóbal rio y se apresuró para caminar a mi lado, bien despierto de pronto.

—Es el desgraciado más odioso que jamás haya conocido —protesté.

—Odiosamente apuesto —añadió Cristóbal con un guiño—. Parece que los dos se sacan de quicio mutuamente.

—¡Es insufrible! ¡Peor que un mosquito en la oscuridad!

Me dio un empujoncito en el brazo.

—Como el aguacate que dejas «solo un día más».

Lancé una risita.

—Y que cuando lo abres está fibroso y gris, horrible.

Él volvió a reír y me miró por el rabillo del ojo.

—Dicen que la línea entre el amor y el odio es muy fina, ¿sabes?

Me quedé boquiabierta y balbuceé.

—Por-supuesto-que-no. ¡Me maldijo, Cristóbal!

—¿Qué?

Le dije todo lo que no le había contado, sobre nuestra conversación durante el baile, la visita de la Dama de Sangre y cómo había dejado de sangrar en el momento en que le entregué el *Popol Vuh*.

Cristóbal sacudió la cabeza.

—Siempre supe que tenía una faceta cruel, puesto que la vida ha sido terriblemente despiadada con él, pero esto… es un comportamiento vergonzoso, espantoso.

Asentí en respuesta, apaciguada por su apoyo.

—Bueno, ya quiero que terminemos de escribir este libro para librarme de él.

—Solo faltan tres partes más.

Pasó un brazo sobre mis hombros y me recargué contra su cuello. Caminamos así el resto del camino y por un instante sentí el tipo de paz que me había eludido desde que mi padre envió a Cristóbal a vivir con los dominicos.

La hacienda quedó a la vista y dejé escapar un gritito de alivio. Todo lo que quería era meterme a la cama y dormir hasta mediodía. Pero había un problema.

En el instante en que abrí la puerta, mi padre me recibió. Había llegado antes de lo esperado. Estaba sentado con un mosquete a su lado.

Levantó el brazo y lo apuntó directo a mi corazón.

Siempre que me arropaba en la cama, mi hermana Beatriz me contaba historias de África. Me narraba cuentos sobre toda suerte de animales, pero los de África eran sus favoritos. Describía los elefantes gigantes, cuyos colmillos de marfil eran tan largos que podían ensartar a ocho hombres de costado; jirafas con cuellos tan largos como los troncos de las palmeras, y leones con ojos como el sol y colmillos del tamaño de mi cara. Hacía que me pusiera de pie para decir: «Solo hay una manera de sobrevivir a un encuentro con un león. Debo aguantar. Erguida y firme». Me hacía fingir que miraba a esos felinos a los ojos para luego retarlos: «Soy yo la que va a cenar, no tú».

De esa manera enfrenté a mi padre. Aunque no pensaba que fuera capaz de matar a su propia hija, era juez por profesión y un ogro por reputación. Y sin duda esto era un juicio.

Cristóbal estaba un poco detrás de mí. No podía verlo, pero sabía que ya estaba en sus cinco sentidos.

—¿Dónde estabas? —me preguntó mi padre.

«La mejor manera de mentir es decir la verdad», mi madre de nuevo.

—En las ruinas —respondí.

—Te prohibí ir ahí.

—Fui a rezar por mi madre —expliqué—. Cristóbal me acompañó para protegerme.

Parpadeó una vez. Bien.

—¿A quién le rezaron?

—A Dios, por supuesto.

Tanto su pregunta como la formidable intuición de mi padre me sorprendieron, pero no parpadeé. Su boca formaba una línea recta y, por un momento, entré en pánico al pensar que sabía todo.

—¡Le rezas a Dios en una iglesia santificada, no en unas ruinas paganas! ¿Te das cuenta de que fue así como atraparon a tu madre? ¡Ajá! Exacto. ¿Quieres terminar como ella?

Nunca hablaba de ella. Jamás. Que la mencionara me sacudió hasta la médula.

—Ven aquí —ordenó.

Avancé. Mi valentía titubeó y puse una mano sobre la otra, como si fuera monja.

Me tomó del brazo y me jaló hasta que quedamos muy cerca, frente a frente.

—¿Te rebajas con ese chico?

El destello de dolor en sus ojos hizo que mi voz se quebrara.

—¡No, padre! Lo juro —respondí.

No apartó su mirada inquisitiva y me olió. Todo lo que pude pensar fue en la suerte que tenía de que no hubiera llegado ayer, que yo apestaba a sudor y bebida.

—Copal —dijo.

Asentí.

—Quemé incienso por ella.

—Triple tonta. Vete a tu cuarto —murmuró entre dientes.

Hice una reverencia y me marché. Antes de doblar la esquina en el pasillo, volteé a ver a Cristóbal. También estaba erguido en toda su estatura, rígido.

Me senté en mi silla manchada, tensa como la cuerda de un arpa. No me engañaba, esto no había terminado. Escuché el murmullo de voces durante casi media hora, pero ningún grito. Tratándose de mi padre, no me pareció una buena señal. Sin embargo, tampoco hubo disparos, así que supuse que Cristóbal había pasado la prueba. Se oyó una puerta que se azotaba, y silencio. A pesar de mi inquietud, una hora después estaba tan agotada que me quedé dormida.

Cuando me di cuenta, mi padre me despertaba.

Junto a él estaba la comadrona.

—Señor, hay muchas otras maneras, infalibles, de garantizar que la señorita es pura. Con su permiso, con una simple inspección de su orinal lo podemos saber. Si la orina es clara e inodora es una señal de que vive sin pecado. También traigo conmigo un cedazo que, en sus manos benditas y virginales, debería retener toda el agua.

—Le estoy pagando para que la examine, así que hágalo. Y no quiero escuchar ni una sola palabra tuya, querida hija.

Mirarlo a los ojos solo lograría provocarlo, por lo que mantuve la mirada fija en el piso, hice una reverencia y me senté en el colchón. Esperé a que la mujer me dijera qué hacer. Mi padre corrió las cortinas alrededor de mi cama, aunque su presencia abarcaba toda la habitación, como una nube que bloquea el sol.

—Necesito que se acueste bocarriba, mi señora, para poder examinarla. —Su voz amable me decía que lo lamentaba.

Asentí y ni un solo sonido salió de mi boca, ni siquiera cuando me levantó el camisón y sentí una humillación tan inmensa que, a mi pesar, las lágrimas corrieron por mis mejillas. Tras una pausa, me bajó el camisón y me dio una palmadita en la rodilla.

—Virgen intacta —masculló en dirección a mi padre, y se marchó.

Me incorporé y traté de reponerme para recuperar un poco de dignidad, antes de que mi padre abriera las cortinas.

Observé su rostro reflejado en el espejo, se mesaba la barba, titubeando. Durante un momento pensé que admitiría que había ido demasiado lejos; sin embargo, levantó la mano y gritó:

—No me dieron más opción, ¡ninguno de los dos!

Me mordí el labio y asentí. En el fondo solo quería que se marchara.

—Ya se fue. Lo corrí. No lo verás nunca más, ¿entiendes?

Las lágrimas cayeron de mis ojos, pero asentí de nuevo.

—Vas a venir a vivir conmigo a Santiago, de manera permanente. Nana te ayudará a empacar, pero vendrás sola. ¡Sin Nana, sin nada! Te ha consentido demasiado. Si no fuera una mujer anciana y lisiada, la arrojaría al calabozo...

—¡No sería usted capaz!

—Debió detenerte anoche, y no te atrevas a negarlo. ¡Ella sabe todo lo que haces!

Lo fulminé con la mirada como nunca antes lo había hecho.

—Esa mujer me crio como a su propia hija, si le hace daño, juro que nunca lo perdonaré —respondí con una especie de rugido.

Para mi sorpresa, mi padre abrió los ojos como platos y retrocedió un paso hacia la puerta. Luego dio media vuelta y anunció en un tono más suave:

—Nos vamos mañana. Asegúrate de despedirte.

CAPÍTULO 6

Santiago de los Caballeros, Guatemala
Invierno de 1551-1552

Mi padre siguió furioso durante casi dos meses completos, mucho más tiempo de lo que jamás había visto. Su castigo fue severo: me prohibió salir del palacio donde vivía ahora. Solo hasta Navidad relajó las medidas.

Como regalo, me llevó a escuchar la misa de gallo. Al terminar la ceremonia, caminamos tomados del brazo detrás del obispo Marroquín, quien encabezaba la procesión desde la catedral hasta la plaza principal. Frente a él alzaba una cruz de oro resplandeciente.

El sol de la mañana era cálido y la brisa tranquila. Las campanas tañían, y en todas partes había música y celebraciones. A lo largo del centro de la plaza empedrada se extendía una hilera de puestos con canastas tejidas llenas de dalias recién cortadas, cuencos de cerámica rebosantes de granos de cacao, charolas repletas de polvo de añil y de cochinilla para teñir tela, y exhibidores con vino italiano y aceite de oliva. Los encomenderos, españoles a quienes les otorgaban tierras, mano de obra y subvenciones de tributo, cabalgaban a lomo de sus caballos, fumando tabaco y engalanados con sombreros con plumas. Las damas, de vestidos amplios y mangas abombadas se pavoneaban en parejas o tríos, hablando detrás de sus abanicos de madera pintada y seguidas por un cortejo multicolor de sirvientes. Indígenas, criollos, hombres y mujeres negras, algunos libres, otros no, cargaban sobre la cabeza canastas de comida o llevaban a niños que se retorcían en sus brazos.

Busqué entre la multitud con la esperanza de ver a don Juan o a Cristóbal, aunque sabía que mi padre no lo había mandado a Santiago.

Hubiera querido saber dónde estaba. Fuimos muy tontos al no hablar de lo que debíamos hacer en caso de que se presentara una situación parecida. Hacía mucho tiempo que no tenía noticias de ninguno de los dos; tampoco de Nana, aunque ella no sabía escribir.

Por supuesto, yo no había podido ir a ninguna parte sin mi padre, y Santa Cruz estaba a tres días de distancia en carruaje, así que no tenía manera de ir a buscarlos. Incluso cuando mi padre estaba ocupado, no me quitaba los ojos de encima. El palacio estaba repleto de gente a su servicio. Sirvientes de la Corona, sirvientes suyos y docenas de secretarios que iban y venían todo el día para llevar y traer cartas. Era exasperante contemplar tanto papel y tinta y no poderlos usar. Le había ordenado a una doncella, Maribel, que me hiciera compañía durante el día. Pasábamos el tiempo en la biblioteca, cosiendo en un silencio sofocante, a la espera de que mi padre me llamara para cenar.

Supuse que hoy sería diferente. Mi padre siempre organizaba una fiesta de Navidad para la corte en Santiago. No estaba segura de si don Juan estaba invitado, pero recé por que asistiera. Mi corazón se aceleró al pensar en él, pero me dije que se debía solo a que estaba ansiosa por saber si el *Popol Vuh* estaba a salvo. Deseaba seguir escribiéndolo. Era un pensamiento constante, una inquietud que no cesaba durante el día y persistía en mis sueños durante la noche. Incluso en ese momento recitaba en mi mente las palabras familiares, la parte que debíamos escribir: «Así continuaron Uno Hunahpú y Siete Hunahpú, guiados por tecolotes mensajeros. Bajaron a Xibalbá. Pasaron, pues, por barrancos de aguas turbulentas...».

No tuvimos que ir muy lejos para alcanzar la fachada norte del palacio, adyacente a la catedral. Era muy parecido a nuestra hacienda en Santa Cruz, salvo que este tenía dos pisos, ventanas en arco, muy elaboradas, dos patios y un gran jardín enmarcado por tres magníficos volcanes al fondo.

Cruzamos la reja de hierro y me quedé sin aliento ante el espectáculo. En general, a mi padre le gustaba dar banquetes solo para tener la oportunidad de humillar en público a todos sus enemigos al mismo tiempo. Si fuera por él, el evento debería ser sombrío, una celebración lamentable para recordar a todos los presentes lo que él consideraba que se merecían. Pero ese año se le adelantaron. Le habían escrito al emperador para quejarse de las miserables raciones del año anterior diciendo que era un insulto al honor de Su Majestad.

Le ordenaron a mi padre que fuera espléndido, sin discusiones; por lo tanto, el jardín estaba decorado con suntuosidad. Como el clima era muy agradable, las mesas estaban dispuestas al aire libre, adornadas con los manteles bordados de hilo de oro y la cubertería de plata del palacio. La fuente del centro del patio principal estaba cubierta de frutas y flores. Un arpista que habían traído de Chiapas tocaba una melodía ligera cuando entramos, seguidos por nuestros invitados, quienes lanzaron una exclamación al admirar la belleza del jardín. Los meseros, impecables en librea azul, se apresuraban a ofrecer vino en cristalería veneciana.

Mi padre había cumplido con su deber, pero, por su expresión, al parecer hubiera preferido tomar veneno que brindarle alegría a la gente que tanto despreciaba. Eran personas que se oponían a él todo el tiempo, que lo amenazaban a él y a las Leyes Nuevas de Indias todos y cada uno de los días. Su humor se ensombreció cuando sus dos peores rivales, el obispo Marroquín y el capitán Lobo, el tesorero, se acercaron juntos con grandes sonrisas satisfechas. Me saludaron con una leve inclinación de cabeza, que yo devolví indecisa.

—Don Alonso, qué agradable cambio comparado con la reunión del año pasado —dijo el capitán Lobo, un conquistador canoso de mediana edad, tan voraz como su nombre. Una cicatriz cruzaba su mejilla izquierda y sus ojos eran color avellana, tan claros que podrían ser amarillos—. ¿Podría ser una señal de que los tiempos están cambiando para mejor, quizá?

El banquete era uno de los triunfos de Lobo sobre mi padre. Este último forzó una sonrisa.

—El emperador puede desear que cenen en esplendor esta noche, pero sus Leyes Nuevas no van a cambiar.

—Vamos, otras dos familias nos dejaron el mes pasado. Familias buenas y honorables que regresaron a España —agregó el obispo Marroquín, quien era alto y delgado, calvo, y con una barba de chivo corta—. Les rogué que se quedaran, pero no pude darles ningún argumento que refutara sus quejas.

—¿Que eran cuáles?

—Que desde las supuestas reformas no tienen indígenas que les ayuden en la construcción, ningún indígena que labre los campos o trabaje en sus minas —respondió el capitán Lobo.

Mi padre rio.

—Lo que significa que eran demasiado tacaños para pagar mano de obra que robaban a gratis.

—Los precios han subido. El otro día pagué cien reales por una camisa que hace tres años no costaba más que veinte. Uno debe sacrificar mucho estos días para pagar buena leña. Los indígenas piden salarios excesivos; sencillamente, es imposible contratarlos.

—Vamos, Javier. Ambos sabemos que, si usted gastara menos en manteca y miel, tres reales a la semana para cada uno de sus pobres trabajadores no tendría enormes consecuencias.

—No puede esperar que los vecinos vivan así —intervino Lobo, poniéndose morado.

El obispo colocó una mano en el hombro de Lobo para tranquilizarlo.

—Mi señor —dijo en dirección de mi padre—, estoy de acuerdo en que tenemos que mejorar la forma en la que tratamos a nuestros nativos; pero su pasión, si bien admirable, ha hecho que los colonos padezcan condiciones intolerables. Más se marcharán. Los indígenas se rebelarán y volverán a venerar a sus falsos ídolos. Todo el gran esfuerzo de nuestros misioneros será en vano.

—¡Su excelencia! Sería una lástima que se muriera de preocupación, además de innecesario, puesto que por cada cuatro vagabundos que se van, hay otros cuatrocientos dispuestos a tomar su lugar. Tome una copa de vino. A la salud de Su Majestad, ¡larga vida!

Todos gritaron en respuesta y mi padre me alejó de los hombres de aspecto adusto.

—«Condiciones intolerables» —masculló mi padre—. El emperador estableció explícitamente que los indígenas son ahora nuestros compatriotas, y que deben ser tratados con justicia. Es un hecho legal, si no uno moral. ¿Sabes, Catalina? La avaricia enceguece. No ven el sufrimiento. —Negó con la cabeza—. Tienen más consideración por las bestias de carga que por los seres humanos.

—¡Don Alonso!

Volteamos y mi padre lanzó un quejido. El juez Ramírez avanzaba en nuestra dirección, del brazo de su joven esposa, quien había llegado de España apenas el mes pasado.

—Está de regreso —dijo mi padre.

—¡Así es! Mi viaje fue cómodo, gracias por preguntar.

—¿Ha hecho algún avance con todos esos robos que ha habido?

—Me temo que no, y no tengo noticias sobre ese collar que usted reportó perdido. ¿Me parece que era de su hija? ¿Es ella? —preguntó.

Mi padre nos presentó.

—Estoy seguro, señorita, de que todos los días agradece no parecerse nada a este hombre —dijo el juez Ramírez con una gran sonrisa y besó mi mano morena sin dudarlo.

Yo le sacaba una cabeza, pero me daba cuenta de por qué era un favorito entre las damas de la corte, por qué corrían rumores desenfrenados sobre sus muchas amantes: se debía a su soltura, a sus espesas cejas españolas, piel bronceada y ojos verdes brillantes.

Me tomó por sorpresa. No estaba segura de cómo recibir este cumplido ambiguo, pero no esperó mi respuesta.

—No me canso de decirle a su padre que no es sano mantener encerrada a la gente joven, pero hay que ser un mulero para hacerlo cambiar de opinión. Permítame presentarle a mi esposa, Isabel.

Intercambiamos los cumplidos acostumbrados. Isabel fue al principio fría y me examinó con cuidado, en particular mientras su esposo hablaba, y aunque reí con uno de sus comentarios, al parecer decidió a mi favor porque cuando otro hombre llamó a mi padre y al juez Ramírez, ella permaneció a mi lado.

Bebimos un sorbo de vino y nos quedamos un momento en silencio. Me pregunté qué podría decirle a esta desconocida, pero ella me ahorró el esfuerzo. Se aclaró la garganta y preguntó:

—¿Los inviernos siempre son tan templados en este país?

Ah, sí, siempre se podía hablar del clima. Asentí.

—Me temo que no hay mucho cambio en las estaciones.

Pareció desanimarse.

—Ya veo.

—Es algo que mi padre echa mucho de menos de España, entre otras cosas.

—Tiene familia ahí, ¿verdad?

—Una tía y varios primos, aunque no los conozco.

—Lo siento —dijo con un suspiro—. Supongo que es parte del futuro, que las familias se separen por un océano, todo en aras del oro y la aventura. ¿Conoce el océano, señorita?

Negué con la cabeza.

—Durante semanas y semanas observé en todas direcciones y no pude ver el final. Nunca me había sentido más aterrada. Eso es algo que me tranquiliza en este lugar: las montañas sólidas, inamovibles.

Ambas miramos hacia los volcanes al mismo tiempo. Pensé que sería imprudente hablarle de la terrible erupción de la década pasada que destruyó media ciudad. Las nubes cubrían el cráter fracturado del volcán de Agua, pero el de Fuego y el de Acatenango emitían suaves fumarolas. Lo hacían con tanta frecuencia que a veces olvidábamos estar vigilantes.

—He oído que los mayas tienen muchas leyendas sobre esas montañas —murmuró.

—No sabría decirle —respondí impasible.

Algunas personas solo eran curiosas, pero otras querían poner a prueba tu fe. No me interesaba averiguar cuáles eran sus intenciones. Conocía demasiado bien las consecuencias de una de esas opciones.

—Por supuesto que no —aceptó escrutando mi rostro de nuevo.

Me aclaré la garganta y ella sacudió un poco la cabeza.

—Es curioso, pero usted me recuerda a mi hermana. Su expresión es similar... Siempre he dicho que ella puede mirar a través de una manzana para saber si está podrida sin siquiera darle una mordida.

Reí, aunque no sabía qué pensar de ella. Me producía una sensación extraña, parecida a la que no había vuelto a sentir desde la última vez que vi a Beatriz. De pronto extrañé a mi hermana mayor. Quizá sería agradable tener a alguien como ella de nuevo en mi vida, o si no, al menos una suerte de aliada. Alguien a quien pudiera pedirle prestado papel y tinta para escribir una carta, por ejemplo. Era indispensable que me comunicara con Cristóbal o con don Juan, y que empezara otra vez a escribir el *Popol Vuh*, así que me arriesgué.

—Usted también me recuerda a mi hermana —dije—. Quizá deberíamos considerarlo como una señal de que deberíamos ser amigas. Me gustaría verla otra vez.

Isabel sonrió de oreja a oreja.

—Ah, ¡me encantaría! De hecho, esperaba conocer a alguien que me ayudara con un pequeño proyecto que acabo de emprender.

Me explicó que estaba ayudando a un anciano caballero.

—Ya no puede ver bien como para escribir su autobiografía —explicó—. Ofrecí ayudarlo, pero sería poco decoroso que lo visitara sola. ¿Le gustaría acompañarme?

—Ah, es muy amable, pero creo que tendría usted que hablar primero con mi padre.

Y así lo hizo.

Nunca sabré con exactitud qué dijo o hizo Isabel, pero no solo convenció a mi padre de que me dejara ir, sino que este pasó todo un día deshaciéndose en elogios sobre cómo el Nuevo Mundo no había visto a una mujer de su talla desde que Nuestra Señora de Guadalupe bendijo a México con sus pies virginales.

—Para ti será bueno juntarte con gente como ella, una católica inteligente y devota —aseguró—. Roguemos porque también enaltezca al resto de la chusma con la que estamos forzados a comerciar.

Dos días después, Isabel vino a recogerme y caminamos por la calle principal, a la derecha del palacio, frente a las entradas de varias haciendas pintadas de diferentes tonos de cempasúchil, mandarina y óxido, enmarcadas con heliconias que caían en cascada de los techos.

Varias veces se detuvo para hablar con transeúntes, tanto españoles como indígenas, aunque estos últimos no siempre le entendían. Compraba baratijas, abrazaba a niños indígenas de espalda rígida, daba consejos y palabras de ánimo o recitaba pociones y recetas. Siempre, sin falla, ofrecía sus oraciones.

Isabel no perdía ninguna oportunidad para presentarme, haciéndome sentir incómoda. Cuando se dio cuenta, explicó:

—Es importante que te vean, Catalina. *Tú* en particular tienes un papel único en la conformación de nuestra nueva sociedad. Quizá no estamos aquí por elección, pero aquí *estamos*, y es nuestro deber ser modelos de virtud y corrección. Sobre todo, después de tantos años terribles llenos de sufrimiento. Los hombres no pueden evitar ser brutales, pero me avergüenza que ninguna de las mujeres haya asumido la función asignada a nuestro sexo. —Suspiró—. No te preocupes, estoy decidida a enmendar esa situación.

Isabel me lanzó una rápida sonrisa, como si el asunto estuviera zanjado.

Me pregunté si eso había sido lo que le dijo a mi padre, si fue esa la manera en que me reclutó para ser su aliada, su marioneta, en esta segunda conquista moral. Tragué saliva al pensar que había sido un error hacerme su amiga, pero era demasiado tarde. Nos detuvimos frente a una enorme puerta de madera que tenía una aldaba de latón con forma de cabeza de león. Esto me sacó de mi ensoñación.

—Espera. ¿El viejo caballero al que estás ayudando es don Bernal? ¿Mi padre lo sabe?

Todos conocían a don Bernal Díaz del Castillo. Era uno de los conquistadores originales y, ahora, gobernador de Guatemala. El hombre había sido uno de los soldados de Hernán Cortés. Conoció a Moctezuma y a Cuauhtémoc el Valiente, el último emperador mexicano.

Sus ojos habían visto Tenochtitlán en toda su gloria. Sus manos la derribaron hasta ponerla de rodillas.

Isabel asintió y tocó la puerta.

—Es un hombre fascinante, aunque al parecer tu padre no está de acuerdo. Supongo que han tenido diferencias, pero lo convencí de que para ti sería una lección invaluable escuchar sus memorias en persona.

Mi corazón se aceleró mientras esperábamos que abrieran la puerta. Me sentía tanto aprehensiva como emocionada, porque estaba a punto de escuchar al hombre que estuvo *ahí*, espada en mano, cuando el mundo entero cambió, cuando mis dos mundos se enfrentaron.

En dos ocasiones le pedí a mi madre que me contara sobre la conquista, pero ella se negó. Me cepilló el cabello y dijo que no era una historia para niños. Estoy segura de que eso era solo en parte la razón. Ahora que lo pienso, debió ser demasiado doloroso recordarlo, considerando lo poco que sí me contó y que toda su familia fue asesinada.

Quizá también sería muy doloroso para mí, sobre todo viniendo de *él*. O tal vez escuchar su relato me ayudaría a comprender esta vida extraña y fracturada que vivía. Sacudí la cabeza y me recordé que todo esto era secundario. Tenía que concentrarme en mi verdadero propósito. Papel y tinta. No podía salir de casa sin escribir esa carta, hoy.

Con una súbita emoción que casi me hace lanzar una carcajada, me di cuenta de que quizá lo único que tenía que hacer era pedirlos. Después de todo, mi padre era el único que hacía alboroto sobre el hecho de que yo escribiera. A nadie más le parecería extraño.

La hermosa sirvienta de don Bernal, una niña encantadora, delgada, de piel dorada y ojos ámbar, nos condujo por un jardín hasta la casa, que no era lujosa como se habría imaginado que sería el hogar de un conquistador que había llegado a ser gobernador. De hecho, era más pequeña que la hacienda de campo de mi padre, aunque contaba con algunas comodidades más y unos toques modestos, aunque elegantes, que podían relacionarse con una persona de calidad: retratos de santos con corderos, candeleros de plata, tapices con paisajes exuberantes e incluso una pequeña alfombra. Pero no había oro azteca, ningún marco de puerta dorado o murales pintados. Yo lo prefería así.

La chica nos guio por la escalera hasta una estancia.

—Iré a busca a mi señor —dijo con un leve acento k'iche'. Me pregunté si sería mestiza como yo—. Tomen asiento, por favor.

Era una sala elegante, aireada y luminosa, con cuatro sillones afelpados alrededor de una mesa baja decorada. Las paredes enlucidas estaban pintadas con patrones blancos y amarillo madreselva de buen gusto, entrelazados con granadas rosas. La enorme ventana se abría a una vista magnífica de los volcanes a la distancia. A la derecha de la ventana había un gran escritorio repleto de papeles, algunos candeleros, una charola para las cartas que había que despachar y no dos, sino tres plumas de ave.

Me emocioné más.

No tuvimos que esperar mucho tiempo a don Bernal, quien entró del brazo de su sirvienta. Tenía la coronilla calva, pero el cabello que le quedaba y la barba eran de un color castaño intenso, casi sin ningún mechón blanco. Iba vestido con un cuello de holanes demasiado grande y un peto de guerra, algo que me pareció extraño. Era común que los conquistadores usaran su vieja armadura en eventos formales, como para recordar a todos que estaban en deuda con ellos. Pero, ¿vestirse así en su propia casa? Quizá era uno de esos viejos soldados que nunca estaban en calma, que sentían que una lluvia de flechas silbaba a su espalda, incluso cuando dormían.

Sonrió y miró en nuestra dirección, aunque su mirada estaba borrosa.

—¡Bienvenidas, bienvenidas, queridas niñas! —Su voz era suave, aunque tenía una extraña tesitura grave. Nos estrechó la mano—. No tienen idea de lo que esto significa para mí. Vengan.

Nos llevó hasta su escritorio y nos mostró sus diarios y notas, que había conservado durante los últimos treinta años; todos los mapas descoloridos, cartas y docenas de listas de provisiones y nombres de personas, caballos y lugares. También nos enseñó la parte de sus memorias que él mismo había escrito.

—Mi querida esposa, que Dios tenga en su gloria, me fastidiaba para que lo terminara, pero me sentía demasiado avergonzado, y ahora que quiero hacerlo, no puedo. Carmen, mi sirvienta, me ayuda a escribir las cartas; pero considero que esto es muy importante. Necesito a alguien en quien pueda confiar por completo.

—Su confianza nos honra —respondió Isabel.

—No soy como esos cronistas famosos —dijo—. No soy académico. No tengo elocuencia ni gran retórica. Estoy seguro de que se aburrirán como ostras; sobre todo usted, señorita Cerrato. ¿Necesita algo para pasar el tiempo? ¿Un libro, tal vez? Carmen podría enseñarle mis pájaros, ¿o tal vez prefiera pintar?

Lo correcto hubiera sido responder que de ninguna manera podría aburrirme al escucharlo, pero este era un golpe de suerte que no podía dejar pasar.

—Ah, don Bernal —respondí con timidez—, necesito escribir una carta rápida, si no le molesta. ¿Sería tan amable de prestarme tinta y papel?

Para mi gran alivio, esta idea lo deleitó.

—¡Por supuesto, por supuesto! Permítame.

De inmediato me dio tres hojas de papel, verdadero papel de Austria, liso y suave, blanco como las nubes esponjosas de verano. Un obsequio generoso para cualquiera, pero como yo lo tenía prohibido de manera expresa, para mí era invaluable. Lo mejor de todo fue que me dio una pequeña botella de tinta y una de sus plumas de ave.

Nunca olvidaré la emoción, la sensación de libertad al tener esos artículos inocuos en la mano. Estaba tan conmovida que ni siquiera escuché la conversación que continuaron Isabel y don Bernal. Fue como si todo a mi alrededor, los paisajes, sonidos, el tiempo mismo, se hubiera detenido. Solo la pluma que tenía en la mano tembló conforme escribía:

27 de diciembre de 1551

Querido primo:

Cuánto me gustaría desearte una feliz Navidad en persona. Me daría mucha tranquilidad. Mi padre y yo estamos bien, aunque él se queja de dolores de estómago de vez en cuando.

Ruega por él, te lo pido.

No adivinarás de dónde te estoy escribiendo. Conocí a don Bernal Díaz del Castillo, quien desea escribir sus memorias de la conquista de México. Sé que tú tendrías mucho que decir al respecto.

Ah, ¡cuánto me gustaría que a mí me permitieran escribir un libro! Algunos dirían que no es posible que una mujer escriba un libro cuyo contenido sea digno, pero yo no estoy de acuerdo, por supuesto. Sería agradable visitar a don Bernal cada tanto, porque, de lo contrario, me quedaría encerrada en el palacio, y eso es muy aburrido. Si me respondes, lo más fácil será que me mandes tus cartas aquí. Cuéntame más de tus viajes, y esta vez no desperdicies tanta tinta para darme noticias de tus nanas y otros sirvientes.

Dios te bendiga y te mantenga sano.

La leí como quince veces. Estaba segura de que nadie podría encontrar nada sospechoso, si cayera en las manos equivocadas. Mi padre se enfadaría mucho y habría entendido el significado detrás de la última oración: que deseaba saber dónde estaba Cristóbal y tener noticias de Nana, pero incluso eso me lo hubiera perdonado. Yo le había suplicado que me dijera algo sobre ella, que me permitiera escribirle, pero se negó rotundamente. No podía culparme por sentirme desesperada.

Don Bernal dejó de hablar y volteé a verlo. Bostezó. Isabel se sacudió la muñeca para relajarla. De pronto me di cuenta de que no podía enviarle la carta a Cristóbal, puesto que no tenía idea en dónde estaba. Tampoco confiaba en que don Bernal no le pidiera a uno de los sirvientes que se la leyera. Tendría que meterla de manera furtiva entre su correspondencia y enviársela a don Juan, en Santa Cruz. Doblé la hoja, e imitando la caligrafía pequeña y abigarrada de don Bernal, escribí el nombre y la dirección del cacique en el exterior. Pensé en agregar una nota para él, algo amistoso quizá, pero mi orgullo me lo desaconsejó.

Me pregunté cuál sería su reacción a mi carta. ¿Sonreiría como lo había hecho esa noche en la cueva? ¿Se sentiría decepcionado porque no le escribí nada a él? ¿Siquiera le importaría? Era probable que no. No en lo que se refiriera a mí. Él querría hacer un plan para seguir escribiendo el *Popol Vuh*. Por alguna razón parecía ser tan importante para él como para mí. Quizá consideraba que era su deber como rey, algo que podía hacer por su pueblo, una cosa menos que perder.

Me sobresalté cuando el hijo de cinco años de don Bernal, Diego, entró como una tromba por la puerta, corriendo y gritando por toda la habitación, hasta estrellarse contra una de las tantas sillas. Carmen corría detrás de él, jadeando y disculpándose. Atrapó al niño por la cintura y trató de cargarlo para llevárselo, pero él se retorció en sus brazos hasta que pudo liberarse y se precipitó por toda la habitación, derribando muebles y gritando algo sobre sus soldados de juguete.

Hojas de papel volaron en todas direcciones, los candelabros rodaron por la alfombra, el vaso de agua de Isabel se hizo añicos en el piso. Esta última se unió a Carmen en su frenético intento de calmar al niño, pero todos sus esfuerzos solo lograron empeorar las cosas. Don Bernal se puso de pie, extendió los brazos y le suplicó a su hijo que se detuviera. Yo miraba los candelabros y las cartas, con un nudo tenso en el estómago.

Sabía que esta era mi oportunidad.

Un momento después, los cuatro salieron corriendo de la habitación, donde justo al otro lado de la puerta continuaron los gritos, que luego parecieron moverse escaleras abajo. Me levanté de mi silla de un salto, tomé la cera, la derretí con la vela más cercana y lacré la carta con el sello de don Bernal.

Los gritos amainaron. Mi labio superior se perló de sudor mientras esperaba que la cera se enfriara. «¡Rápido!». Soplé sobre ella y reuní algunas cosas para que pareciera que estaba limpiando y arreglando el caos.

Cuando la cera se endureció, metí la carta entre las otras en la charola y regresé a mi silla. Respiré profundo y despacio, me enjugué el sudor con la manga y esperé unos minutos, tantos que empecé a sentir que me habían olvidado. Pensé que quizá debía salir de la sala para ver si necesitaban mi ayuda, pero tan pronto lo hice me detuve de pronto al escuchar, en el cubo de la escalera, la voz de don Bernal desde el piso de abajo.

—Isabel, querida, por favor, ruégale a Catalina que sea discreta y no mencione esta horrible experiencia. Es sumamente vergonzoso que haya visto a mi hijo en ese estado. Odiaría que su padre lo supiera. —Suspiró—. Estoy desesperado por encontrarle un tutor.

—En efecto, necesita uno. Por favor, no se preocupe. Yo le diré.

—Gracias. Espero que la lleves a dar un paseo por el mercado, pobre chica. Siempre está encerrada en el palacio.

—Sí, no es sano. Ya hablé con su padre —murmuró Isabel.

—Ah, bien. Vuelve a traerla. Es muy agradable. A decir verdad, no sabía qué esperar de la hija de un herético y de una bestia.

Mis mejillas se pusieron escarlata. Estiré el cuello para escuchar la respuesta de Isabel.

—No se debe condenar a un hijo por los pecados del padre.

Para mi sorpresa, parecía sincera. Aunque en mi caso evidentemente se equivocaba, parpadeé, porque su voluntad de defenderme me conflictuaba. Apenas me conocía, ¿por qué diría eso? Quizá era una de esas raras personas que pensaban solo lo mejor de los demás.

Tontos crédulos, los llamaba mi padre.

Esperé la respuesta de don Bernal. No se conmovió.

—Cierto, cierto —asintió—. Pero no hay que olvidar que hijo de tigre, pintito.

CAPÍTULO 7

Santiago de los Caballeros, Guatemala
Primavera de 1552

No recibí respuesta a mi carta. No dejaba de pensar en todas las razones posibles. Quizá se había perdido o el cacique pensaba que era muy peligroso responder. Tal vez todos estaban muertos y quiso evitarme la pena. También podría ser que disfrutaba hacerme esperar en la agonía.

Ah, ¡cuánto odiaba pensar en él! Peor aún, aborrecía no poder dejar de hacerlo.

Contenía el aliento cada vez que visitábamos a don Bernal y esperaba que me dijera que había llegado algo para mí, pero nunca lo hizo. Me sentaba durante horas, amargamente decepcionada, sintiendo una rabia perversa. Me enfurecía lo fácil que era para él, un hombre español, hacer, decir y escribir todo lo que quería. No necesitaba esconderse, escabullirse en la oscuridad ni tener miedo.

Se sentaba, orgulloso como un pavorreal, en la comodidad de su hermosa casa, a plena luz del día, para escribir la historia de nuestro mundo, como si este no hubiera existido hasta que él puso un pie ahí, hasta que sus ojos lo vieron y le dieron significado. No importaba si antes tuvo un sentido, el más profundo y hermoso. Era su proceder, su perspectiva, sus opiniones lo que importaba.

¡Y yo estaba aquí ayudándolo! ¡Cuánto me odiaba por ello! Lo peor es que con frecuencia me perdía al escucharlo. Pasaban horas en las que me quedaba sentada, cautivada, para luego despertar como si hubiera tenido una pesadilla, deseando que mi madre me hubiera contado su versión para poder distinguir la mentira de la verdad; deseando que él jamás hubiera venido y que mi madre siguiera aquí, viva. Incluso si eso implicaba que yo no hubiera nacido. En esos momentos, cuando la extrañaba tanto que podía doblarme y gritar, sabía con certeza que hubiera cambiado mi vida por la de ella.

Todo lo que me quedaba de ella era el *Popol Vuh*. Necesitaba escribirlo, por ella, para triunfar sobre él, para asegurarme de que no solo sus memorias serían las que perdurarían. Pero no me animaba a escribir más cartas. Tras escuchar su comentario sobre mi madre, me quedó claro que ese hombre desconfiaba de mí y tuve que recordarme que yo también debía ser cautelosa con él. Después de todo, tras esa apariencia de caballero anciano yacía un soldado endurecido por la batalla, un guerrero que no había dudado en empuñar la espada para terminar con un sinnúmero de vidas en su búsqueda de fortuna y gloria.

Pensé una y otra vez en pedirle tinta y papel a Isabel. Cuando no intentaba exhibirme o darme consejos no solicitados, era una compañía agradable. Bueno, comparada con la de mi padre y la siempre silenciosa Maribel. Al menos disfrutaba nuestras caminatas juntas en el mercado. Sin embargo, había algo en ella. Era demasiado reservada, demasiado cuidadosa. En cierto modo la entendía. Yo tampoco confiaba abiertamente en la gente. Pero lo que en realidad me disuadía era la amistad que mantenía con mi padre. Él siempre se daba tiempo para hablar con ella y no me podía arriesgar a que le contara a él que yo le había pedido algo.

Me sentía a la deriva, perdida, sola. Era de nuevo una niña pequeña e impotente.

Hasta que conocí a Nicolao.

Llegó una mañana a ofrecer sus servicios como tutor para el hijo de don Bernal, quien pensaba entrevistarlo esa tarde, y me pidió que le hiciera compañía en lo que Isabel se cansaba de escribir. Estaban arriba en la oficina, y Nicolao y yo nos sentamos en el piso de abajo, incómodos, uno al lado de otro en una banca de madera del pequeño patio interior.

—¿Le molesta si bordo?

Quería decorar uno de mis viejos chales españoles con brillantes colores k'iche' y había llevado mi canasta de mimbre con todas mis agujas y estambres.

—Por supuesto que no —respondió aclarándose la garganta.

Asentí con una sonrisa y él se recargó contra la pared de azulejos, más relajado.

—Entonces, señor Lopes, ¿es usted portugués?

—Así es, pero vivía en Florencia, ¿sabe?, porque soy un gran amante de los clásicos y desde que tengo memoria he llenado mi cabeza con las palabras de Homero y Cicerón.

—Florencia debió ser un paraíso para usted —dije.

Él sonrió. Era sencillo, de tez pálida y un bigote delgado e infantil que debía rasurar, pero sus modales eran cálidos y abiertos. Me recordaba mucho a Cristóbal y muy pronto me sentí mucho más cómoda.

—¡Me entiende a la perfección! No hay en el mundo mejor lugar para vivir y respirar entre otras personas que comparten mi pasión.

La sirvienta de don Bernal, Carmen, salió al patio con un poco de alpiste y los pericos aletearon inquietos. Se paró de puntitas y esparció la comida, dejando accidentalmente al descubierto sus tobillos delicados. Miré a Nicolao de reojo. Él la miraba con atención.

—He escuchado que Florencia es una ciudad muy hermosa —señalé, llamando de nuevo su atención.

—Ah, sí, hasta el ladrillo más modesto es hermoso ahí. Al menos así era cuando me marché. Por desgracia, la vida no es fácil para un tutor humanista en una ciudad de tutores humanistas. Pensé que quizá tendría mejor suerte en el Nuevo Mundo. Dudé durante meses, pero cuando Francia se alió con Solimán, temí verme obligado a participar en la guerra si no me marchaba.

—Pero ¿no es cierto que los portugueses odian a los turcos?

Rio y me miró con interés.

—Bueno, sí, pero todos odian a los turcos, hasta los franceses, que se vieron obligados a aliarse con ellos. No, no piense que soy un cobarde, señorita. Es una cuestión de conciencia. *Homo, sacra res homini.*

—El hombre es algo sagrado para el hombre —traduje.

Se irguió, sus ojos color avellana brillaban.

—Es usted una dama muy dotada —dijo. Al tiempo que yo agregaba:

—Mi padre no estaría de acuerdo.

—¿En serio? Yo me sentiría orgulloso si mi hija comprendiera la política de nuestro mundo y fuera condescendiente con un pobre académico cuando este trata de impresionarla con sus tonterías en latín.

—Ah, no. Lo que quiero decir es que mi padre diría *homo homini lupus.*

—El hombre es el lobo del hombre. Ya veo. —Entrecerró los ojos, inquisitivo, pero sus labios dibujaban una sonrisa satisfecha—. ¿Y cuál es su opinión?, si no le molesta que le pregunte.

Parpadeé. Ningún hombre me había pedido mi opinión en toda mi vida. Me quedé perpleja. Quería decir algo profundo, algo lírico. Me devané los sesos en busca de una cita, un proverbio, algo que fuera sustancial, de preferencia en otro idioma; sin embargo, en mi pánico no hice más que tartamudear.

—Yo... yo...

En ese momento, Isabel apareció en el pasillo.

—Señor Lopes, don Bernal puede recibirlo ahora.

Ambos nos pusimos de pie.

—Tendré que esperar para escuchar su respuesta, señorita. Espero que no pase mucho tiempo para ese feliz momento.

Forcé una sonrisa, aún muda y molesta conmigo misma. Levantó su sombrero en dirección a Isabel cuando pasó frente a ella. Y ella arqueó sus cejas hacia mí.

—¡Vaya!

—¿Nos vamos?

Guardé mi labor en la canasta de mimbre y avancé por el camino polvoriento. Isabel me alcanzó. Su mirada me quemaba y temí que leyera demasiado en mi silencio. Se aclaró la garganta, como pidiendo una explicación.

—Es una persona de conversación agradable —dije.

—Sin duda, parecía muy complacido.

Rogué que mi piel morena escondiera el rubor que subía por mi cuello.

—No, no me malinterpretes. Él acaba de llegar. Fui amable.

—Te creo. Pero algunos hombres necesitan muy poca provocación, sobre todo los hombres pobres que buscan ganarse la vida.

Fruncí el ceño. Había hecho concesiones por mí, al defenderme cuando don Bernal hacía conjeturas sobre mi carácter, pero ahora suponía lo contrario con Nicolao. ¿Por qué?

Pasamos frente a las tiendas del zapatero y el curtidor, cuyas vitrinas exhibían pieles y sillas para montar; frente al boticario, donde olía a raíces secas y vinagre. Más adelante en la calle unos hombres hacían rodar barriles sobre piedras y argamasa. Sus quejidos eran apenas audibles bajo los golpes metálicos de cientos de martillos. Las calles se ampliaban todos los días y surgían barrios completamente nuevos, llenos de jardines, plazas empedradas y altas iglesias blancas.

No podía dejar las cosas como estaban.

—¿Estás diciendo que no debería ser amable con el señor Lopes porque es pobre?

—No me malinterpretes, Catalina. Por supuesto que siempre debes ser amable con los pobres, igual que nuestro señor Jesús lo fue, pero debo hablarte con franqueza, como una amiga. —Entrelazó su brazo con el mío—. Eres una joven próspera y talentosa, con un padre poderoso. Un hombre que puede otorgar vastas extensiones de tierra con una gota de tinta. Para mí es un completo misterio por qué sigues soltera.

«Dios mío», pensé, «¿cómo llegamos aquí?». Por fortuna, conocía la respuesta a su incógnita.

—Eso es obvio, ¿no? Nadie me quiere, con o sin tierras.

—Tonterías. Sé de buena fuente que tu padre recibe al menos dos propuestas para pedir tu mano cada semana.

Estallé en carcajadas. ¡Dos propuestas de matrimonio a la semana! La gente debe estar ávida de chismes si esa es la historia que cuentan. Giramos a la izquierda y cruzamos la plaza frente a la fachada oriental de la catedral. Un pequeño rebaño de cabras balaba y masticaba la suave hierba que crecía entre el adoquín. El viento levantaba el polvo y el olor terroso del estiércol de los caballos.

Sacudí la cabeza para espantarme una mosca.

—Su fuente debe estar equivocada.

Isabel me apretó el brazo. Estábamos frente al palacio.

—Me parece que tu padre sabe, como tú deberías saberlo, que debes ser exigente. Yo creo que está esperando que algún noble toque a su puerta, dispuesto a dar su título a cambio de tu considerable dote. Espero que si no es alguien de la alta nobleza, al menos encuentres un hidalgo.

—O, mejor aún, un cacique rico —dije—. Ah, espera, esos no existen. Igual que las propuestas de las que hablas.

Isabel apretó los labios.

—Duda todo lo que quieras. Solo asegúrate de no perder la cabeza por culpa del corazón. Créeme.

Reí de nuevo.

—¡Te creo! Pero la verdad es que no hay ningún hombre por el que pueda perder el corazón.

Arqueó una ceja.

—Bueno, me alegra que así sea. —Me dio un beso en la mejilla—. Aunque solo sea para ahorrarte el dolor de casarte por debajo de tu posición social.

Volteé hacia los guardias y los saludé con una ligera inclinación de cabeza. Reflexioné sobre el giro extraño que había tomado nuestra conversación, su consejo y la manera en que se quebró su voz al final. Rara vez hablaba del juez Ramírez, solo cuando le preguntaban. Por un momento pensé que quizá esta era la razón por la que se esforzaba tanto en parecer tan serena, por la que constantemente hablaba de los problemas y enfermedades de otros. Quizá era un intento de hacerles olvidar los interminables rumores que rodeaban a su esposo. O al menos dar la impresión de que a ella no le afectaban. Sentí una punzada de lástima y pensé que tal vez podía hacer algo para alegrarla.

Crucé el ancho umbral con arcos y entré el patio principal, rodeé la fuente y subí la escalera hacia el largo y oscuro vestíbulo.

Ahí me sorprendió un muro de sonido y el hedor de carne rostizada combinado con sudor y aguardiente. Bajo la débil luz de los candelabros de hierro que colgaban de las gruesas vigas de madera había hombres, por todas partes. Hablaban y discutían con voz estridente de un lado a otro de las dos mesas largas. Encomenderos, agentes del gobierno y dependientes corrían de un lado a otro, se escuchaba el roce de sus capas ondeando a sus espaldas mientras sostenían sus espadas y pergaminos para evitar que salieran volando. Los sirvientes los correteaban con charolas llenas de pan y licor.

Era un caos gobernar el país.

Mi padre siempre insistía en que le avisara cuando regresaba, así que tuve que adentrarme en la confusión. Conforme avanzaba entre las dos mesas largas hacia el fondo de la sala, donde estaba la oficina de mi padre, varios hombres voltearon a verme. Incliné la cabeza cuando uno de ellos me saludó al pasar; me pregunté si él habría hecho una de esas supuestas propuestas de matrimonio. Esbozó una enorme sonrisa cuando lo miré por segunda vez. Aparté la vista con una sonrisa incrédula y sentí un cosquilleo en la nuca, como si alguien más me estuviera observando. Miré a la derecha de la puerta de la oficina de mi padre y nuestros ojos se encontraron. Él me observaba con ese ceño fruncido tan familiar en él.

El hijo del jaguar.

Don Juan.

Me abrí camino entre la multitud, mi corazón latía con fuerza. No estaba solo. El segundo rey maya de las tierras altas, don Juan Cortés, el Grande, estaba con él. Era igual de alto y arrogante, pero no tan apuesto, y más viejo. Ambos llevaban aretes; don Juan, un par de círculos de obsidiana y el

Grande, lo que parecía ser una suerte de hueso pulido de algún animal. No eran los únicos mayas en la sala, ni de lejos, pero a diferencia de mí, nadie hubiera podido confundirlos con sirvientes, incluso en sus humildes ropas de algodón.

Hice una reverencia en dirección a ambos.

—Señores.

Asintieron a su vez. El silencio se alargó durante cuatro segundos de pánico. Don Juan se removió en su sitio y se aclaró la garganta. Nunca antes lo había visto tan incómodo.

Una sonrisa se dibujó en el rostro del Grande.

—Disculpe los modales de mi hermano el rey, mi señora. Parece que se quedó mudo. No nos han presentado formalmente. Juan Cortés, para servirle.

Le ofrecí mi mano y colocó un beso ligero sobre mis nudillos.

—Don Cortés, yo... yo he escuchado mucho sobre usted.

—Y yo de usted —respondió, con una mirada juguetona hacia don Juan.

—Estoy segura de que han sido exageraciones —dije, tratando de no fulminar a don Juan con la mirada, ya que imaginaba todas las cosas horribles que pudo decir sobre mí.

—Eso pensé. Quizá. Lo que sí es seguro es que, al menos en cuanto a su belleza y entereza, no hubo exageración: una rosa es una rosa —asevró con elegancia.

Estaba tan sorprendida y confundida que no pude hacer más que mirarlo fijamente. No podía pensar ninguna situación en la que don Juan hubiera podido elogiarme, mucho menos dos. Y parecía que él deseaba que se lo tragara la tierra.

¿Podría ser verdad? Era patente en la expresión del Grande el placer que le provocaba su respuesta. ¿Estaba mintiendo para molestarlo?

—Gracias —dije, por decir algo—. ¿Vinieron a ver a mi padre?

—Ya nos reunimos con él —explicó el Grande—. El cacique fue nombrado ministro de Asuntos Nativos. Vinimos a establecer los términos.

—¡Ah! —Fruncí el ceño y espeté—: Pensé que ya antes había rechazado ese nombramiento.

Lo recordaba bien, porque mi padre se había puesto furioso porque habría estado mucho mejor, ya que el cargo lo eximía del pago de tributo. Si no me equivocaba, había llamado a don Juan «un tonto rabioso».

La sonrisa del Grande se ensanchó.

—Me parece que hay algunos... incentivos adicionales que contribuyeron a su cambio de opinión.

Dudé, no muy segura de lo que quería decir ni si debía felicitarlo. A mí me parecía pura ironía nombrar a un rey para un puesto que hubiera tenido toda su vida si no se lo hubieran arrebatado. Decidí no hacerlo.

—¿Se... se instalará en Santiago, señor?

El Grande cruzó los brazos y miró a su hermano rey con tanto descaro que yo me ruboricé por él.

—Dividiré mi tiempo entre Santiago y Santa Cruz —respondió don Juan—. Tengo asuntos pendientes con los dominicos ahí.

Asentí. Recordé que mi padre había mencionado que los monjes a veces le pagaban para que los aconsejara sobre las costumbres y el idioma k'iche'.

—Muy pronto será un visitante regular en palacio —añadió el Grande.

Advertí la ironía en sus palabras, buscaba cierta reacción en mí.

—Yo... me gustaría tener más noticias de nuestros amigos —propuse con voz temblorosa.

Lo que realmente quería decir era: «Dígame cómo está ella, cómo está él. Dígame cualquier cosa de ellos, por favor. Se lo suplico».

—Al parecer ha hecho muchos amigos aquí —respondió don Juan, señalando con la cabeza al fondo de la sala, donde había visto que le sonreía al caballero español. Pero pensar en Nana me lastimaba y no mordí el anzuelo.

El Grande chascó la lengua en reprimenda.

—¡Eres cruel! ¿No puedes ver cómo sufre?

Don Juan desvió la mirada.

—Por favor, ¿cómo está Nana? —murmuré.

El rostro de don Juan se ensombreció. ¿De vergüenza, quizá?

—Está trabajando para la familia Pulido, en Santa Cruz. Su padre le dio una buena referencia.

Un grito ahogado salió de mi boca por el enorme alivio que relajó mi pecho y mis hombros. Cuando nuestras miradas volvieron a encontrarse, su expresión se suavizó.

—¿Quiere que le demos un mensaje de su parte? —preguntó el Grande.

Extendí la mano para tomar las suyas pero me detuve.

—Ah, Dios mío, gracias, sí. Gracias. Por favor, ofrézcanle disculpas en mi nombre. No me permiten comunicarme con ella. —Bajé la voz hasta que solo fue un murmullo—. Me vigilan constantemente. Una sirvienta, Maribel, pasa todo el día conmigo.

Enumeré con rapidez todas mis otras restricciones. Ambos parecieron preocupados.

—Como verán, me es imposible escribir *nada* sin ayuda. —Miré a don Juan con intensidad, esperando que entendiera lo que quería decir, que si queríamos continuar escribiendo el *Popol Vuh*, necesitaría ayuda.

Alcé la voz un poco y agregué:

—Así que, por favor, denle a Nana todo mi cariño, díganle que pienso en ella todos los días y que rezo todas las noches por su salud y felicidad, y por Río Digno, y que deseo con todo mi ser poder volver a verla...

La garganta se me cerró. Las lágrimas resbalaron por mis mejillas.

—Ah, mi señora. Por favor, no llore —dijo el Grande.

—Discúlpeme, ha sido muy difícil —mascullé.

Don Juan sacó un pañuelo. Nuestros dedos se rozaron cuando me lo dio y me estremecí.

—Le daré a Nana su mensaje en persona —murmuró—. Los libros están seguros y le prometo comunicarme pronto con usted, para ayudarla con eso.

Apreté el pañuelo y me sorprendí cuando crujió en mi mano. Era evidente que ocultaba algo delgado y duro, como un papel doblado.

—Debemos irnos —advirtió Juan, el Grande, con una sonrisa cómplice.

Metí el pañuelo en la manga de mi vestido y les agradecí de nuevo. El portero, grande y torpe, un guardia de nombre Victorino, irrumpió en la oficina de mi padre cuando me vio. Al salir, me dijo con una voz baja y apagada:

—La llaman.

Ignoré la manera en la que me miró, de arriba abajo, y entré a la oficina, maldiciendo a ese idiota por no haber mencionado que el obispo Marroquín y el capitán Lobo se encontraban ahí. El obispo estaba de pie, inmóvil, salvo por la mano con la que se mesaba la barba de chivo. El tesorero caminaba de un lado a otro. Sus mangas con holanes se bamboleaban a cada paso.

—Señorita —dijo Lobo, inclinando la cabeza en mi dirección.

Luego observó cómo el enorme perro de mi padre empezó a agitar la cola al verme. Mi padre señaló con un gesto un rincón de su oficina, donde había una silla de madera de respaldo alto. Me senté y Maloso puso la cabeza sobre mi regazo. En ocasiones mi padre me pedía que asistiera a las reuniones que tenía con hombres que le desagradaban. No sabía si era para que lo consolara o para que los incomodara a ellos, pero ahí me quedaba y escuchaba.

—¿Decía usted, Francisco?

—Señor mío, su favoritismo es... peligroso —expresó el obispo—. Envalentona a los indígenas, les brinda aspiraciones y los hace unos desvergonzados. Sobre todo a esos dos. No queremos que se rebelen como lo hicieron sus padres.

—Ya le escribí al emperador. Su poder es puramente simbólico. De cualquier forma, Alvarado se aseguró de que nunca olviden lo que les sucede a los traidores.

Sujeté la silla con fuerza. ¿Qué quería decir? ¿Qué les había hecho Alvarado?

—¡No es suficiente!

—¿Ver cómo ejecutan a su padre frente a usted? —La voz de mi padre era mortalmente tranquila.

Me quedé sin aliento y sentí un nudo en el estómago. Esa herida enorme, rancia, aún abierta en mi interior amenazaba con abrirse, hasta que advertí la mirada preocupada del obispo.

Era el peor momento para traicionar mis sentimientos, así que me obligué a tragar saliva y erguirme. El obispo le lanzó a Lobo una mirada para calmarlo y respiró hondo.

—Alonso, por lo menos dígame que leyó la carta que le traje, la del fraile Bustamante.

—No la recuerdo precisamente.

—Es una advertencia de que sus reformas han obstaculizado el proceso de conversión.

—Sí —interrumpió Lobo—, y todos los vecinos se quejan de que hay menos orden, más robos y tanta embriaguez y carnalidad que me avergüenza mencionar frente a su hija. ¡Deberíamos evitar que los indígenas se comporten así!

—O quizá deberíamos esclavizar a todas las españolas disolutas y españoles borrachos, usted incluido. ¡Por María, habría un exceso! Serían muy baratos y resolverían todos nuestros problemas.

Reprimí una carcajada y sentí una súbita avalancha de afecto por mi padre.

—¿Cómo... cómo puede ser tan cruel con su propia gente? —preguntó el obispo.

Mi padre azotó la palma de la mano sobre el escritorio. Maloso gruñó.

—¡Demonios, Francisco! La única razón por la que *mi gente* me odia es porque ya no pueden darse aires. —Miró directamente a Lobo—. Sin indígenas, solo son aventureros patanes, tan crueles y salvajes como las personas que pretenden civilizar.

El obispo permaneció por completo inmóvil. El capitán Lobo temblaba como grasa congelada sobre un corte de carne fría.

—Le escribiré al emperador. Se lo juro. Le hablaré de su deslealtad.

—¡Adelante!

Lobo se marchó, furioso, pero mi padre no dejó de gritar.

—Agregue los castigos que usted quiera, ¡algo novedoso para que el emperador lo disfrute!

El obispo cerró los ojos, respiró profundo, asintió en mi dirección y salió de la oficina. Tan pronto como la puerta se cerró, mi padre se desplomó en su asiento con un suspiro exasperado. Se frotó los ojos y el estómago; sabía que le dolía aunque él lo negara. Parecía tan pequeño que no pude evitar ponerme de pie y poner una mano con cautela en su hombro. Él se detuvo un momento. Su cuerpo se relajó y recargó la cabeza en mí.

—Ah, pajarita, tú eres mi único consuelo en esta tierra de bestias.

—Padre. —Se me hizo un nudo en la garganta otra vez. Maloso aulló—. ¿Tendrá ahora muchos problemas con el emperador?

Mi padre lanzó una carcajada.

—No exactamente. Su Majestad lo ha dicho él mismo, soy su único bastión cuando se trata de las Leyes Nuevas. Nunca he dejado de ratificar su palabra. Por eso me ha ascendido de puesto, una y otra vez. De secretario a consejero, a juez y ahora presidente.

Dio una palmadita en mi mano y permanecimos un buen momento en silencio. Las caricias pasaron a ser rápidos golpeteos con los dedos.

—¿Te encontraste a los caciques? —preguntó.

—Tuvieron la amabilidad de saludarme.

—¿Hablaste con ellos? —insistió volteando a verme.

—Solo de pasada... ¿Qué quiso decir el obispo con que usted los favorecía?

—No favorezco a nadie más que al sacro emperador y a nuestro señor Jesucristo, como bien sabes.

—Pero aprecia a don Juan, ¿no? —me aventuré.

—¿Apreciarlo? —Sus cejas blancas y espesas se juntaron, como si el concepto fuera demasiado abstracto—. Es tolerable, supongo. Útil. —Se frotó la barbilla—. Se puede decir que admiro su fortaleza. Ha superado situaciones que hubieran quebrado a los más fuertes. Y es un verdadero noble, a diferencia de la gentuza que zarpa de nuestras costas españolas. Cuánto desearía recibir a personas de calidad. ¡Pero *no*! Tenemos que convertir en terratenientes a soldados improvisados y peones con dientes de conejo que apenas pueden hilar dos frases juntas. Me enferma.

—Entonces... ¿por qué no regresarles las tierras a los caciques?

Abrió los ojos como platos, sorprendido. Luego, una sombra de miedo cruzó su rostro. Miró hacia la puerta como para asegurarse de que estaba bien cerrada y murmuró:

—¿Estás loca? Nunca vuelvas a decir algo así, ¿oíste?

—Pero *usted* acaba de decir...

—Ahora es la tierra de Su Majestad, y con justo derecho. Si él desea colonizarla con imbéciles, nosotros no somos nadie para cuestionarlo. Si esos idiotas arman un lío colosal, nuestro trabajo es solucionarlo en su nombre. Si él deseara dar a los caciques tierra para que la gobernaran por él, yo estaría de acuerdo. Pero, a menos que salga de *su* boca real, es traición. Algunos te colgarían por eso, solo para hacerme daño, así que nunca digas nada parecido. ¿Me entendiste?

Tragué saliva para deshacer el nudo en mi garganta. El dolor y el miedo que su tono y sus palabras me provocaron de pronto se transformó en furia. ¿Por qué nunca se me permitía decir nada, hacer nada, *preguntar* nada, sin que me criticaran con dureza?

—Está bien, padre —respondí con voz temblorosa—. Nunca más compartiré mis pensamientos con usted.

Me llamó, pero yo lo ignoré y salí echa una furia a la sala ruidosa y apestosa. Giré a la derecha y avancé por el corredor que llevaba a la escalera privada del ala residencial del palacio. Arremangué un poco mis enaguas y casi me echo a correr por el balcón interior, pero abajo, en el patio, había gente. No quería atraer su atención, así que caminé lo más rápido que me atreví hasta mis aposentos en la esquina opuesta. Mis ojos estaban inundados de lágrimas y casi tropiezo con la alfombra colorida que estaba al pie de mi cama con dosel.

Saqué el pañuelo de don Juan y de él cayó un pedazo de papel.

CAPÍTULO 8

Santiago de los Caballeros, Guatemala
Verano de 1552

Dos pares de medias de seda tejida descansaban en los brazos de la única silla de madera de mi recámara. Las arrojé a la cama y alejé la silla del pequeño escritorio, que solo servía para poner ahí flores. Jalé la silla hasta la gran ventana arqueada, abrí el pedazo de papel con manos temblorosas y me quedé sin aliento al ver la caligrafía pequeña y cuidadosa de Cristóbal.

19 de febrero de 1552

Querida prima:

Por favor, discúlpame por no escribirte antes. No tenía manera de garantizar que mis cartas te llegarían de forma segura, hasta hoy. Un buen amigo me encontró casa y comida con una familia kaqchikel. Tras el destierro al que me condenó mi querido padrino, la vida ha sido difícil. «A riesgo de morir», dijo, tenía que salir de Santa Cruz y no volver en un año y un día. Tu padre dijo que te llevaría con él a Santiago y que tampoco podía ir ahí, nunca más. Traté de explicarle que se equivocaba con nosotros; que yo te amaba en verdad como a una hermana, pero que jamás pretendería nada más. Me dijo que cualquiera que pretendiera más lo lamentaría, ¡porque tú nunca te casarías mientras él estuviera vivo! Así que será mejor que tengas cuidado, prima, porque no encontrarás en él a un casamentero dispuesto, si alguna vez te inclinas por el matrimonio.

Por desgracia, todos mis argumentos fueron en vano. Aún sentía por mí amor suficiente como para perdonarme la vida, pero me echó a la calle con la ropa que llevaba puesta. Incluso me quitó la espada que me había regalado para mi cumpleaños número veinte. Debo admitir que la facilidad con la que se deshizo de mí fue un golpe amargo. Me apartó de su vida como si fuera una hogaza de pan enmohecida. Pensé... pensé que yo significaba más para él. Creo que siempre supe, en lo profundo, que su bondad era más un favor a tu madre, pero me permití pensar otra cosa. Para ser justo con él, me protegió de mucho daño e injusticia. Y no creerías, prima, cuánta injusticia hay. Si pudieras ver lo que yo he visto desde que me aparté de tu lado, sentirías asco.

Por favor, no me compadezcas. Mientras esté en este pueblo pobre cerca de Panajachel, estoy seguro. Mis anfitriones tienen una gran milpa donde cultivan maíz, calabazas de verano y frijol, y disfruto cuidar la tierra aunque el trabajo sea duro. Su hijo, Pablo, que tiene mi misma edad, se ha convertido en un querido amigo y confidente. Pero, por favor, no te preocupes, nadie puede ocupar tu lugar. Me está enseñando su idioma. Deberías escuchar sus relatos.

El padre, Jun Kaaj, no solo fue prisionero de guerra sino también esclavizado cuando era joven. Le marcaron el rostro con un hierro. Lo obligaron a trabajar como tameme para el predecesor de tu padre, quien más tarde lo vendió a su primo hermano. Cuando nombraron presidente a tu padre fue liberado, pero no antes de que volvieran a marcarlo con la palabra «libre».

Cada vez que contemplo las cicatrices en su mejilla me doy cuenta de lo afortunado que soy de haber escapado al destino que padecieron tantos de nuestros hermanos, y que jamás hay que caer en la desesperación, sino perseverar y, en el camino, corregir tantos errores como sea posible. Ha pasado casi medio año, lo que falta para que este castigo tan leve termine. Hasta entonces, todos debemos esforzarnos para permanecer en buena salud y buenos ánimos, ya que aún tenemos grandes tareas que realizar, grandes historias que escribir.

Ruego a Dios que tu padre y tú estén bien y espero verte pronto otra vez.

¡Ah! Bendito alivio. No me había dado cuenta del peso que cargaba, aunque Cristóbal tenía razón, no era nada comparado con lo que padeció Jun Kaaj. Imaginé el terror ante esos hierros candentes que se acercaban a su rostro, sus mejillas que crepitaban por segunda vez en su vida. El emblema de la esclavitud y también el precio de la libertad. Cerré los ojos y recé: «Por favor, Señor, dame el valor para hacer lo correcto, dame la fuerza de Jun Kaaj, la esperanza infinita de Cristóbal, y bendice a don Juan por su gran bondad».

El pobre, pobre hombre. Me estremecí al pensar lo que Alvarado le había hecho a don Juan y al Grande. Si hubiera sabido cuánto compartíamos...

Su rostro apareció frente a mí, tierno, tal como me había mirado en ese breve momento después de que me dio noticias de Nana, cuando pareció genuinamente avergonzado porque supe que había hablado bien de mí. ¿Sería cierto? Me ruboricé de placer y me di cuenta de que para entregar mi carta debió haber caminado kilómetros y kilómetros, desde Santa Cruz hasta el lago Atitlán.

«El lugar de las aguas tranquilas, donde el arcoíris adquiere sus colores».

Contuve el aliento. El asombro que sentí al escuchar otra vez la voz de mi madre pronto se convirtió en una extraña alegría y luego, para mi sorpresa, en alivio. Ningún recuerdo terrible se apoderó de mí. Cierto, había una tristeza pesada, pero el dolor no me engulló por completo y no me desmoroné.

Cerré los ojos y le sonreí con todo mi ser:

—Hola de nuevo, madre.

No podía evitar mi andar alegre y mi sonrisa fácil. La carta de Cristóbal y la promesa de don Juan de regresar, *conmigo*, eran como dos amuletos que brillaban en lo profundo de mi corazón. Sabía que llegaría ayuda; Juan vendría. Pronto nos reuniríamos para escribir el *Popol Vuh*. La obra no moriría. Cumpliría mi promesa y todo estaría bien.

En las semanas siguientes, Nicolao pasó a formar parte del personal doméstico de don Bernal, y aunque traté de mantener una distancia cordial, para que Isabel estuviera tranquila, nos hicimos amigos. A menudo jugábamos con la baraja una partida de primera o le ayudaba a enseñarle a Diego el alfabeto.

Una mañana, de nuevo con ellos en el bien iluminado patio interior, el niño se mostraba muy rebelde, y se negaba rotundamente a sentarse y estudiar. Nicolao me explicó que había escuchado que una plaga se estaba propagando en el noroeste.

—Doña Clara no fue precisamente discreta, ¿sabe usted? Difundía rumores acerca de que las personas se despertaban resfriadas una mañana y en la noche caían muertas. Vendía amuletos y talismanes de la suerte.

Me estremecí.

—¿De casualidad no le dejó algunos?

Nico rio y se acercó a mí.

—Estoy seguro de que una mujer inteligente como usted no pondría su fe en esas baratijas.

Reí a mi vez.

—Todos necesitamos algún tipo de consuelo de vez en cuando.

—Cierto, cierto. —Se acercó aún más—. Quizá entonces me permita consolarla, señora mía. Si alguna vez lo necesita, espero que sepa que puede hablar conmigo.

Le regalé una sonrisa radiante. Quizá demasiado radiante. Debía tener más cuidado.

Sin embargo, me sentía en parte complacida, disfrutaba sus atenciones, aunque hubiera deseado que fuera otra persona, quizá alguien que aparentemente valoraba mi belleza y entereza... Era pura vanidad, lo sabía, pero era inofensivo.

—Es usted muy amable. Le agradezco su amistad —contesté.

Hice énfasis en la última palabra, solo para dejarlo claro. Di media vuelta y me senté en la banca pulida, junto a la pared de azulejos.

Nicolao se sentó al otro extremo y se aclaró la garganta.

—Mi amistad, sí, por supuesto —murmuró.

Sentí un vacío en el estómago, una advertencia. Volteó a mirarme como para confirmarlo. Por el rabillo del ojo advertí en él un destello de deseo.

Me tensé y murmuré una excusa para marcharme. Camino a casa, maldije mi vanidad; el vacío en el estómago se había convertido en temor. Recuerdo que pensé que debía haber seguido el consejo de Isabel.

Resultó que tenía razón.

De pie y en guardia, don Bernal empuñaba una espada.

—No habíamos andado mucho cuando nuestra avanzada vio a unos tres mil indígenas armados de sus espadas a dos manos y con tocados de plumas. Sus armas eran tan largas como sables, hechas de pedernal y obsidiana, que corta peor que un cuchillo.

Las calzas verdes abombadas sobre sus medias blancas se mecían con cada sacudida y cada bloqueo. Habíamos sacado del camino los muebles de la oficina y acomodamos cuatro sillones afelpados para que quedaran frente al viejo conquistador. La ventana abierta y las paredes enlucidas, pintadas con motivos de madreselvas y granadas, enmarcaban a don Bernal.

Nicolao, sentado en una silla junto a mí, con los codos en las rodillas, observaba con avidez en la mirada. Isabel estaba a la derecha del animado narrador. Parecía un poco pálida y tenía los ojos hinchados y rojos, pero no quiso decir qué le pasaba. Había apilado con cuidado los documentos de don Bernal a un lado suyo, y escribía. Su pluma rasgaba con furia sobre el amplio escritorio de madera.

—Les enviamos al prisionero que habíamos capturado el día anterior y les pedimos que no atacaran. ¿Saben qué respondieron? Que harían la paz con nosotros llenándose la panza con nuestra carne y que honrarían a sus dioses con nuestro corazón.

—Por favor, más despacio, don Bernal —pidió Isabel.

—Lo siento, querida. Pero, te digo, hacían maravillas con sus espadas a dos manos.

Con gran esfuerzo hizo una pausa y esperó. Una brisa trajo un olor a estiércol y polvo. En algún lugar, abajo, en la calle, un caballo relinchaba.

—Incluso pudieron echarle mano a una buena yegua y le cortaron la cabeza, que quedó colgando de un pedazo de piel del cuello —continuó.

Reprimí un grito.

—¡Pobre animal!

—Ah, sí, fue una imagen horrible. Pero Dios, en su infinita compasión, nos ayudó y nos protegió, y con nuestro buen manejo de la espada, acabaron por retroceder. Incluso logramos rescatar al jinete de manos del enemigo. Lo arrastraban, medio muerto.

—¿Murió? —pregunté.

—No en ese momento. Diez de nuestros hombres resultaron heridos, pero no murieron.

No pude evitar lanzar una carcajada.

—Vamos, don Bernal. Seguramente no está diciendo que tres mil guerreros tlaxcaltecas aguerridos no pudieron matar a un solo castellano.

Me miró a los ojos, como si por algún milagro su visión hubiera regresado durante un breve instante de asombro que, sin embargo, lo había dejado temporalmente mudo.

Isabel tosió un poco e intervino con aire molesto:

—Querida, sabes que don Bernal necesita estar muy concentrado. No estoy segura de que sea correcto interrumpirlo así. Pero ya que estamos en el tema, en lo personal no me parece extraño. Después de todo, teníamos a Dios a nuestro favor y es evidente que nuestras armas y armaduras eran superiores.

Su tono condescendiente me molestó. ¿Quién era ella para regañarme así? No querría que don Bernal escribiera esas tonterías tan ridículas. ¿Quién lo creería? Sabía que había españoles que pensaban que los indígenas eran como corderos, sumisos e inútiles, pero la mayoría se inclinaba hacia el otro extremo y pensaban que todos eran caníbales salvajes. Por supuesto, ninguna de las dos versiones era verdad. Pero si la mayoría de la gente pensaba que los indígenas eran capaces de tanto derramamiento de sangre, ¿no se burlarían al leer este pasaje?

Estudié la expresión franca y un poco perpleja de Isabel, y me di cuenta de que me equivocaba.

Con un gusto amargo en la boca, bajé la mirada hacia mis manos para ocultar el caos de emociones que pudiera mostrar mi rostro. Temblaba de rabia; la vergüenza me quemaba, me lastimaba, y eso me desconcertaba. No podía entender por qué debía sentirme avergonzada, pero así era.

Antes de averiguarlo, Nicolao intervino.

—¿Algo de tomar, señor?

Por su tono, era evidente que quería cambiar el tema. Me lanzó una sonrisa curiosa, animada. Negué con la cabeza. La pluma de Isabel seguía rasgando el pergamino.

—Vino, muchacho. Del tonel de Valladolid, en la cava.

Nicolao se puso de pie. En cuanto salió de la habitación, don Bernal me miró y dijo:

—Querida Catalina, olvidemos nuestro pequeño desacuerdo. Tengo que pedirle su ayuda en un asunto que concierne a su padre.

—Ah.

Me erguí. El corazón me dio un salto de miedo y confusión. Él se aclaró la garganta.

—Aunque mi empresa en el Nuevo Mundo me ha dejado rico en recuerdos, soy un hombre pobre. No puedo pagar los servicios de Nico, pero a cambio le prometí una encomienda.

Lo miré fijamente, no estaba segura de lo que esperaba que yo pudiera hacer al respecto.

—¿No lo ves, querida niña? A pesar de la pequeña influencia que poseo, solo tu padre tiene el poder para otorgar tierras con derecho a tributo. Como sé que sabes, él no me tiene en muy alta estima. Así que te agradecería que hablaras bien de Nico, si es posible.

Miré a Isabel, quien se encogió de hombros como si dijera: «¿Qué otra cosa puedes hacer?».

Me removí en mi asiento e incliné la cabeza, porque en verdad no tenía otra opción si quería conservar un poco de mi libertad, aunque cada día que pasaba lo sentía más como un castigo.

—Sería solo un pequeño favor, para retribuir todas sus amabilidades.

Don Bernal esbozó una gran sonrisa y presionó la mano sobre su jubón dorado.

—¡Dios te bendiga! Mañana hablaré con él.

—¡Qué descaro! —gritó mi padre.

Su voz resonó como la bala de un cañón. Maloso lanzó un par de ladridos. Era medianoche y estábamos sentados en el comedor vacío del palacio, solo mi padre, los sirvientes y yo, entre las dos mesas largas y las polillas que revoloteaban alrededor de la luz de las velas, en el aire húmedo del verano.

Agité la cabeza y fingí incredulidad. Tenía que intentar calmarlo o jamás me escucharía.

—Un lobo con piel de oveja, eso es lo que te digo. Todos estos conquistadores y aventureros son insufribles.

Masculló unas palabras más y mojó su cordero en una salsa picosa de jitomate y cebolla, bebió un sorbo de vino, extendió el brazo hacia la canasta de pan y partió una hogaza caliente. Sabía lo que diría en el momento en el que tragó.

—¿Por qué es tan difícil encontrar buen pan en estas tierras?

Justo a tiempo.

—Las doñas dicen que es el agua, padre.

—Tonterías. En fin, ¿qué piensas de este Nicolao?

Me encogí de hombros.

—Es muy amable y competente. Toca bien la guitarra y conoce de memoria a los clásicos.

—¿Sí?

Mi padre amaba a Homero.

—Lo he escuchado recitarle la *Odisea* a Diego. Su acento es impresionante.

—Mmm... Pero no está casado y el ferviente deseo de Carlos es que las encomiendas se concedan primero a familias y colonos casados.

Asentí y desvié la mirada como si reflexionara. Había ensayado esto en mi cabeza.

—Es un hombre pobre, pero educado. Se declara humanista, así que lo más probable es que esté a favor de las Leyes Nuevas. Estoy segura de que si tuviera los medios para mantener a una esposa, se casaría pronto. Pero usted conoce bien al emperador, padre. ¿Por qué no se encuentra con él y lo juzga por sí mismo?

Mi padre lanzó un gruñido. Siguió comiendo en un silencio agradable durante un tiempo.

—¿Ha tenido noticias de España?

Esa pregunta era arriesgada. Si mi padre había recibido carta de nuestros familiares, su estado de ánimo mejoraría mucho. De lo contrario... en fin, ya lo sabría.

—No, desde hace meses —respondió, pero sin enojarse. En su lugar, hizo su plato a un lado y se encogió en su silla.

—Lo siento, yo...

—Tuve noticias de la otra.

Su rostro se contrajo como si el nombre le sacara la lengua con una pinza ardiente.

Beatriz, quien nos había roto el corazón a los dos al abandonarnos por ese platero cuando más la necesitábamos. Aunque, a diferencia de mi padre, yo ya la había perdonado. La trajeron de España al Nuevo Mundo, la separaron de todas las personas a las que conocía y la dejaron en el pequeño Santa Cruz. Sabía que se sentía desesperadamente sola y que anhelaba el afecto de mi padre, pero él era quien era. Creo que mi madre fue su única excepción, la única persona que podía hacerlo sonreír. A ella, al parecer, eso no le importaba mucho. Seguramente Beatriz se daba cuenta de lo que mi madre significaba para él. Busqué en mis recuerdos alguna señal de celos; era difícil, sin embargo, porque ellas apenas se hablaban.

La verdad es que no podía culparla por buscar un santuario en otros brazos. Pero aún después de que el platero murió, mi padre no quería verla. Su actitud me parecía muy severa y yo le rogaba que la perdonara. Me respondía que no podía hacerlo, que no quería que me incitara a seguir sus pecaminosos pasos, y me prohibió hacer más preguntas. Fue hasta que su segundo esposo murió en un deslave que accedió a ayudarla, puesto que ahora tenía dos hijos y ninguna renta. Mi padre le dio dinero y organizó el enlace con su tercer y actual marido, Sancho, un conquistador que le doblaba la edad. Le concedió a Sancho una gran encomienda y creo que incluso puso el nombre de ella en las escrituras. Lo último que escuché es que era feliz y que habían tenido una hija.

Como ella era un tema tabú, mantuve una expresión impasible y la voz baja.

—Ah.

—La plaga se llevó a Sancho y a sus dos hijas.

—¡No! —Me llevé una mano temblorosa a los labios—. ¡Pobres ángeles! ¡Pobre Beatriz!

Sin pensarlo empecé a sollozar, tapándome con el pañuelo, perdida en mis recuerdos: cuando la seguía por todas partes cada vez que mi madre padecía una de sus crisis; cuando me leía y luego me gritaba que la dejara sola, aunque yo no lo hiciera; cuando la veía llorar por su propia madre. En ese entonces no entendía su dolor, pero ahora sí.

Lloré hasta que sentí un cambio en la presión, el viento que arreciaba antes de la tormenta. Mi padre me observaba. Me dio hipo y traté de contener todo mi pesar, alejar las nubes, cambiar su curso. Pero la voz de mi madre seguía en mi oído, me cantaba para que me durmiera. Su voz me suplicaba que de mis labios infantiles saliera una promesa solemne, que protegiera el libro sagrado de nuestro pueblo.

—Discúlpeme.

—Lamenta la muerte de las niñas —dijo. Al levantarse, la silla se arrastró sobre el piso—. Pero, créeme, esa desdichada mujer, esa hermana tuya... no es digna de tus lágrimas.

—¿Por qué?

Quizá ahí no acababa la historia, había algo que no me decía, algo más que ella había hecho para ganarse su absoluta desaprobación, pero no podía imaginar qué podía ser y me sentía demasiado intranquila como para adivinarlo.

—Ha pasado tanto tiempo, ¿no puede perdonarla? —fue todo lo que pude decir—. Ella debe estar tan desesperada y triste. Por favor, permítame escribirle.

—¡No! Lo prohíbo y te prohíbo cuestionarme. Vamos, Maloso.

Dio media vuelta y se marchó. Casi salgo gritando tras él, como lo hizo el obispo Marroquín. «¿Cómo puede ser tan cruel con su propia gente?». Miré hacia la larga mesa vacía y volví a sentir que me ahogaba al pensar lo llena que hubiera podido estar.

Dos semanas más tarde, después de la misa de la mañana, mi padre y yo salimos de la catedral hasta la plaza principal. No habíamos vuelto a mencionar a Beatriz y habíamos estado más tranquilos. Por otra parte, mi emoción después de ver a Juan y leer la carta de Cristóbal empezaba a evaporarse. Buscaba entre la multitud señales de alguno de los dos. Pensaba en ellos constantemente y los soñaba. Sobre todo a Juan.

Había soñado con él la noche anterior. Era una visión extraña, recurrente, de una cacería en el bosque oscuro. Al principio estaba siempre sola, con mi caballo al lado, asustada y perdida hasta que encontraba un claro del bosque. Después, Juan salía a la luz, vestido con su atuendo de rey. La piel dorada de un jaguar colgaba de sus hombros y su frente estaba adornada con plumas de quetzal.

Corría hacia él, aliviada, pero me paralizaba al ver que en ambas manos empuñaba dagas para el sacrificio, obsidianas puntiagudas como sus ojos. Sabía que estaban destinadas para mí.

De inmediato sacaba la flecha de jade que tenía atada a la espinilla e intentaba golpear su hombro desnudo. La piel de jaguar que lo cubría cobraba vida y se transformaba en pleno vuelo. Él corría en mi dirección, pero ya no era un hombre sino un animal.

El corazón me latía con fuerza. Montaba mi caballo y lo espoleaba para que corriera a todo galope. Bajo mis muslos, sus poderosas piernas golpeaban la tierra y fracturaban el bosque; pero no importaba cuánto lo apresurara, cada vez que miraba atrás, el jaguar se acercaba más, sus ojos abrasando los míos.

Siempre había un obstáculo, un árbol caído, una roca enorme. El caballo saltaba y el jaguar se abalanzaba sobre mi torso. Me jalaba hacia él y me levantaba en el aire hasta envolverme con sus brazos, que habían vuelto a ser humanos. Sus manos me palpaban, recorriendo todo mi cuerpo.

Caíamos en un vacío negro y todo era dolor y placer al mismo tiempo.

A la mañana siguiente apenas podía mirarme al espejo mientras me preparaba para ir a misa con mi padre.

Las únicas palabras que tenía para describir estas sensaciones, el calor que sentía al despertar, provenían de los sermones sobre la lujuria y el pecado, no muy distintas a las que el sacerdote había preparado ese día para nosotros. Fruncí el ceño al escuchar las descripciones tan vivas y coloridas sobre el destino atroz e inevitable que me esperaba, y vagamente me pregunté si Dios hacía concesiones por los pecados que ocurrían durante el sueño más profundo, considerando que todo el tiempo me había sentido perturbada e inquieta.

Empezaba a cometer errores. Murmuraba pasajes del *Popol Vuh* en voz alta. Lo hice en ese momento, sentada junto a mi padre. Me horroricé y volteé a mi alrededor para ver si alguien me había oído. Había pasado mucho tiempo, teníamos que escribir el *Popol Vuh*. Tenía que tomar el asunto en mis manos. Quizá podría convencer de alguna manera a mi padre para que tomara un descanso y se fuera a Santa Cruz.

Decidí hablar con él después de la misa, pero cuando salimos de la catedral en dirección a la plaza principal, alguien me llamó por mi nombre. Volteamos. Isabel y el juez Ramírez se nos acercaron. Detrás de ellos, Nicolao me sonrió con las mejillas sonrojadas. Bajó la mirada y animó al pequeño Diego a que ayudara a su padre a bajar la escalera.

—Supongo que hoy deseas visitar la pocilga de ese crápula.

—Si no le molesta, padre —dije—. Isabel siempre lo agradece.

—Si puedo brindarle una pequeña alegría a esa pobre mujer devota —masculló—. Demonios, si Ramírez no fuera tan leal a las Leyes Nuevas lo habría hecho azotar por lascivia.

—Oh, no. ¿En verdad es así? —murmuré.

—Un conejo tiene más autocontrol... Buenos días —saludó a la pareja.

La compasión que sentí por Isabel y el abrazo cálido que me dio hicieron que la perdonara. Era cierto que se había portado muy brusca conmigo aquel día en casa de don Bernal, pero era mi única amiga en el pueblo. Seguramente no fue su intención hacerme sentir tan... inferior. Quizá estaba molesta con el juez Ramírez. Pensé que lo correcto era darle otra oportunidad.

—Buenos días —saludó el juez. Yo asentí con frialdad y menosprecio.

Nicolao se aclaró la garganta.

—Don Alonso, quiero aprovechar esta oportunidad para agradecerle de nuevo el honor que me concedió. —Mi padre resopló—. Si hay algo que pueda hacer para...

—Sí, casarse, tener hijos y pagar el quinto real. Ramírez, tenemos asuntos de qué hablar.

Don Bernal saludó a mi padre con una leve inclinación de cabeza. El juez besó la mano de Isabel y siguió a mi padre.

—¿Tendremos el placer de contar hoy con su compañía, doña Isabel? —preguntó Nicolao.

—Si don Bernal requiere de mi asistencia.

—¡Por supuesto! —exclamó el viejo, ofreciéndole a Isabel el brazo.

Diego corrió frente a ellos.

—¡Mira, papá! —gritó saltando un gran charco.

—¿Puedo caminar con usted?

La voz de Nicolao era extraña, aguda y tensa. Asentí, pero fruncí el ceño ante una pregunta tan obvia. Avanzamos unos pasos sin decir una palabra, lejos de la multitud, hacia una calle tranquila que llevaba a la casa de don Bernal. Disminuyó el paso, como para aumentar la distancia con nuestros compañeros que iban adelante.

Estaba a punto de preguntarle si pasaba algo cuando él murmuró:

—Don Bernal me dijo que usted habló en mi favor. Quería decirle lo agradecido que estoy, cuán endeudado me siento con usted.

—¡Ah! —Exhalé y sonreí—. Claro, no es...

—No. —Hizo un gesto—. No diga que no es nada.

Lo miré.

—¿Hay algo que lo aflige?

Emitió un profundo suspiro y miró hacia el frente. Estábamos muy alejados, lo suficiente para que no nos oyeran. Palideció tanto que los granos de su cara parecían incandescentes. Pensé en ir corriendo al boticario, pero no pude moverme. Sentí el miedo en el estómago, como las nubes negras de ceniza que mi madre me había enseñado a temer.

—Solo esto: que desde que la conocí he esperado y rogado a Dios que me envíe una señal de que usted siente por mí lo mismo que yo siento por usted.

No, no, no.

—Señor Lopes, me malinterpreta, yo...

—Llámeme Nico, por favor, Catalina, si puedo atreverme a tanto.

Extendió el brazo para tomar mi mano, pero yo retrocedí.

—Lo siento, Nico, señor Lopes.

Negué con la cabeza, no sabía qué decir. Su barbilla temblaba y me miraba con tal desesperación y nostalgia que no pude soportar decir más por miedo a destrozarlo.

—¿No... no me quiere?

—¡Sí, sí! Pero...

—Por favor, ¿ama a otro?

—¡No!

Los ojos color caramelo de Juan cruzaron por mi mente y me ruboricé de vergüenza. Nico sonrió aliviado, pero me malinterpretaba.

—Entonces, ¿tengo motivos para esperar que mis plegarias sean respondidas?

—¡No! Quiero decir, no es tan simple. —Dios mío, ¿qué podía decir? Usé lo primero que pasó por mi mente—. Mi padre no desea que me case.

Él rio. Una gran carcajada salió de su boca y yo me sonrojé, indignada.

—¡Oh, querida! No se enoje conmigo. Rio porque siento que podría volar.

Lo miré con severidad y crucé los brazos.

—¿Por qué, señor?

—¡Porque sí! ¡Porque la mujer que amo admite que me quiere! —exclamó lanzando las manos al aire y volvió a reír.

Retrocedí un paso más, pensando que se había vuelto loco. Él suspiró y me miró a la cara. Levantó las manos como si fuera a acariciar mi mejilla, pero se detuvo.

—Ah, esperaré —dijo—. El tiempo que sea necesario. Hasta que su padre cambie de opinión o que Dios lo llame a su lado. Seré tan paciente como un mártir. La esperaré.

CAPÍTULO 9

Santiago de los Caballeros, Guatemala
Otoño de 1552

Las siguientes semanas fueron insoportables. Fastidiaba a mi padre todos los días para rogarle que tomara un descanso, que regresara a Santa Cruz y me llevara con él. Le decía que era necesario para su salud, algo que era cierto. Le dolía el estómago casi todos los días. Aunque también estaba desesperada por continuar con el *Popol Vuh*, sobre todo me urgía, genuinamente, alejarme de Nicolao.

No tenía una excusa razonable para no seguir acompañando a Isabel en sus visitas a don Bernal, pero Nicolao siempre estaba ahí. Actuaba como un tonto desesperado, intentaba constantemente llamar mi atención, me hacía miles de preguntas, me pedía que le ayudara con las lecciones de Diego. La verdad era que deseaba estar a solas conmigo. Escribía pésimos versos en pequeñas notas que presionaba contra la palma de mi mano cuando la besaba al despedirse de mí, algo que siempre duraba más tiempo del necesario. Ni hablar de su promesa de comportarse como un mártir. En realidad, lo único que lograba era hacerme pensar, con más frecuencia y mayor entusiasmo, en otra persona por completo diferente.

Isabel advirtió mi conducta desapegada y distraída y me preguntó si todo estaba bien, pero yo no quería decirle la verdad. Temía su reacción. Al final puse como pretexto que mi padre necesitaba que lo atendiera. Al principio era en parte cierto, pero muy pronto se convirtió en algo que absorbía todo mi tiempo, porque se puso muy muy enfermo.

Estaba sentada en el borde de la cama, en la cavernosa recámara de mi padre. La chimenea crepitaba al fondo, arrojando sombras extrañas sobre el gran escritorio de madera, la mecedora y una pintura de dos madres desesperadas que peleaban por un niño frente al rey Salomón.

Las ventanas estaban cerradas y las cortinas corridas impedían que entrara la luz de la luna y cualquier posible ráfaga de viento. Gotas de sudor cayeron de mi frente a mi cuello cuando me incliné sobre ese hombre tan alterado que me pregunté si de verdad era él.

«Quizá no es él. Quizá los señores de Xibalbá han enviado a su propio muñeco. Quizá Bastón de Hueso lo ha adelgazado y Sangre Recolectada le ha provocado derrames. Siempre fue demasiado fuerte; nunca fue suficientemente fuerte».

Shhh, madre.

Se quejó y apretó los párpados por el dolor. Su barba estaba apelmazada y enredada, apestaba a sudor y fiebre. Maloso estaba echado a los pies de la enorme cama de mi padre; sus ojos gachos parecían tan abatidos como yo me sentía. Había hecho todo lo que estaba en mi poder para ayudarlo, concentré toda mi energía en él. Incluso me había olvidado del *Popol Vuh*. Bueno, no por completo. Siempre estaba en algún lugar de mi mente, acechando en lo profundo, exasperando mi alma. Aunque no es que en ese momento hubiera podido escribir nada si se hubiera presentado la oportunidad; no había dormido en días. Estaba más que exhausta.

Poco a poco me había quedado sin opciones. El boticario y tres de los mejores médicos en el pueblo habían sido inútiles. Les prohibí que vinieran a hacer sus sangrías y que trajeran sus sanguijuelas. No sabía a quién recurrir. No dejaba de pensar en Nana, porque ella hubiera sabido qué hacer.

Mi madre recitaba los nombres de los demonios de Xibalbá como si estuvieran aquí, danzando entre nosotros, provocando todas sus tristezas. «Demonio de Ictericia, Pus yAla, Costra Voladora, Sangre Recolectada, Garras y Dientes. Demonio de Ictericia, Pus y Ala, Costra Voladora, Sangre Recolectada, Garras y Dientes».

—¡Shhh!

Me tapé los oídos, aunque no sirviera de nada.

«Demonio de Ictericia, Pus y Ala, Costra Voladora, Sangre Recolectada, Garras y Dientes».

Un suave golpe en la puerta me devolvió a la realidad.

—Adelante —dije.

Maribel entró con una charola en la que llevaba bebidas calientes, humeantes, y una expresión desesperada de tristeza en el rostro. La dejó sobre la mesa de mi padre y me sorprendió cuando habló.

—Es terrible ver a don Alonso así, señorita. ¿Cree que mejore?

—Eso espero... —murmuré—. No estoy lista para dejarlo ir.

Se me hizo un nudo en la garganta, y mi voz se quebró en un sollozo. Maribel negó con la cabeza.

—¿Hay algo que pueda hacer?

Estaba a punto de responderle que no, pero lo pensé dos veces.

—Si puedes, por favor envíale una carta a mi hermana, Beatriz. El administrador de mi padre sabe dónde vive. Ella debe saber lo mal que está... que quizá no lo logre. Que tal vez... necesite su ayuda si él muere.

La sola idea me asfixió. No tenía más familia, nadie a quién recurrir. ¿Quién me cuidaría? ¿Qué pasaría conmigo si moría? Le supliqué a Maribel con la mirada.

Ella asintió.

—Lo intentaré.

Parpadeé, atónita y aturdida por mi suerte. Luego volví a enjugar la frente de mi padre, esperando que ella se marchara en silencio, como siempre hacía. Al principio no me di cuenta de que seguía ahí, hasta que tosió. Me giré despacio para mirarla, pero estaba demasiado cansada como para decirle nada. Ella llevó su vista hacia la puerta abierta y luego a mi padre, y me lanzó una mirada aterrada, extraña, como si se preparara a saltar al vacío.

—Lo siento, pero... alguna vez usted usó un gran tesoro —susurró en k'iche'—. Un collar de jade.

Entreabrí los labios.

—Sé que no es el mejor momento —continuó—, pero... su dueño, mi verdadero amo, le ruega que se reúna con él en el cementerio, junto a la pequeña iglesia de la colina, esta noche. ¿Irá?

Miré sus ojos brillantes y cafés, como un baúl de tesoros por sí mismos. Mi corazón empezó a latir con fuerza. Me enderecé, y de pronto me sentí muy alerta. Muchas preguntas pasaron por mi mente, pero sabía que no debía formularlas, puesto que ya conocía las respuestas.

Juan era el propietario del collar. *Él* era el verdadero amo de Maribel, su rey, ¡y la había enviado a ayudarme porque quería reunirse conmigo en el cementerio esta noche!

Asentí, feliz al pensar que lo vería de nuevo, después de tanto tiempo. El rostro de Maribel se relajó de inmediato y sonrió.

—Crearé una distracción con el perro. Llamarán a los guardias de la entrada y ellos dejarán su puesto. —Su voz y manos temblaban—. El caballo de su padre está ensillado y listo. Cuando todo haya pasado, diré que usted se fue a dormir unas horas. Quizá puedo cubrirla hasta maitines. Tiene que regresar antes que eso.

Asentí de nuevo.

—Maribel, ¿puedes quedarte tú con él? Tiene que beber más agua de limón y no quiero que el médico se le acerque.

Ella asintió.

—Bien. Maloso, vete con Maribel —le ordené al perro.

Aulló, y su gran cabeza giró de mi padre hacia ella y de vuelta. Pero con jalarle el collar una vez, hizo lo que se le pedía.

Mientras esperaba, tomé la daga de mi padre, fui a mi cuarto y me puse las botas, una capa con capucha y un faldón cálido. Me quedé sentada a su lado como media hora más, removiéndome en la silla con la cabeza llena de dudas. ¿Y si era una trampa? ¿Cómo podía confiar en Maribel? Debí hacerle algunas preguntas al menos, asegurarme de que mis suposiciones eran ciertas. Me reprendí por no haberlo hecho, pensando en las advertencias de mi padre.

Siempre dijo que las lenguas de los sirvientes eran armas de doble filo. Nunca reveló qué sirvienta fue la que traicionó a mi madre pero, después de su muerte, no volvimos a tener a ninguna en la hacienda. Nana y Río Digno hacían prácticamente todo por nosotros en Santa Cruz, aunque por lo regular solo tenían que atenderme a mí, y yo ayudaba mucho a Nana.

Tenía el estómago tenso por los nervios. Hasta que escuché un grito. Mi mente se aclaró. Me levanté las enaguas y salí corriendo, con fuego en el vientre. Por el balcón podía ver a los sirvientes de piel morena apresurarse a salir de sus habitaciones en el piso de abajo. Maribel corría hacia ellos, pidiendo ayuda a todo pulmón.

Luego, lo que parecía ser la totalidad de nuestras aves de corral (docenas de gallinas, guajolotes, gallos y patos) salió en estampida del segundo patio con una cacofonía estridente, aleteando en todas direcciones y dejando un rastro caótico de plumas que se arremolinaban en el aire. Maloso las perseguía y embestía, emitiendo ladridos profundos y estruendosos; movía la cola y era evidente que estaba viviendo un maravilloso sueño canino.

—¡Guardias, guardias! —gritó Maribel.

Bajé corriendo la escalera y esperé en las sombras hasta que los guardias se apresuraron por el pasillo. Victorino, el rubio alto y torpe, escupía y maldecía.

—Estúpida, ¿qué hiciste?

Empujó a Maribel con tanta fuerza que ella cayó al piso. Los sirvientes, aterrados, intentaron atrapar a las aves y él les gritó también. Yo dudaba. No quería dejar a todos en manos de este hombre horrible, pero no sabía cuándo tendría otra oportunidad.

Encontré a Caramelo, el caballo de mi padre, en el establo. Los mozos de la caballeriza no se veían por ninguna parte, pero él estaba ensillado. Salté a su lomo y cabalgué tan rápido como pude hacia el cementerio que estaba en las afueras del pueblo. El sonido de los cascos del caballo se mezcló con el silbido doloroso del viento frío en mis oídos. Las pocas personas con las que me topé en las calles vacías se desdibujaban, incluso bajo la luz brillante de la luna.

En muy poco tiempo llegué a la iglesia, un edificio pequeño cubierto de cal, que a esa hora parecía pintado de naranja, pero a la luz del sol lucía un amarillo brillante.

El cementerio adyacente también era pequeño, reservado para los españoles menos distinguidos, y al estar junto a un jardín, era tranquilo y silencioso. Forcé la vista y ahí estaba, junto a la escultura de un ángel. Sujetaba las riendas de una vieja mula. Contuve el aliento por el asombro, encantada. Sobre la mula iba sentada la única persona a la que deseaba ver incluso más que a Juan.

Mi querida Nana.

Con una sonrisa de oreja a oreja, me apresuré a su lado.

—¡Dios mío! —exclamé—. Por favor, mi señor, ayúdeme a bajar.

Juan se acercó y antes de que me diera cuenta de lo que le había pedido, sus manos estaban en mi cintura y nos encontramos tan cerca uno del otro que podía contar cada una de sus largas pestañas, iluminadas por la luz de la luna. Mis brazos estaban en los suyos, que eran cálidos y poderosos. Durante un momento, el mundo se nubló, salvo por sus ojos, que se hundieron en los míos. Se inclinó hacia adelante como si lo jalara una fuerza invisible, pero parpadeó de inmediato y yo recuperé los sentidos. Fue solo un instante, pero fue suficiente. Había aprendido todo y él también.

Balbuceé un agradecimiento incómodo y me acerqué a Nana a tropezones. La rodeé con mis brazos y descansé la cabeza en su regazo. Inhalé su aroma terroso, a una mezcla de canela, hogar y maíz. Cuando acarició mi rostro, alcé la vista hacia su cara redonda y marcada; mechones negros y plateados sobresalían de la gruesa trenza que caía sobre su hombro. Parecía más vieja y cansada, incluso enferma.

—Ah, Nana, ¿no estás bien? ¿El viaje fue horrible?

Resopló, hizo un puchero y negó con la cabeza.

—No puedo creer que estés aquí —murmuré.

—Cuando le dije cuánto deseaba usted verla, insistió en venir.

—Es un bálsamo para mi corazón y el momento no podría ser mejor. Mi padre está muy mal. Creo que es la única persona en el mundo que puede ayudarlo.

—En ese caso, lo mejor es que nos pongamos en marcha, señorita —dijo Juan.

Enjugué mi mejilla húmeda y volteé hacia él.

—¿Cómo puedo agradecerle? Esta es la segunda vez que me acerca a la gente que más quiero, y si Nana puede ayudar a mi padre...

Su mandíbula se tensó.

—En verdad... Quiero que sepa lo que esto significa para mí...

Nuestras miradas se encontraron y habló con voz suave:

—Hubiera venido antes, pero tuve un severo retraso. Se desató una plaga en Santa Cruz y no era seguro viajar.

—Oh, no. —Miré a Nana—. ¿Río Digno está bien? ¿Tus nietos?

Nana asintió para tranquilizarme.

—Señorita, no podemos perder tiempo. ¿Necesita ayuda para montar su caballo?

Sabía que debía apresurarme, pero quería estar más tiempo con él y hablar.

—No, gracias. Caminaré con usted si no le importa escoltarnos un tramo del camino.

—Por supuesto —respondió asintiendo—. Las llevaré hasta la entrada. Conozco un atajo.

Salimos del cementerio y caminamos como media hora, lado a lado en un silencio incómodo, hasta llegar a una arboleda. Aunque mi padre estaba enfermo y yo estaba exhausta, cada vez que Juan abría la boca o me miraba, o cuando nuestros brazos se rozaban por azar, una llama de vida resplandecía desde mi centro hasta la punta de los dedos de mis pies. A veces sentía la mirada de Nana sobre nosotros. Cada vez que la observaba por encima de mi hombro, ella miraba a la distancia, pero yo sabía que la sonrisa que torcía su mejilla no era producto de mi imaginación.

Durante mucho tiempo estuve pensando qué decir. Entre nosotros había habido mucha confusión. Al final, después de lo que me parecieron siglos, le pregunté por Juan el Grande.

—Don Cortés está bien y sano, gracias por preguntar —respondió.

Parecía aliviado. Quizá él también se devanaba los sesos.

—Alguna vez dijo que ustedes eran como hermanos.

—Así es, es como un verdadero hermano para mí. Bueno, casi tiene cuarenta años, así que es como un segundo padre. —Hizo una pausa y agregó en un murmullo—: Prácticamente me crio, en su casa, después de que nuestros padres fueron... de que murieron.

Eché un vistazo a su rostro, desprovisto de los sentimientos que su voz traicionaba, sentimientos que yo conocía bien. Quise tocar su mano, pero la timidez me lo impidió. Él se aclaró la garganta.

—Usted le causó muy buena impresión —dijo.

Me tomó un momento recordar de quién hablaba; luego sonreí.

—El sentimiento es mutuo. No entiendo por qué mi padre nunca tuvo mejor disposición hacia él. Don Cortés parece muy amigable.

Esbozó media sonrisa.

—Me parece que su madre también lo tenía en alta estima. Quizá demasiada para su gusto.

Me quedé boquiabierta.

—¿Cómo... qué?

—Ah, eran amigos. Nada más —explicó Juan. Después de una pausa, agregó—: Dijo que usted se parece mucho a ella, que tenía su espíritu de lucha. Aunque yo creo que es algo que no puede evitar. Su padre también es un luchador, estoy seguro de que se recuperará.

Se me hizo un nudo en la garganta y mi vista se nubló de la emoción.

—Mi padre dijo lo mismo de usted. Que tenía fortaleza y que era un verdadero noble.

Por alguna razón, su rostro se ensombreció.

—Pero no soy nada comparado con quienes vinieron antes que yo —murmuró en k'iche', tan bajo que apenas lo escuché—. Comparado con mi padre y abuelo, quienes tuvieron el valor de dar su vida por su pueblo.

Esta revelación me hizo reflexionar.

—No necesita derramar sangre para pelear —repuse.

Nos quedamos en silencio y volvimos la mirada hacia el terreno accidentado. Un momento después llegamos a un arroyo y tuvimos que detenernos porque los animales necesitaban beber. Don Juan también se detuvo. Tomó un poco de agua en sus palmas ásperas, se roció la cara y el cabello negro azabache y bebió un buen trago. Traté de no mirar las gotas que caían por su pecho y recordé que mi padre se estaba muriendo. Por Dios santo, el pecho de don Juan era lo último en lo que debería estar pensando.

—¿Ha tenido noticias de mi primo? —pregunté.

—Ah, sí, finalmente. Se lo iba a decir. Ha sido difícil rastrearlo.

Abrí los ojos como platos.

—¡Ah! ¿Por qué? Pensé que estaba en Panajachel.

—Se ha estado moviendo, y eso también me retrasó. Pero espero que usted nos haga el honor de reunirse con nosotros en los siguientes días —dijo con una breve sonrisa.

Tuve que recurrir a cada pizca de mi templanza para hacer una reverencia en vez de echarme a saltar.

—Por supuesto, señor —respondí con voz muy suave.

¡Al fin nos reuniríamos para escribir el *Popol Vuh*! Él no había olvidado su promesa. Había tratado de ayudar, pero no pudo localizar a Cristóbal.

—Enviaré un mensaje tan pronto como regresemos a Santiago.

Pronto salimos del bosque. Durante el tiempo que habíamos pasado bajo las copas de sus árboles, una espesa extensión de nubes había cubierto el cielo y bloqueado la luna. Entramos a hurtadillas, entre las sombras, al pueblo, que parecía desierto. Ni siquiera un perro callejero miserable y pulgoso nos encontramos.

Cuando las puertas del palacio estuvieron a la vista y pudimos escuchar el coro de voces que se elevaba dentro de sus muros, Juan se inclinó hacia mí:

—Catalina, creo que debo dejarla ahora —murmuró.

La manera en la que dijo mi nombre me hizo estremecer. Podía sentir su aliento rápido en mi mejilla, pero tenía mucho miedo como para mirarlo.

—Fue muy agradable verla —agregó con ternura.

Tragué saliva y respondí con voz aguda.

—Para mí también fue un gusto verlo.

Se aclaró la garganta.

—No tardaré mucho en regresar.

Me armé de valor, lo miré a los ojos y murmuré:

—Espero con ansias ese feliz momento.

Frunció el ceño y con su intensa mirada escrutó mi rostro, ávido, como si tratara de encontrar una pizca de engaño. Su respiración se aceleró, igual que la mía. Salvo sus ojos, todo a mi alrededor se nubló, hasta que Nana tosió con fuerza.

Parpadeamos y nos apartamos.

—Rezaré por su padre, señorita —refunfuñó.

Asentí, incapaz de hablar.

Antes de irse, me miró una última vez y presionó la mano sobre su corazón.

CAPÍTULO 10

Santiago de los Caballeros, Guatemala
Otoño de 1552

Empezó a llover cuando dirigía tanto a Caramelo como a la mula en la que iba Nana hacia el ala exterior donde guardábamos los caballos. El sonido de la numerosa multitud en el interior del palacio inquietaba mi corazón. Me reprendí por haber tardado tanto. No habían sido más que una o dos horas, a lo mucho, pero debí haber tomado la mula de Nana y galopado de vuelta al palacio para ayudar a mi padre.

En su lugar, me había comportado como una boba enamorada, como una descocada, perdiendo el tiempo al lado de Juan. ¿Qué pensaría él de mí ahora? ¿Cómo podría enfrentarlo de nuevo? ¿Y si había llegado muy tarde para salvar a mi padre? ¡En nombre de la virgen!, ¿por qué había tanta gente aquí?

—¿Qué pasó? —le grité a un mozo—. ¿Es mi padre? ¿Está muerto?

—Señorita, ¿a dónde fue? Una doña vino y cuando supo que usted no estaba llamó a toda esta gente —explicó—. Los hombres se están armando para ir a buscarla.

—Pero mi padre, ¿sigue vivo?

—Sí, señorita. Pero el pobre amo no está nada bien.

Llevé al establo a la vieja y cansada mula.

—Tú, ¡ven! ¡Apúrate! Nana, ¿qué necesitas? Dime qué necesitas.

Emitió unos sonidos roncos y confusos, sonidos horribles, pero entendí las señas que hacía con las manos.

—Agua —dije. Ella asintió e hizo gestos para decir que era tanto para beber como para limpiar—. Vinagre, aceite, paños.

Ella volvió a asentir y me hizo un ademán para que me marchara.

—Ayúdala, ¡con cuidado! Llévala con mi padre y ayúdala a cargar sus cosas —le ordené al mozo de las caballerizas, quien miraba horrorizado a la empapada Nana. No me sorprendía que no dijera ni pío—. ¡Haz lo que te digo!

Di media vuelta y atravesé corriendo el patio. Me las arreglé para que unas señoras que estaban junto a la fuente no me vieran, pero en el vestíbulo me asaltó un grupo de cortesanos.

—¡Es ella! ¡Es la señorita Cerrato!

—Disculpen —dije, tratando de abrirme paso.

Busqué una librea azul entre la multitud. En un extremo de la mesa, una ayudante de cocina vertía cerveza en tazas de madera.

—Agustina, ¿dónde está Maribel?

El capitán Lobo y un grupo de doñas parlanchinas que conocía de vista en la iglesia la hicieron a un lado antes de que pudiera responderme.

—¡Tráele un poco de vino caliente a la señorita! —le gritó una de ellas a Agustina—. Pobrecita, tenemos que secarte antes de que mueras de frío. Siéntate.

—No, no, gracias. Yo...

—¿Por qué huyó? —pregunto el capitán Lobo, cuyo aliento apestaba a aguardiente.

—Shhh, Javier. Primero tiene que comer algo —recomendó su esposa, doña Imelda. Me tomó del brazo con sus dedos fríos y esqueléticos—. ¡Mírenla! ¡Tú! Trae queso y pan. Rápido, rápido.

—No olvides el vino, y varias copas para nosotros también.

—No, gracias. Por favor, no puedo...

—¿Estás lastimada?

—¡Catalina!

Todo el mundo volteó. Nico, armado de pies a cabeza y vestido con un peto brillante y una capa, corrió hacia nosotros. Tenía los ojos rojos y le temblaba la barbilla. Apreté los puños, frustrada, y traté otra vez de liberarme de la mano de esa mujer.

—Querida, gracias a Dios —exclamó Nico, atrayendo las miradas de complicidad de los presentes.

—Disculpen, capitán Lobo, señor Lopes, debo ir con mi padre.

—Por el amor de Dios, necesita ver a su padre —repitió Nico.

—Necesito agua, aceite y vinagre —dije alejándome.

Pensé haber visto el rostro de Isabel en la cocina, pero antes de poder asegurarme, el capitán Lobo intervino.

—No se preocupe, señorita, llamaron al doctor Rivera. Llegó hace poco, me parece.

—¿Qué?

Me abrí paso entre ellos, empujando al tesorero. Escuchaba el latido de mi corazón en los oídos. Si el médico lo sangraba, sin duda mi padre moriría. Estaba segura de que era lo que todos querían, pero yo no dejaría que eso sucediera. No permitiría que esos buitres se apoderaran de él.

Nico corrió detrás de mí en el pasillo.

—¡Catalina! Catalina, querida, ¡espera!

Me tomó por la muñeca, pero me aparté de un jalón. Su rostro se encendió como el carmín.

—¡No soy su querida! Pero ya que usted afirma que es mi amigo, le voy a pedir que por favor me traiga agua, aceite y vinagre.

Frunció el ceño, pero asintió. Yo subí corriendo la escalera, tratando de no llorar, pero tenía que concentrarme en mi padre y confiar en que Nicolao me llevaría lo que necesitaba.

La puerta de la recámara de mi padre era la primera a la derecha. Nana estaba afuera con el mozo de la caballeriza, quien intentaba empujar la puerta para abrirla. Sin pensarlo, golpeé con todo mi cuerpo la pesada madera para hacer ceder lo que fuera que estaba detrás. La sirvienta que estaba en un rincón lanzó un grito.

—¡Por todos los cielos!

El médico estaba a un lado de mi padre. En una mano sostenía un escarificador brillante de latón y un cuenco vacío en la otra. Había llegado justo a tiempo.

—No lo toque —exclamé.

—Traté de impedirle que entrara, señorita —dijo Maribel entre sollozos.

—¡Qué histeria! Su padre necesita reposo. Los humores en sus venas...

Saqué la daga de mi padre y corrí hacia el médico.

—¡Fuera! Váyase de aquí o usted será quien sangre.

El doctor lanzó un gritito y salió corriendo por la puerta. Me apresuré al lado de mi padre, estaba ileso pero se veía tan mal como cuando me fui. Nana suspiró y empezó a sacar algunas cosas de su bolsa mojada, hierbas y pociones. Reconocí el líquido blanco lechoso en uno de los frascos: esencia de loto. La chimenea estaba encendida, eso era bueno, pero el mozo de las caballerizas nos observaba con los ojos como platos.

Debía ser una escena estremecedora para un niño. Mi padre, a quien él amaba, tenía el aspecto de un cadáver preservado en su cama, grande y sucia. Maribel lloraba, acurrucada en un rincón. Nana, muda, se inclinaba frente al fuego como un ser siniestro bajo las sombras parpadeantes que bañaban su cuerpo envejecido.

Tuve que elevar la voz por encima de los lamentos de la sirvienta.

—Niño, deja de mirar y trae más leña. Maribel, por favor, deja de llorar. Lo has hecho bien. Necesito que vayas a la cocina y traigas aceite. Necesitamos mucha agua, suficiente para un baño y...

—Vinagre y paños —dijo una suave voz femenina desde la puerta.

—¡Bendito sea Dios!

Corrí hacia Isabel y tomé de sus brazos lo que necesitábamos.

—¿Adónde fuiste? Estaba preocupada por ti —murmuró—. ¿Por qué no acudiste a mí para que te ayudara? He atendido a muchas personas enfermas en mi vida, me alegra poder ayudar.

—Lo siento. Solo fui a cabalgar para despejar mi cabeza y me encontré a Nana.

Era una excusa terrible, pero fue todo lo que pude inventar en ese momento. Al principio Isabel dudó, pero en cuanto vio a mi padre, su rostro se ensombreció.

—No importa. Rápido, pongamos manos a la obra.

Asentí. La multitud que estaba reunida abajo en el patio murmuraba y señalaba. Pero Isabel no hizo más preguntas. Cerró la puerta y se arremangó las mangas de su blusa.

Casi una semana después, en la fiesta de san Lucas, Maribel y Agustina entraron a mi recámara temprano para ayudarme a vestirme. Los gallos cantaban y las campanas de la iglesia repicaban para anunciar la misa.

Maribel tarareaba una antigua melodía k'iche' mientras ataba los listones de las mangas de mi vestido. Cuánto había cambiado desde esa noche. Antes apenas podía sacarle una palabra, pero ahora se resarcía con creces de todo ese silencio.

—¡Agustina se va hoy para casarse, señorita!

—¡Ah! Felicidades, Agustina.

Hablamos un poco sobre sus planes, aunque la chica era tímida y apenas masculló dos palabras. Maribel fue quien habló, pero yo no puse mucha atención. Todos mis pensamientos estaban en Nana, quien había estado demasiado cansada y un poco enferma desde su viaje. Le había ordenado a Maribel que le diera la mejor recámara del área de los sirvientes y me había asegurado de que se estaban haciendo cargo de ella y que estaba recuperando sus fuerzas.

Tenía que pensar una manera de ayudar a Nana a regresar a Santa Cruz en cuanto recobrara la salud. Quizá el juez Ramírez podía ayudarnos. A menudo viajaba al norte. Estaba segura de que Isabel se lo mencionaría. Esa noche había sido de gran ayuda y yo le estaba muy agradecida.

También me había aconsejado que me mantuviera tranquila un tiempo, que dejara que los chismes desaparecieran. Así, me escondía en mi recámara o en la biblioteca, asistía a la misa que daban todos los días en la habitación de mi padre, visitaba a Nana y rezaba mucho para volver a ser invisible. No me convenía llamar la atención, sobre todo porque sabía que en cualquier momento me reuniría con Juan y Cristóbal para escribir el *Popol Vuh*. Quería preguntarle a Maribel si tenía alguna noticia, pero Agustina estaba en la recámara. Me mordí el labio, frustrada, desesperada. Había pasado mucho tiempo.

Hubiera deseado hablar más con Juan, mirarlo más, tocar su brazo cuando me habló de su padre. También deseaba muchas otras cosas, aunque no sabía cómo formularlas.

Solo sabía que necesitaba estar otra vez a su lado.

Maribel terminó de trenzarme el cabello y me miró. Con gran cuidado ajustó la redecilla y la lechuguilla. Agustina levantó mis enaguas sucias y salió. Maribel y yo miramos a la puerta y luego una a otra.

—¿Tienes noticias?

Asintió.

—Esta noche, mi amo le suplica que se reúna con él en la bodega, a la medianoche.

Apretó mi mano para deslizar en ella una pequeña pieza de madera labrada, redonda y casi plana, como una gran moneda. En su superficie tenía el busto de un jaguar con una flecha clavada en el pecho.

No tuve tiempo para examinarla ni para hablar más con Maribel porque Agustina volvió a la recámara, jadeando.

—Con su perdón, señorita. Su padre desea verla.

Me detuve al cruzar el umbral de la habitación de mi padre. Las cortinas estaban abiertas y me llevó un momento darme cuenta de que Isabel estaba parada junto a la cama.

—Ajá.

La voz de mi padre era débil, como una hoja seca de otoño. Pero al menos su piel había recuperado un poco el color y estaba sentado, recargado en las almohadas.

—Buenos días, padre. —Le di un beso. Isabel y yo nos sentamos junto a él, con las manos en el regazo. Afuera, un par de perros ladraban—. ¿Está todo bien?

Mi padre negó con la cabeza y señaló a Isabel, demasiado cansado para hablar. Contuve el aliento y el estómago me dio un vuelco. Alguien me había acusado de algo, eso era. El doctor Rivera se había quejado de mí o alguien me había visto con Juan. Quizá la fiebre de Nana había empeorado. O alguien averiguó que habían soltado a las gallinas a propósito para que yo pudiera escapar.

Mi labio inferior temblaba, pero hice un esfuerzo por que mi voz fuera firme.

—¿Qué sucede?

Isabel hizo un gesto con las manos para tranquilizarme.

—No hay nada de qué preocuparse, querida. Vine a hablar con tu padre. Don Bernal me dijo que circula el rumor de que estás comprometida en secreto.

Quedé boquiabierta. Esto no lo había esperado. Isabel habló, pero yo no escuché. El asombro me había dejado sorda por un momento.

—Claro, eso fue lo que pensé —continuó—. Sabía que era una mentira. Ya lleva tiempo molestándote, ¿verdad?

Yo seguía demasiado asombrada como para hablar.

—Catalina, este Nicolao lleva ya semanas haciéndote la corte, ¿cierto?

Mis sentidos se agudizaron al sentir la mirada de mi padre que, aunque agotado, me escrutaba. Me cubrí el rostro.

—¿Cómo...?, quiero decir, sí, pero le dije que no, padre. Le dije que estaba confundido, que usted tenía otros planes para mí.

Isabel cerró los puños y puso los brazos en jarras.

—Le aseguro, don Alonso, que su hija se ha comportado con perfecto decoro y corrección durante nuestras visitas a casa de don Bernal. Ese tutor tiene ideas fantasiosas. Hay que ponerlo en su lugar. Catalina es una chica noble, en tanto que ni siquiera sabemos de qué familia proviene él. ¿Quiénes son? ¿*Qué* son? ¡Su atrevimiento me horroriza!

—Déjenmelo a mí —respondió mi padre.

—¿Qué crees que hará? —le pregunté a Isabel cuando salimos al balcón.

—Tu padre es un muy buen hombre, a pesar de lo que digan los demás. Un hombre justo. Estoy segura de que el castigo será leve.

—¿Castigo? ¡No, Isabel! ¿Por qué no hablaste conmigo antes?

—Cuando rechazaste sus insinuaciones, ¿qué hizo él?

Recordé y me sonrojé.

—Le dije que mi padre no deseaba que me casara. Pero... se rio y dijo que me esperaría.

Isabel apretó los labios y respiró por la nariz.

—Oh... no me estoy explicando... —Mis pensamientos eran un caos—. Lo único que quiero es que nadie salga herido por mi culpa.

Suspiró y acarició mi brazo.

—Catalina, mírame. Lo que pase con Nicolao lo tiene bien merecido. No tenía por qué mentir, en especial cuando esa mentira podía dañar tu reputación.

Lancé una risita.

—¿Qué reputación?

Isabel entrelazó su brazo con el mío.

—Vamos, querida, no peleemos por tonterías.

Isabel se quedó todo el día. Tuve que fingir un bostezo para que se fuera. Cuando finalmente se marchó, di vueltas por mi habitación y traté de tomar decisiones, pero al parecer no podía tranquilizarme, tenía los nervios de punta. Había esperado este momento durante mucho tiempo.

¿Juan estaba ya aquí, tan cerca de mí? ¿Estaría escribiendo el libro en la bodega? Era muy arriesgado. Lo más probable era que fuéramos a otro lugar, pero ¿a dónde? ¿Cómo llegaría a la bodega sin que me vieran? Sacudí la cabeza para alejar todas estas preocupaciones y tratar de concentrarme de nuevo. Cuando había decidido que lo mejor era conservar las sandalias en lugar de ponerme las botas, alguien tocó a mi puerta con cuidado.

Recargué la oreja en la madera pulida.

—¿Quién es?

—Maribel, mi señora —respondió en un murmullo.

Antes de abrir la puerta de un tirón se escuchó una voz estridente que provenía del patio de abajo.

—Mensaje urgente para la señorita Cerrato.

—Ve a ver de qué se trata —dije.

Imaginé a Maribel inclinada en el balcón.

—No haga tanto ruido —reclamó en voz baja—, la señorita está acostada y nuestro amo no se encuentra bien. ¿Qué quiere?

—Por favor, la anciana ha empeorado. Nuestra señora debe venir de inmediato si desea despedirse de ella.

Mi mano resbaló del pomo de la puerta a mi costado. Una sensación sombría, terrible, se apoderó de mí, nubló mi visión y me doblegó. Todo lo que podía hacer era tratar de respirar.

—¿Señorita? ¿Señorita?

Maribel tocaba a la puerta con insistencia.

No podía encontrar la fuerza para mantenerme erguida, pero de alguna manera logré abrir el cerrojo. Maribel entró corriendo y lanzó un gritito al ver cómo temblaba.

—¡Oh, mi señora! Dios mío.

Me ayudó a sentarme en una silla y abanicó mi rostro con su pañuelo. Respiré un poco y le hice una señal para que se detuviera.

—¿Qué hacemos? No hay tiempo. El *ajpop* está esperando —murmuró en k'iche'.

Cerré los ojos y rogué por una intervención divina. La presión aumentó en mi pecho y ahogó mi garganta mientras esperaba y rezaba: «Madre, Jesús, Hacauitz, díganme qué hacer». Pero esta vez, por supuesto, nadie lo hizo.

—¿Señorita? ¿Qué hacemos?

¿Qué opción tenía? El *Popol Vuh* era demasiado importante.

—Dile... dile a Nana que yo...

¿Que yo qué? ¿Que la amaba? Pero cómo lo creería si lo escuchaba de una desconocida, mientras daba su último aliento sola, sin familia. Rodeada de paredes de piedra construidas para *otro* tipo de personas, para quienes le habían arrancado la lengua y la habían dejado muda de vergüenza. Estallé en lágrimas.

—Iré, señora. Se lo diré —respondió Maribel—. Le explicaré.

—No, llévame con ella. No puedo irme sin decirle adiós.

Me puse de pie, tambaleante. Me era imposible encontrar un salvavidas en estas terribles aguas revueltas.

Maribel extendió su mano hacia mí.

—Vamos entonces, mi señora, no podemos demorarnos.

Tomé su mano y ella me llevó a la habitación de Nana, que estaba en el sótano. No recuerdo el camino ni ningún detalle de ese cuarto. Solo puedo ver la vela y su cuerpo pequeño y delicado que apenas respiraba, bajo la sábana blanca de algodón. Su largo cabello cano enmarcaba su rostro enjuto.

No abrió los ojos ni una sola vez. No lo hizo cuando le dije cuánto la quería ni lo agradecida que estaba por cada día que había pasado con ella, por todo lo que ella había hecho por mí. No lo hizo cuando mis lágrimas cayeron sobre su frente y la besé por última vez, cuando me di cuenta de que perdía a la única persona que jamás me obligó a tomar partido.

Ella había visto todo lo que yo era, todas mis contradicciones: española y k'iche', águila y quetzal, opresora y oprimida. Lo vio todo y me amó sin reservas.

Me incliné sobre ella y lloré.

Demasiado pronto para mi gusto, Maribel tocó mi espalda que se estremecía y murmuró:

—Mi señora, lo siento, tenemos que irnos. Regrese por el borde a oscuras del patio. Ninguno de los sirvientes de la casa la molestará, todos se fueron a celebrar la boda de Agustina. Planeamos todo para que no regresen hasta el amanecer. El perro está con su padre, así que no se preocupe. Apagué todas las antorchas que llevan a la bodega, así que tenga cuidado.

Tomé su mano.

—Cuídala por mí, Maribel —dije entre sollozos—. Quédate con ella hasta el final, como lo haría una hija.

CAPÍTULO 11

Santiago de los Caballeros, Guatemala
Otoño de 1552

Caminé hacia la bodega sin que me vieran.

No había una sola alma, ni un solo par de ojos, ni el sonido de un aleteo o el crujido de una rama. Quizá era una pequeña bendición, un regalo de los dioses. Tal vez la nube que se hinchaba en mi corazón había salido de mí para envolver mi cuerpo en neblina, para que nadie pudiera verme o advertir mi presencia.

La puerta de la bodega rechinó. Dudé antes de bajar los escalones que llevaban a la habitación, que era como boca de lobo, fresca como la cueva en la que Cristóbal, Juan y yo nos habíamos reunido por primera vez; sin embargo, en lugar del olor a humedad, aquí flotaba el dulce aroma a hoja de tabaco, corcho y embutidos. Lancé un gruñido cuando mi cabeza golpeó la pata de uno de los animales que colgaban del techo y levanté un brazo para hacer que dejara de balancearse.

—¿Juan?

Algo se movió. Escuché un ligero sonido, como si tronara una cadera o un tobillo, pero me sobresalté como si hubieran disparado un mosquete.

Retrocedí y puse un pie en el primer escalón, lista para salir corriendo, cuando alguien me llamó por mi nombre.

—Ab'aj Pol. Por fin estamos solos, aunque tenemos poco tiempo.

Miré en dirección de la voz, pero no pude ver nada.

—Quiero decirle algo que únicamente le he dicho antes a una sola persona.

Su voz estaba más cerca. Debió avanzar, pero sus pies no hicieron ningún ruido. Mi corazón latía con fuerza.

—Quiero decirle mi verdadero nombre. ¿Desea saberlo?

Estaba frente a mí, invisible. Irradiaba calor. Yo asentí. De alguna forma, él me veía.

Se inclinó y murmuró a mi oído:

—Mi nombre es Q'anti.

Un escalofrío recorrió mi espalda. Su cercanía, su significado. Serpiente terciopelo, barba amarilla.

Serpiente, víbora, feroz y mortal.

«Mira ahí, colibrí. Si pisas una de esas, no vivirás para ver otro día».

—Mi madre dijo que tendría que ser tanto jaguar como serpiente para sobrevivir en este Nuevo Mundo —explicó.

—Tenía razón.

—Murió por la plaga cuando yo tenía cuatro años. —Su voz sonaba igual de joven.

No pude evitar recargarme en él, en su pecho sólido. Dudó un instante antes de rodearme con sus brazos. Durante un momento solo fuimos dos almas huérfanas de madre que respiraban juntas.

—La maldición que te lancé, el daño que te causé —murmuró—. El peso en mi alma me está destrozando. ¿Podrías perdonarme, por favor? ¿Por todo?

Algo en su tono, la pesadumbre, como si los músculos de su boca formularan una palabra extraña, me hizo pensar que esta era la primera vez que se disculpaba en su vida.

—Quizá —respondí en voz baja.

Sentí que sonreía, porque su pecho se hinchó de alegría. Me abrazó con más fuerza y pensé que nunca sería suficiente.

—Me lo ganaré. Lo juro. ¿Puedo... besarte?

No deseaba nada más que sentir toda la calidez de sus palabras. Esas palabras por las que había rezado, sin saberlo, durante semanas, meses, todo un año. Pero no podía porque la niebla había regresado, fría y pesada. Si no me estuviera sosteniendo hubiera salido flotando, me hubiera dispersado para volver a aparecer como una débil llovizna.

Sentí cómo se tensaba y se alejaba por mi titubeo. La víbora, irritada y defensiva.

—Sigues enojada conmigo. Lo... lo merezco.

—No —respondí cansada—. No lo estoy. Algo sucedió.

Le conté sobre el estado de Nana. Él suspiró, me mantuvo un momento más en sus brazos y me besó en la frente. Un pobre consuelo para ambos.

No había más que decir. No tenía caso que me preguntara si había cambiado de opinión. El *Popol Vuh* tenía que prevalecer. Tomó mi mano y me guio hasta el fondo de la bodega. Luego se inclinó sobre algo grande, quizá una de las barricas de vino.

—Déjame adivinar. Una trampilla secreta.

Su risa era ligera.

—Ven, siéntate aquí. Baja. La distancia no es mucha.

A mí me pareció que caía a un barranco, pero logré no gritar. Me hice a un lado para que él pudiera bajar. Cerró la trampilla y encendió una antorcha. Entrecerré los ojos para acostumbrarme a la luz.

Sin embargo, cuando pude ver con más claridad deseé estar ciega. Parecía que el túnel había sido excavado por un gusano gigante. Era pura tierra, sin ladrillos ni estructura. Solo un túnel de tierra roja que se sostenía con un par de vigas de madera aquí y allá.

—Ah, no, no, no.

Era mi peor pesadilla. Imaginaba que las vigas y toda la tierra caerían sobre nosotros, que nos enterrarían vivos y nos sofocaríamos despacio bajo su peso. Mi pecho se comprimió y me costó trabajo respirar.

—Tonatiuh lo mandó construir. Yo lo uso ahora para entrar al palacio a escondidas.

Hablaba de Alvarado, el conquistador. El hecho de que lo mencionara me distrajo. Había escuchado rumores de que los mexicanos pensaron que los españoles eran dioses, y a Alvarado lo habían llamado Tonatiuh, el hijo del Sol, debido a su barba pelirroja y temperamento apasionado.

Juan tomó mi mano otra vez y avanzamos.

—No dudo que le haya dado un excelente uso —mascullé—. Quizá para obras de caridad, para sacar comida para los pobres, plata para dar limosna. —Juan me miró para saber si hablaba en serio. Puse los ojos en blanco y agregué—: Mi madre lo conoció una vez, durante el primer viaje de mi padre aquí, poco antes de su compromiso matrimonial. A ella le dio miedo. Decía que sus ojos podían ponerse amarillos como los del diablo.

De pronto recordé algo más que había dicho. Algo que había tratado de olvidar.

«Nos conocimos en una fiesta», me había contado. «Tonatiuh me llevó a un rincón oscuro. Tu padre nos vio y me pidió que bailáramos. Tonatiuh dijo: "Me puedes tener a mí o a él"».

«Tu padre era mayor, mucho mayor. Pero sus ojos eran amables, por eso lo elegí a él».

—Ese hombre tenía… una naturaleza salvaje —dijo Juan—. Disfrutaba el sufrimiento de otros, incluso de quienes decía amar. Muchas mujeres k'iche', jóvenes, no sobrevivieron a sus pasiones. Sacaban sus cadáveres por este túnel.

Me paré en seco y él tuvo que jalarme.

—Es… ¡espantoso! ¿Por qué? —balbuceé—. ¿Por qué me dices eso?

—¿Sigues preocupada por tus propios miedos?

—Ah, ya veo. Eres un verdadero genio, ¿no?

—Siempre lo he pensado.

Negué con la cabeza.

El túnel llegaba a un granero abandonado en las afueras de la ciudad, un lugar que bordeaba el bosque, donde no había nada más que espigas de maíz, suficientemente altas y densas y cerca del río. Hice un esfuerzo para no imaginar los cadáveres hinchados de todas esas mujeres, esas jóvenes, flotando en la corriente brillante. ¿Qué tan joven era joven? No pregunté, pero ahora sabía que mi madre pudo haber sido una de ellas. Me estremecí y tragué saliva para no llorar. Me parecía que no podría soportar saber más de las atrocidades que cometió parte de mi gente.

El río borboteaba y se tragaba sus secretos. Caminamos hasta llegar a una parte en la que las aguas eran estrechas y poco profundas. Me quité las sandalias, pero mis enaguas se empaparon hasta las rodillas. Después, ignorando las advertencias sabias y prudentes que me habían hecho a lo largo de mi vida, entramos al bosque. En mi mente aparecieron imágenes de bestias al acecho, de garras y colmillos que se hundían en mi cuello. No podía creer que había olvidado traer un arma.

—¿Trajiste un cuchillo? ¿O un mosquete? —murmuré.

Reprimió una carcajada.

—No es necesario.

—Ah, ¿en estos bosques no hay jaguares?

—Sí hay. Pero no atacan a su propia gente. A mí no me atacarán.

Ah, magnífico. Maravilloso. Recogí un palo que parecía resistente y él sacudió la cabeza.

—Tiembla todo lo que quieras. Me agradecerás cuando te los quite de encima.

Por fortuna no tuvimos que caminar mucho tiempo. Aproximadamente un cuarto de hora más, hasta que el sonido del caudal se hizo solo un murmullo. Un tecolote ululó y desplegó sus alas, y hasta nosotros llegó el aroma de copal encendido. Ahí, sentado en la cima de un montículo enmarcado por dos ceibas imponentes, estaba Cristóbal. Sus piernas colgaban y se recargaba contra una enorme estela. Lo miré con más detenimiento, porque llevaba unos pantalones flojos sujetos por una faja tejida y un capixay blanco, el antiguo chaleco militar del pueblo k'iche'.

Al vernos, se arrojó del borde con un salto para salir corriendo hacia mí. Casi me derriba con su abrazo. No me importó. Lo estreché con fuerza, como en el Cantar de Salomón, «como sello sobre mi corazón. Como sello sobre mi brazo».

—Te extrañé —le dije.

Lanzó un quejido de dolor. Retrocedió un poco y nos miramos. La poca luz me permitió ver las ojeras en sus ojos. Frunció el ceño al ver las mías, que debían estar peor, como los negros pozos de Xibalbá.

—¿Qué te aflige? —murmuró—. ¿Es mi padrino?

Negué con la cabeza. Esperó, pero yo no pude hablar. Juan puso una mano en mi espalda.

—Esta noche debemos danzar en honor a la gran dama. Tenía un corazón fuerte y amoroso, B'ix Kotz'i'j.

Flor de canto. Miré a Juan y recordé el día que nos conocimos, cuando me llamó por mi nombre secreto. Él adivinó mis pensamientos y dijo:

—Es uno de los muchos obsequios que Tohil ofreció a los señores k'iche', la capacidad de reconocer el nombre escrito en el corazón de las personas.

Cristóbal lo miró de reojo.

—Nunca le he dicho cuál es mi nombre k'iche'.

—K'oxol, el que enciende la chispa —respondió Juan sin dudarlo.

Cristóbal arqueó las cejas y sacudió la cabeza, era evidente que estaba impresionado. Luego me dio otro abrazo.

—En verdad lamento mucho la pérdida de Nana. Era una mujer maravillosa.

—Si ya se fue —consideré—, tal vez estará aquí esta noche.

—Tal vez. Aunque no tenemos mucho tiempo.

Dio media vuelta y subió el montículo para sacar un morral que estaba escondido detrás de la estela de piedra.

—Tratemos de hacer lo más posible —instó Juan.

Cristóbal volvió a bajar, se sentó al pie del montículo e inclinó la cabeza para rezar. Yo también estuve a punto de decir una plegaria, pero los objetos que sacó de su morral me distrajeron. Había una máscara de madera tallada con los rasgos de algún tipo de felino, que de inmediato volvió a guardar; una caja, que contenía el viejo manuscrito y el nuevo; y un odre.

—Aquí está la bebida —señaló—. No creo que sea buena idea usar los tambores. Podrían escucharnos —agregó, dándome el odre.

En el momento en el que lo tuve en las manos olvidé todo, o quizá quería olvidar todo. Bebí su contenido.

—¡Uy! —exclamó Cristóbal.

Por supuesto, era *balché'ki'*, una bendición. Me aclaró la cabeza, el corazón y la niebla bajo mis párpados. Reí y le pasé el odre a un Juan asombrado.

—¡Toma! Brindemos por Nana, por Flor de canto, mi segunda madre; y por el padre de Hunahpú y Xbalanqué. Bebamos, ¡por Uno Hunahpú!

Corrí hasta la cima del montículo y observé a Juan. Dirigió su mirada negro azabache hacia mí. Era hermoso.

—Corazón del Cielo, Corazón de la Tierra, los k'iche' te hablan y suplican tu bendición. En esta noche de Jun Kame, la noche del tecolote de la muerte, te rogamos que honres este relato de nuestro lugar en las sombras.

Bebió y, con cada trago, menguó la luz de la luna y mis poros exhalaron bondad, virtud y generosidad para derramarlas en él. Por mi parte, me hundí en un lugar en el que no había rastro de luz. La oscuridad no me molestaba, puesto que mis ojos estaban hechos de noche. Observé cómo mis manos se alargaban y mis uñas se convertían en navajas afiladas de obsidiana. Mis dedos estaban vinculados a todos los seres vivientes y hubiera podido detener el corazón más fuerte o marchitar el tronco más grueso con solo chasquear los dedos. Ah, cómo me hacía sonreír convertirme en el ser más poderoso del universo.

Me transformé en el señor de Xibalbá, el portador de destrucción.

Me transformé en Uno Muerte.

Con cuidado, descendí los nueve niveles de mi reino. Me deslicé entre las sombras, pasé frente a barrancos escarpados y ríos mortales que no acarreaban agua, sino sangre, escorpiones e infección. Sin embargo, también había belleza. Las criaturas de la oscuridad se mostraban en toda su gloria: palomillas y luciérnagas de cristal, jaguares y pumas de cuyos ojos salían haces de luz, y las flores más extrañas, que solo florecían bajo la luz del ocaso.

Los senderos se transformaban, cambiaban para engañar y confundir a los forasteros, hacerles olvidar cada recuerdo, insuflarles un sueño profundo que durara mil años. Un paso en falso y mi cuerpo se hubiera convertido en un murciélago, una serpiente o un escarabajo brillante. Pero yo era el amo de estos caminos, y no me perdí. Me acerqué a mi hermoso palacio de jade, la pirámide más alta de todas. Estaba rodeado de seis casas de tortura, donde enviábamos a nuestros enemigos más odiados.

Mi corte me esperaba, mi hermano en la muerte, parte esqueleto, parte animal. Esos demonios me ovacionaron a mi entrada, me pusieron una corona de cuervos en la cabeza y cubrieron mis hombros con una capa hecha de piel de jaguar negro. Tocaron mi cuerpo y se maravillaron con mi fuerza.

—Mi señor —dijeron.

—Eres una montaña —murmuraron.

—Tu astucia, tu ingenio son afilados como la garra de un águila. Eres una maravilla. ¡Eres glorioso! ¡Alabado seas! ¡Alabado seas!

Durante mucho tiempo me sentí feliz. Hasta que escuché un ruido. Un sonido odioso que aumentaba cada día y hacía temblar el reino. Un rebote, un estruendo.

—¿Qué es eso? ¿Quién hace ese escándalo?

Los demonios se taparon los oídos.

—Oh, gran señor, son esos dos chicos, Uno y Siete Hunahpú. Todo el día juegan pelota en el camino a Xibalbá. Solamente hacen ruido con los pies, solamente hacen ruido con la boca. No tienen grandeza, no tienen respeto. Solamente son arrogantes sobre nuestras cabezas.

—¡Cómo se atreven —siseé—, este es nuestro dominio! Nuestro poder es provocar hinchazón a la gente, que venga pus en las piernas, que se hagan esqueleto. ¡Ah! Tendremos a esos jóvenes, no se preocupen, y tendremos sus taparrabos y sus yugos, sus ornamentos y sus penachos. ¡Que vengan!

Observé cómo los hermanos descendían por mis caminos tortuosos y cruzaban mis ríos letales. No fueron vencidos, pero permanecí impávido, ya que les aguardaban engaños y dificultades. Para mi primer engaño, coloqué un muñeco ataviado como yo. Los jóvenes entraron al palacio, oliendo a miel y lluvia. Se acercaron a la figura, hicieron una reverencia y me saludaron.

El palacio estalló en carcajadas. Mis demonios y yo salimos de nuestros escondites.

—Ustedes dos se inclinaron frente a un muñeco —dije, feliz de que hubieran fallado la primera prueba.

Pero tenían una oportunidad más para demostrar que su vida valía la pena. Señalé lo que parecía una banca, y que en realidad era una piedra ardiente.

—Qué bien que hayan venido. Siéntense en nuestros bancos.

Los jóvenes se sentaron y de inmediato se levantaron de un salto gritando y sobándose las nalgas.

—¡Tontos! ¡Tontos! —grité retorciéndome de risa—. Estos solo fueron los primeros engaños y pruebas de muchas más, y ya fallaron. No toleraremos su estupidez, ¡su insolencia! No. Serán sacrificados. ¡Acaben con ellos!

Mis demonios se abalanzaron sobre ellos. Destrozaron el corazón de los jóvenes, les cortaron la cabeza. Solo una hermosa alfombra roja de sangre quedó de ellos.

—Entiérrenlos y pongan su cabeza entre las ramas del árbol muerto, el que está plantado en el camino —exigí.

Los demonios hicieron lo que les pedí, pero regresaron de inmediato, gritando.

—¡Mi señor! ¡Mi señor! ¡El árbol ha dado frutos!

Salí de mi palacio para verlo. El árbol muerto había florecido. Miles de frutos, jícaras hermosas y perfectas, colgaban de cada rama. Mi corazón se llenó de terror.

—Que nadie corte su fruto. Que nadie tampoco llegue ahí al pie del árbol —ordené.

Luego cerré los ojos. Cuando desperté, ya no era Uno Muerte, sino la hermosa joven Luna de Sangre.

Observé el árbol y algo en sus frutos me maravilló. Su forma extraña, sus brillantes colores verde y naranja, tan poco comunes en Xibalbá, donde todo era anochecer, negro, azul plateado.

—Es una lástima —me dije a mí misma—, desperdiciar todos esos frutos. Cortaré uno.

Me abrí camino hasta el árbol cuando nadie observaba. Dancé a su alrededor, sorprendida por su exuberancia. Estiré la mano, pero escuché una voz que provenía del interior.

—No lo quieres —advirtió la voz.

—¿Quién eres? —pregunté.

—Soy yo, uno de los jóvenes asesinados. Mi nombre es Uno Hunahpú. Mi cabeza está escondida entre las jícaras y, como te digo, no quieres ese fruto.

—¡Ah, pero sí lo quiero!

Tras una pausa, Uno Hunahpú agregó:

—Está bien. Extiende aquí tu mano derecha, así la veré.

Miré a mi alrededor e hice lo que me indicó.

Una mano como de ramas se entrelazó con mis dedos y jaló mi mano hasta un racimo de jícaras. Un par de ojos brillantes aparecieron en una de ellas y me miraron. Sonreí. Se llevó la palma de mi mano a sus labios y posó un beso en silencio. Una gota de saliva quedó en mi piel.

Xibalbá se disolvió a mi alrededor. El bosque, las ceibas sagradas y la estela entraron de nuevo en mi visión. Juan estaba frente a mí y mis ojos estaban claros, ávidos. Él había vuelto a ser él mismo y yo también, con los pies en la tierra, sin aliento. Mordió mi muñeca y su mejilla tembló de placer, traviesa. Jugueteaba conmigo. Mis fosas nasales se dilataron.

—Ella miró su mano, la miró cuidadosamente. Ya no estaba la saliva en ella —continuó Juan recitando el relato como si nada hubiera pasado, pero alzó una ceja—. Era una señal.

Soltó mi mano y yo la miré, agradecida de darle la espalda a Cristóbal.

—Ahora, sube a la superficie de la tierra, bella doncella —dijo—. No te vas a morir.

—Inmediatamente, se formó su hijo en su vientre, solamente por medio de la saliva —murmuré.

—Así fue la gestación de Hunahpú y Xbalanqué.

—Suficiente —intervino Cristóbal dando dos palmadas—. ¿Me escuchan? Catalina, mi señor...

—Te escuchamos —respondió Juan.

Yo aparté la mirada, sin saber qué hacer.

—Lo siento, ya no tenemos tiempo. Solo tengo que terminar esta última parte. —La pluma que Cristóbal tenía en la mano voló y él empezó a murmurar—: Superficie de la tierra, conservar la palabra... no morir.

—Y el hijo que se formó en su vientre —agregó Juan, y sentí su aliento en mi cuello.

Tuve que alejarme y sentarme junto a Cristóbal, mi escudo. Incluso en mi confusión me estremecí al pensar qué hubiera pasado si él no hubiera estado ahí. No estaba preparada para... lo que fuera que Juan estaba listo. Ni siquiera hubiera sabido qué hacer. Había visto a perros hacerlo, pero sin duda los humanos no hacían eso. Pensé que lo más probable era que hiciera el ridículo y me privara de mi mayor valor, como lo llamó mi padre en uno de sus mejores sermones. El peor había terminado con la historia de Hipómenes, un líder de los atenienses que descubrió que le habían quitado la virginidad a su hija y, como castigo, la encerró en un establo con caballos hambrientos que la destrozaron en mil pedazos y se la comieron.

—¿Tienes frío? —preguntó Cristóbal.

Negué con la cabeza.

—Solo estoy cansada... supongo.

—No me asombra. Tuve que quitarme dos veces de tu camino. ¡Estabas como loca! Me sorprendió que fueras elegida para ser el señor de Xibalbá. Sin ánimo de ofender, cacique.

Juan lanzó una risita y se recargó contra un árbol. Al escuchar ese sonido tan raro, Cristóbal levantó la cabeza de inmediato y me miró boquiabierto.

—¡Tu vestido! —exclamó levantando mi brazo.

Las mangas estaban hechas jirones, el hilo y la seda estaban despedazados. Mi blusa estaba sucia.

—Tengo que regresar. ¡Necesito arreglar esto antes de que amanezca! —dije.

Juan se inclinó hacia adelante.

—La acompañaré de regreso. Cristóbal tiene que regresar al lago. Es un trayecto largo.

—¿Puede venir él también? —pregunté, paralizada de pronto al pensar en estar sola con Juan.

El rostro de Juan se ensombreció. Cristóbal se quedó inmóvil, como la estela a nuestra espalda, observándonos.

—Es solo que... ¿cuándo te veré otra vez? —le pregunté a Cristóbal—. Ni siquiera tuvimos tiempo para hablar. No sé si eres feliz o no. Por favor, ven. Nadie te verá en el túnel.

—Claro, iré —respondió.

Empacamos todo y nos apresuramos a regresar. Perdí mis sandalias cuando cruzamos el río. Llegamos al túnel, Cristóbal contaba historias sobre Jun Kaaj y el lago. Había aprendido a pescar. También había una chica de un pueblo cercano que estaba interesada en él, pero él no se sentía atraído por ella y deseaba desesperadamente no herir sus sentimientos. Le había enseñado a Pablo, el hijo de Jun Kaaj, cómo empuñar una espada. Le hice miles de preguntas y traté de mostrarme alegre, pero era una farsa. Los dos fingíamos que Juan no se cernía a nuestra espalda, enfurruñado.

Cuando llegamos al final del túnel, Cristóbal y yo nos abrazamos.

—¿Cuándo nos veremos de nuevo? —pregunté.

—Te enviaremos un mensaje —respondió.

—No... ha sido una tortura esperar noticias de ustedes, sin poder escribirles. Dime el plan, ahora.

Cristóbal volteó a ver a Juan, como si le pidiera permiso. Este asintió.

—Nija'ib, creo que estas siguientes semanas va a estar viajando, ¿no?

—Sí, me muevo constantemente, prima. No puedo decir por qué, pero no regresaré a Santiago por lo menos en dos meses.

—¡Dos meses! —me quejé, frustrada y confundida.

Era demasiado tiempo y era evidente que me estaba ocultando algo. ¿Qué? ¿Por qué?

Cristóbal hizo un gesto de disculpa.

Suspiré, demasiado cansada como para discutir, y volteé en dirección a Juan.

—¿Vendrá al palacio pronto, cacique?

Odié mi voz, lastimera y humilde.

—Me han dado un salón de recepción. Me mudaré también en los siguientes meses.

—Ah.

Hubiera deseado abrazarlo como lo hice en la bodega. Hacía tan solo unas horas habíamos estado tan cerca, y ahora lo sentía tan alejado.

—Suerte con el vestido —dijo.

—Gracias —respondí agachando la mirada.

Levantó la trampilla y Cristóbal me ayudó a subir.

—No camines con esas medias —me aconsejó al tiempo que se limpiaba las manos en el pantalón—. Vas a dejar un rastro de lodo.

Asentí y les dije adiós con un gesto de la mano, tratando de robar un último vistazo a Juan al cerrar la trampilla, pero él se volteó. Suspiré y di unos pasos, luego recordé mis medias. Me detuve para quitármelas. Habían sido hermosas, con tafetán en la parte superior; ahora estaban completamente arruinadas. En ese momento escuché el murmullo de las voces de Cristóbal y Juan, que se hacía cada vez más fuerte. Sabía que debía irme, y estuve a punto de hacerlo cuando escuché mi nombre. No me pude resistir. Regresé de puntitas al rincón y me incliné hacia el piso.

—Ella es la hija del fuego. La verdadera hija de Hacauitz. Debemos estar juntos. Nos pertenecemos.

—Con todo respeto, creo que sería en perjuicio de su pueblo.

La voz de Cristóbal era muy clara; debía estar justo debajo de mí. Contuve el aliento y no me atreví a mover un músculo.

—¿De qué manera?

—¡Su padre es nuestro único aliado! El único líder que nos ha ayudado a mantener a raya a esos violadores, a esos asesinos. Y en este momento, difícilmente puede hacerlo.

—Lo acabas de decir: es nuestro aliado.

—Nunca consentiría, ni en un millón de años. Los españoles consideran que es su derecho tomar a nuestras mujeres, lo quieran ellas o no. Pero, pase lo que pase, ella les pertenece. No importa lo intensa que sea la llama del dios de su madre o lo oscura que sea su piel. La reclamarán cuando les convenga y, en este caso, les conviene. Se sentirán ofendidos. ¡Un indio cortejando a la doña!

—No necesitamos su permiso.

—Pero necesita pedirme permiso a mí. Y al Grande. Este asunto incumbe a nuestra nación. Nosotros somos el Consejo. ¿El Grande estaría de acuerdo?

—Sí, lo estaría.

—Pues yo no. No lo consentiré. Usted no la ha tratado bien.

Una pausa.

—Ya me perdonó. Le importo.

—¡Ni siquiera se conocen!

—Sé que es valiente, amable y sincera. —Su voz se quebró—. No hay nadie más como ella. No permitiré que te interpongas. Ya le dije cuál es mi verdadero nombre.

—Ah, muy bien, estoy seguro de que también le habló de su prometida, le explicó que está comprometido.

—Yo... ese fue un error. En todo caso, no estamos casados todavía.

—Es como si lo estuviera. ¿No tiene honor? ¿Qué cree que sentirá Árbol Tejido cuando desdeñe a su única hija? Empezará una guerra con la Casa Zaquic, una guerra que no podemos permitirnos.

—¿Por qué no dices la verdad, Nija'ib? No quieres que sea mía porque la deseas para ti.

La idea era tan ridícula que tuve que reprimir la risa cubriéndome la boca con la mano. Por suerte, Cristóbal rio al mismo tiempo, así que no me oyeron. Me hinqué y acerqué la oreja lo más que pude al piso, pero debieron alejarse, porque solo pude escuchar el eco de voces enfadadas. Me recosté sobre la espalda, jadeando conforme recordaba la conversación. «Violadores, asesinos». Nunca había escuchado a Cristóbal enojado. No podía creer que me hubiera llamado *doña*. No podía creer la afirmación de Juan: «Nos pertenecemos».

Miles de pensamientos cruzaron mi mente, hasta que solo permaneció uno que comenzó a dar vueltas y picar como si fuera una avispa enojada: «Está comprometido. Está comprometido. Está comprometido».

Me cubrí el rostro con un brazo y permanecí así mucho tiempo.

Casi lanzo un grito al escuchar el crujido de la puerta de la bodega. La luz de una vela inundó la oscuridad, los escalones de piedra. Giré sobre manos y rodillas y me alejé gateando, tanteando con la mano hasta encontrar un espacio donde pudiera esconderme detrás de las barricas.

—¿Señorita?

Respiré aliviada al escuchar la voz, y me levanté.

—Maribel.

Mi voz hizo eco por la habitación, pero en ese momento se escuchó una voz ronca, enojada.

—¡Ladrona! ¡No te muevas!

Maribel lanzó un grito y trató de interponerse para que no me vieran. Pero Victorino alzó su antorcha y la bodega se iluminó. Nos miramos y él sonrió.

CAPÍTULO 12

Santiago de los Caballeros, Guatemala
Invierno de 1552-1553

Cuando desperté al día siguiente estaba en mi cama, vestida. Las cuatro cortinas del dosel estaban cerradas. Tenía el pulso acelerado y las sienes me zumbaban. Vagos recuerdos de la noche anterior pasaron por mi mente. Voces y sombras.

No recordaba mucho, salvo una información flagrante: el compromiso de Juan.

Sentía que la cabeza me iba a estallar. Me quejé, pero tuve que despegar mi lengua del paladar. Quise alcanzar el vaso de agua, pero mis músculos estaban tan adoloridos y débiles como mi corazón. Me sentía como un animal herido, quizá como un coatí o una garcilla perforada por dardos envenenados. Mi brazo cayó y lloré en silencio.

Patética.

Por supuesto que estaba comprometido. Era un rey. Su deber era casarse y tener hijos. Tantos herederos como pudiera para conservar vivo su linaje, su estirpe nativa que probablemente sería inaceptable para mi padre. Cristóbal tenía razón. Si no era común que un hombre español se casara con una mujer indígena, la situación contraria era inaudita.

Una punzada de tristeza se apoderó de mí y de pronto deseé que Nana estuviera conmigo para consolarme, pero eso solo me lastimó más porque, en lo profundo, era consciente de la verdad. Ella había muerto.

«Ah», pensé, «¿dónde está Maribel?». Necesitaba saber qué había pasado anoche. Saber si Nana se había ido en paz, que no sintió dolor, que le habían cantado, acariciado, que la habían amado hasta el final.

—¿Maribel? —llamé con voz ronca.

Algo raspó el suelo, la pata de una silla o un banco. Luego escuché pisadas fuertes que se acercaban.

—¿Quién está ahí? —pregunté.

Las cortinas se abrieron de un tirón y grité, jalando las cobijas hasta mi barbilla. Mi padre me miraba. Su rostro demacrado estaba manchado, y tenía la barba y el cabello revueltos. Se recargaba en un bastón de empuñadura de plata, forjada con la forma de un carnero.

—Al fin la princesa despierta de su sueño.

—¡Padre! ¡Usted no está bien! ¡Vuelva a la cama!

—¿Por qué? ¿Para que vuelvas a escabullirte?

Me paralicé.

—Victorino vio a esa sirvienta tuya cuando bajaba a la bodega. Ya hemos tenido rateros, sirvientes con dedos pegajosos. Así que la siguió y, oh sorpresa, te encontró a ti. Vino directamente a verme y me dijo que estabas borracha. ¡Borracha!

Me sobresalté. La cabeza me retumbaba detrás de los ojos.

—¿Qué tienes que decir a eso?

Mientras esperaba mi respuesta, pude ver cómo latía una vena en su cuello.

Murmuré la primera cosa razonable que me vino a la mente.

—He tenido tanto miedo... ha estado tan enfermo y...

—¡No me mientas!

Metió la mano en el bolsillo y sacó una suerte de tela que me arrojó encima. Estaba tan sucia que no supe qué era hasta que vi los listones de la parte superior. Tafetán. «Ay —pensé—, esto está mal. Está muy mal». Miré a mi padre y negué con la cabeza. Mi labio superior se perló de sudor. Pensé que vomitaría, y no por culpa del *balché' ki'*.

—¡Qué es eso! ¿No lo sabes? Son tus medias. ¿Por qué no llevas las medias en las piernas? ¿Por qué estaban rotas y cubiertas de lodo? ¿Por qué estabas borracha en la bodega en medio de la noche? ¡Respóndeme!

—Yo... yo...

En ese momento, alguien tocó a la puerta con urgencia.

—¡Qué! —gritó.

La puerta crujió y se escuchó el sonido de una guitarra tocada con inconfundible pasión.

—Ruego me disculpe, mi señor —dijo Victorino con su voz indolente—, pero un caballero está allá abajo haciendo una escena. —Mi padre frunció el ceño—. Mejor véalo usted mismo.

Se acercó cojeando al balcón. Aliviada por esta distracción y con profunda curiosidad, también caminé hacia la puerta entreabierta. Me cubrí los hombros con el sarape de mi madre y eché un vistazo por la abertura. De inmediato, me llevé las manos a las mejillas.

Nicolao guardaba el equilibrio en el borde de la fuente. Con su mirada fija en mi recámara, cantaba a todo pulmón un soneto muy conocido:

La virgen está en la ribera,
eligiendo los limones pálidos.

Allá, ¡sí! Allá iré,
al valle prometedor donde el ruiseñor
canta su lamento.

De inmediato se reunió una multitud. Era evidente que algunos solo se sentían atraídos por su voz, que era bastante buena; mientras que otros se daban leves codazos entre ellos y miraban al balcón con una sonrisa burlona. Todos sonreían salvo una mujer vestida de negro que llevaba de la mano a un niño pequeño de aspecto gruñón y, para mi horror, Juan. Don Juan. Estaba comprometido, pero no conmigo.

Pareció pensar dos veces lo que iba a hacer y decidió marcharse. Miré a mi padre, quien sujetaba el barandal con tal fuerza que tenía los nudillos blancos. Maloso sacó el hocico por la abertura y movió la cola.

Victorino llamó mi atención y me guiñó el ojo. Quizá ahora entendía que las gallinas habían sido una distracción y así me lo pagaba. Tal vez era otra manera de ganarse el favor de mi padre. O quizá solo era un malnacido.

Mi padre volteó a verme y entró a la habitación hecho una furia. Traté de apartarme de su camino, pero me tomó con fuerza del brazo. Lancé un grito, pero parecía un toro con los ojos desorbitados. Maloso ladraba y saltaba de un lado a otro, pensando que se trataba de un juego.

—Ya veo. Ya veo lo que has estado haciendo, puta.

La voz de Nicolao se elevó y mi padre se detuvo, como hechizado:

La fruta más pálida que su mano cosechó
es para su gran amor.
Allá, ¡sí! Allá iré,
al valle prometedor donde el ruiseñor
canta su lamento.

—Ah, yo me encargaré de que cante su lamento.

Me aventó al suelo y salió azotando la puerta. Sin embargo, pude escucharlo con tanta claridad como si gritara en mi oído.

—¡Atrapa a ese payaso y llévalo al calabozo!

Hubiera podido salvarlo. Hubiera podido decirle a mi padre lo del *Popol Vuh* para salvar a Nico. Pero no lo hice.

Las siguientes semanas permanecí en un estado de ansiedad. Sentía como si me hubiera golpeado un rayo y no pudiera evitar el trueno que seguiría. No tenía idea de cuándo estallaría, pero no podía impedirlo. Solo podía intentar amortiguar el ruido. Así que hice todo lo que mi padre me pidió sin quejarme. Soporté otra visita de la comadrona. Me quedé en mi recámara, aunque no tenía opción, ya que me habían encerrado con llave. Tragaba lágrimas de rabia e impotencia, y pasaba los días mirando los patrones tejidos de mazorcas coloridas y venados en el tapete al pie de mi cama; los pétalos marchitos del cempasúchil que caían sobre mi escritorio, y la manera en que brillaban las cortinas verdes de terciopelo cuando la luz de la tarde entraba por las ventanas.

No tenía permitido que entraran los perros, ni Maribel, ni noticias. Solo rezar, bordar y de vez en cuando un libro especialmente seleccionado con cuentos aleccionadores que amenazaban con fuego y azufre a las mujeres que desafiaban a sus familias y se deshonraban.

Con mi mejor caligrafía debí escribir el pasaje de Vives favorito de mi padre, y tuve que conservarlo en el buró para leerlo en voz alta todas las noches:

> La castidad suple todas las restantes virtudes. Las mujeres, cuando no saben guardar la castidad, merecen tanto mal que

> no es bastante precio la vida para pagarlo. A los hombres muchas cosas les son necesarias. Lo primero es tener prudencia y que sepa hablar, que sea perito y sabio en las cosas del mundo y de su república, tenga ingenio, memoria, arte para vivir, ejecute justicia y liberalidad, alcance grandeza de ánimo, fuerza de cuerpo y otras cosas infinitas. Y si algunas de estas le faltan, no es mucho de culpar con que tenga algunas. Pero en la mujer nadie busca elocuencia ni bien hablar, grandes primores de ingenio ni administración de ciudades, memoria o liberalidad; solo una cosa se requiere en ella y esta es la castidad, la cual, si le falta, no es más que si al hombre le faltase todo lo necesario.[2]

Mi padre trajo al obispo Marroquín para que se reuniera conmigo. Fruncí el ceño por la sorpresa y la confusión, pero mantuve la vista baja, tan sumisa como María.

Con voz suave me preguntó si quería confesarme.

—Hoy no, su Excelencia —respondí—. Mi cuerpo está intacto.

—Ah, ¿y tu mente, tu espíritu? Es preferible tener dolor en el estómago y no en la mente —replicó—. Es difícil ser joven. Pero la oración te ayudará a superar el dolor y la pena.

Rezamos juntos un rosario. Aunque era mi única visita en semanas, aunque se portó inesperadamente amable, fui indiferente. Me deseó suerte y me pidió que leyera las cartas de san Jerónimo. Lo hice porque, a pesar de que estaba enojada, sentía en parte que todo esto me lo merecía.

El obispo tenía razón. Mi espíritu estaba sumido en la confusión; porque había utilizado a Nico, ese pobre hombre enamorado. Mi corazón se estrujaba todos los días pensando en él, en cómo lo había sacrificado. Me repetía que había protegido el *Popol Vuh,* a Juan y a Cristóbal. Había

---

[2] [Nota de la traductora: Fragmento extraído de Vives, Juan Luis (1948), *Instrucción de la mujer cristiana*, Espasa-Calpe.]

creado una distracción fantástica. Pero ¿a qué costo? Podía cargar con mi cruz, me lo había ganado. Pero pobre Nico. Nadie me decía cuánto había sufrido, qué le faltaba por padecer; aunque yo sabía que sería terrible. Nunca había visto a mi padre tan enfurecido. En verdad pensé que si me portaba bien, que si hacía exactamente lo que me ordenara, sería indulgente con Nico.

Observé la procesión de Navidad desde la ventana de mi habitación. Mi padre y otras personas de la alta sociedad portaban un palanquín colorido con una estatua en tamaño real de la Santa Virgen y el Niño. La gente del pueblo los seguía, indígenas y españoles por igual, vestidos con sus mejores galas. Cantaban, silbaban, golpeaban tambores y quemaban incienso.

Comí la cena de Navidad sola en mi recámara. Nunca me había sentido peor, ni siquiera ese año horrible tras la muerte de mi madre, porque mi padre estuvo conmigo. Había sido duro, implacable en su intento de eliminar toda herejía que mi madre hubiera dejado tras ella, todo pecado que yo hubiera podido aprender de Beatriz. Pero había estado ahí, y una tormenta nunca es impenetrable. Algunos rayos de luz se filtraban de tanto en tanto. En esos momentos aciagos compartimos risas, también ternura. Todavía hoy me aferraba con fuerza, de manera tonta, a esos momentos.

Mi principal compañera ahora era Agustina, a quien le ordenaron atenderme. Era aún más silenciosa de lo que había sido Maribel antes de que el cacique nos uniera. A ella la despidieron, por supuesto, y la enviaron de regreso al lugar de donde venía; nunca supe dónde era, nadie me lo pudo decir.

Lo único que supe, o que, más bien, me mostraron, sucedió el día de Año Nuevo. Mi padre me ordenó acercarme a la ventana. Me estremecí al darme cuenta de que había llegado el momento del trueno, de su juicio, del ajuste de cuentas.

Mi corazón se desplomó y me tambaleé al ver el poste de flagelación montado en medio de la plaza. Un gran gentío se había reunido a su alrededor y empezaron a burlarse de Nicolao cuando llegó, encerrado en la jaula de una carreta que rechinaba. Sus manos estaban atadas a los hierros y su camisa rasgada dejaba al descubierto la piel clara de su espalda.

Leyeron la sentencia: nueve latigazos por ebriedad y comportamiento deshonroso. Estaba segura de que lo de la ebriedad era por mí.

Mi padre estaba a mi espalda para que no pudiera apartarme. De cualquier modo, no lo hubiera hecho. Esta era culpa mía, mi responsabilidad. Sería testigo de las consecuencias de mis acciones.

Me obligó a contar los latigazos. Uno... dos... tres... el látigo fustigaba, marcaba líneas color escarlata, hinchaba y amorataba su piel. Para el octavo, estaba inconsciente.

Todo ese tiempo me sentí separada de mí misma, como si flotara por encima de mi cuerpo. Escuché mi voz mitigada. Observé cómo la sangre empapaba su camisa y pantalones como vino derramado, pero no podía sentir nada.

Aproximadamente un mes después, mi padre entró a mi recámara con Maloso a un lado. El perro no sabía cómo comportarse; gimió, saltó hacia mí y trató de lamerme la cara.

—Abajo —ordenó mi padre.

Maloso obedeció sin dejar de menear la cola. Me pareció que me había hecho sonreír, pero no podía estar segura. Mis mejillas me parecían ajenas.

—Ya es suficiente, ¿no crees? —refunfuñó mi padre.

No lo miré a la cara, ya no lo hacía.

—Estás palideciendo —continuó—. No me gusta. Empezarás a tener un aspecto parecido al mío y no podría perdonármelo. Puedes caminar en los jardines del palacio, pero no salir.

Asentí.

—La bodega está fuera de los límites, desde luego. Me aseguré de cambiar las cerraduras.

Hice una reverencia.

—Catalina, mírame.

Levanté la mirada solo hasta su barbilla. Llevaba la barba limpia y bien arreglada. Había subido de peso, aunque seguía apoyándose en el bastón.

Suspiró.

—Has estado enferma. Eso es lo que dirás. ¿Entendido?

Mi padre me ayudó a bajar las escaleras; mis piernas estaban débiles. Me senté al borde de la fuente, sin aliento, y acaricié a Maloso detrás de las orejas. Cortesanos y secretarios, sirvientes y guardias iban y venían. Algunos asentían o se quitaban el sombrero, pero aparte de eso me dejaron tranquila.

«Bien», pensé. «¿No era eso lo que querías?».

La verdad, me resultaba difícil desear algo. Ni siquiera el *Popol Vuh* o las fantasías sobre Juan lograban despertarme más que un leve interés. Desde que flagelaron a Nicolao sentía como si el deseo hubiera abandonado mi cuerpo. Me sentía muerta en vida, exhausta. Lo único que causaba era dolor. Pensé que quizá hubiera sido mejor haberme ido a dormir y no despertar jamás.

Tal vez por eso mi madre pasaba tanto tiempo en cama cuando tenía crisis de melancolía. Sin embargo, siempre lograba superarlas antes de que mi padre volviera a casa. Pensaba que lo hacía por amor, pero tal vez solo era para guardar las apariencias, para hacerlo feliz, para mantenerse a salvo. Creo que nunca confió en él, aunque jamás la lastimó o le levantó la voz siquiera. Ella jamás confió en un español.

Esa mañana, cuando me senté a observar los libros de la biblioteca, Isabel me visitó. Palideció al verme. Me besó ambas mejillas y me dijo cuánto había rezado por mi recuperación.

—Te he extrañado. En serio. Me preocupaba que te hubieras contagiado de lo mismo que tu vieja Nana, Dios la tenga en su gloria. Me alegra que estés mejor. No tienes idea de lo que es estar a merced de doña Clara por compañía. Casi no veo a Pedro, ¿sabes? Ha estado muy ocupado presidiendo el juicio del capitán Lobo. ¿Escuchaste?

Negué con la cabeza. La súbita mención de Nana me había dejado demasiado contrariada como para hablar.

—De hecho, fue mi esposo quien descubrió todo. Encontró una montaña de oro robado y joyas en su bodega. Al parecer, hacía tratos con saqueadores de tumbas. ¿Puedes creerlo? Ha causado gran conmoción.

—Ah.

¿Qué más podía decir?

Isabel examinó mi rostro.

—¿Qué pasa, Catalina? Puedes confiar en mí. ¿Fue por el tutor? Él se lo buscó, ¿sabes? Ya se recuperó y regresó a trabajar con don Bernal. Tu padre fue clemente, no le quitó las tierras.

—Gracias, pero es la verdad. No he estado bien.

Esbocé una leve sonrisa. Era todo lo que podía hacer, pero eso pareció tranquilizarla.

—Bien, me alegro que estés mejor. —Bajó la voz y miró hacia la puerta de la biblioteca—. Mira, hace unas semanas llegó algo para ti a mi casa. Una carta de una mujer llamada Beatriz, dice ser tu hermana. Me escribió a mí también, porque sabía que éramos amigas, y me pidió que por favor te diera esto discretamente. Bueno, siempre me da gusto ayudar a que una familia se reúna, pero pensé que tus únicos parientes vivían en Granada.

Me erguí y me dio la carta.

—Así es, la familia de mi padre está en Granada. Beatriz, mi hermana, es hija de mi padre y su primera esposa. Vive aquí, pero ella y mi padre están distanciados.

—Ah.

Me di cuenta de que Isabel quería saber más, pero empecé a leer.

3 de febrero de 1553

Querida Catalina:

Espero que estés bien. Primero tengo que disculparme por el retraso de mi respuesta. Tengo mucho en la cabeza desde que mi esposo y mis hijas fallecieron, aunque no es tan terrible como tú podrías imaginarlo, porque tengo a Dios de mi lado, una encomienda que administrar y mi hermoso hijo, a quien aún debo cuidar. Así, el tiempo pasa y, antes de darte cuenta, ya eres vieja y estás cansada.

Hablando de vejez, escuché que nuestro padre se recuperó bien y me da gusto. No le deseo ningún mal, ni a él ni a ti, nunca. Siempre me has importado y todas mis intenciones para ti han sido las mejores, incluida mi decisión de apartarme de tu vida, ya que mi padre me lo advirtió, de la manera más amable y amorosa. Por eso, te lo suplico, no le pidas a tu sirvienta ni a nadie más que vuelvan a escribir.

Para mí eres muy querida. Peor aún, eres muy querida para nuestro padre. No lo hagas enojar. No me gustaría que acabaras como yo, con solo tu mano como moneda de cambio.

Que Dios te guarde en sus brazos misericordiosos.

Beatriz Cerrato de Cano

Leí de nuevo esta primera y única carta que me había escrito en muchos años. Era tan corta. Ni siquiera se dirigió a mí como «Querida hermana». No quería que le respondiera la carta. No quería tener nada que ver conmigo. Me sentí débil, aturdida, enferma.

Mi vista se nubló. Durante un momento, todo lo que pude escuchar fue mi respiración. Luego sentí la presencia de mi madre en mí. Solo su presencia, no su voz. Tras de sí dejó en mi cuerpo una fragancia de resina y yuca, de tierra recién removida.

¿Qué significaba todo esto? Me cubrí el rostro.

—Querida, no estás nada bien. Voy a buscar a la sirvienta; podremos hablar en otro momento.

Llamó a la primera sirvienta que pasó frente a la biblioteca y le ordenó que me ayudara a regresar a mi recámara. Me quedé toda la tarde sentada en mi cama, pensando en Beatriz.

Tantas preguntas cruzaron mi mente. ¿Por qué no se quedó en la casa para acompañarme tras la muerte de mi madre? Si me quería tanto, ¿por qué nunca me escribió? No importaba que mi padre se lo hubiera prohibido, tuvo muchas oportunidades para comunicarse conmigo en Santa Cruz cuando él salía de viaje. Quizá sintió que mi madre y yo habíamos usurpado su lugar en el afecto de mi padre y estaba resentida con nosotras. Supongo que eso tenía sentido. Pero, de nuevo, conmigo fue buena, casi siempre. Jugaba conmigo y me contaba historias; me enseñó con diligencia y pasión. Todo era muy confuso y doloroso. Volví a leer la carta, con los ojos bañados en lágrimas.

Más preguntas. ¿Qué quería decir con que «solo tenía su mano como moneda de cambio»? ¿Pensaba que me había fallado al casarse con un platero? Supongo que mi padre siempre la presionó para que fuera el modelo perfecto de la mujer cristiana, para que nos enseñara a mi madre y a mí cómo rezar, cómo actuar, cómo amar a Dios y seguir sus mandamientos. ¿Quizá sintió que un platero era una elección muy baja para la gente de nuestra alcurnia? Bueno, no me importaba, siempre y cuando ella lo hubiera amado.

No podía entenderla. Algo faltaba, algo que yo no sabía. Pero para la noche ya había tenido bastante tratando de averiguarlo.

Agustina llegó con chocolate caliente en una charola, que bebí a sorbos en el balcón. De pronto, sentí ese extraño cosquilleo en los brazos y la nuca. Miré alrededor y advertí una figura familiar que caminaba hacia el segundo patio. Él no me vio. Estaba tan confundida por los acontecimientos del día que no estaba segura de si era real o no.

—¿Es el cacique de Q'umarkaj? —pregunté, tratando de mantener la voz firme y desinteresada, aunque de alguna manera mi corazón olvidó la tristeza y la confusión que lo entumecían.

La sirvienta asintió.

—Por fin le dieron un salón de recepción a don Juan en el palacio, señorita.

CAPÍTULO 13

Santiago de los Caballeros, Guatemala
Primavera de 1553

La mañana siguiente amaneció tan hermosa y luminosa que estimuló algo en mí, una suerte de vida y esperanza. Quemé la carta de Beatriz y me senté en el borde de la fuente, escuchando el chisporroteo del agua y el gorjeo de las currucas y los papamoscas que buscaban su desayuno, mientras esperaba que Juan pasara por ahí otra vez. Estuve ahí sentada durante tanto tiempo, que me llevó un momento darme cuenta de que ya no tenía que hacerlo. Era muy simple.

«Tan simple como respirar», dijo mi madre.

Me levanté y caminé hacia el segundo patio, por el que había desaparecido. Al llegar ahí me sentí un poco tonta. ¿Qué iba a hacer? ¿Tocar en todas las puertas hasta que se abriera la correcta? ¿Y qué le diría a los ministros que estuvieran ahí? «Ah, disculpen, solo quería asegurarme de que están haciendo su trabajo y no perdiendo el tiempo, como dice mi padre que siempre hacen». ¿Y si uno de los guardias me preguntaba qué estaba haciendo?

Eso había pasado algunas veces. Ese bárbaro grasoso de Victorino, por ejemplo, siempre iba directo con mi padre con la esperanza de que eso lo beneficiara, de ganar una promoción a capitán u obtener lo que todos querían al final: una encomienda propia.

Pero no habría problema. Mi padre había especificado que podía pasear por los terrenos del palacio, y a veces iba en esa dirección para cortar flores para la capilla. Por lo general iba en verano, cuando las yucas estaban en flor.

Encontré orquídeas. Corté algunos tallos, pero en realidad examinaba cada puerta y pensaba en él. «¿Dónde estás, Q'anti?». Sentí una ráfaga de viento y una de las orquídeas escapó de mi mano y voló hasta caer al suelo frente a una de las oficinas.

Corrí para recogerla. No había nadie alrededor. Extendí la mano, abrí la puerta y entré. Alcé la mirada y él estaba ahí, con los ojos como platos, sentado detrás de un enorme escritorio de caoba.

—Hola —murmuré.

Juan se levantó y en dos zancadas me encontré en sus brazos. Me miró con los ojos plenos, húmedos, y acarició mi mejilla y la parte baja de mi espalda.

—He estado tan preocupado. Tan preocupado —dijo.

Me llevó un momento entenderlo. No podía creer que este momento fuera real, que estuviéramos de nuevo uno en brazos del otro.

—Traté de enviarte un mensaje, pero esa nueva sirvienta tuya estaba demasiado asustada como para ayudar. Nadie más me decía nada, solo que estabas enferma. Y pensé... pensé...

Sentí su mano temblar sobre mi espalda. Se aclaró la garganta. Una suave calidez empezó a brotar en mi interior, pero seguía sin poder hablar. Solo podía mirarlo, maravillada.

—Catalina, tengo que decirte, tengo que aprovechar esta oportunidad, debes saberlo.

Su voz era ronca. Su pecho jadeaba, luchando por encontrar las palabras. Cerró los ojos y recargó su frente en la mía.

—Te... te amo.

Volvió a mirarme y, por primera vez en meses, sonreí.

Rio, con una risa hermosa, plena, radiante. Me di cuenta de que se formaba un hoyuelo en su mejilla izquierda, y yo también reí, pasando mis brazos alrededor de su cuello. Esta vez no era necesario preguntar, nuestros labios insistían. Las orquídeas cayeron al piso y el entumecimiento desapareció por completo. Todo se evaporó.

—Espera —dije jadeando—. No puedo respirar.

Juan me siguió besando, dos, tres veces. Me eché hacia atrás, riendo.

—¡No puedo respirar!

—Está bien.

Cerró los ojos como si hiciera un esfuerzo descomunal y nos mecimos en silencio, mejilla contra mejilla. Después de un buen momento, preguntó:

—¿Qué pasó? ¿Te sientes mejor?

—Sí, estoy mejor.

No quería hablar de lo que había sucedido. No quería arruinar el momento. No quería que esto terminara.

—Estuve preocupado, todo el tiempo. En verdad, pensé...

Se estremeció.

—No, no —murmuré acariciando su mentón.

Nuestros labios volvieron a encontrarse, suaves como el roce de pétalos; me di cuenta de que ahora era yo quien temblaba.

Mi corazón latía con fuerza; de pronto, me hice consciente de un sonido familiar. Al principio no pude determinarlo, hasta que me di cuenta de que las campanas repicaban. Lancé un quejido.

—No —dijo Juan, besándome otra vez con suavidad, como si supiera que eso me detendría.

Así fue.

—Tengo que irme. —Puse la mano sobre su pecho—. Debo hacerlo.

Suspiró y sacudió la cabeza.

—Bien, voy a asegurarme de que el patio está despejado.

—Espera... —Mi estómago dio un vuelco, como si cortaran y exprimieran una naranja pulposa y madura hasta su última gota—. ¿Cuándo... cómo nos reuniremos? ¿Qué pasará con el *Popol Vuh*?

—Nija'ib no ha respondido aún a mi llamado, así que, por desgracia, el libro tendrá que esperar. En cuanto a nosotros... —Frunció el ceño, miró al piso y recogió una de las flores marchitas—. Dejaré una señal. Una orquídea o dos, flotando en la fuente. Así sabrás que estoy aquí y que te espero. Si es seguro para ti.

Asentí, pero no podía sonreír porque me sentía como si un jurado hubiera dictado mi sentencia. Conocía mi destino y era terrible: esperar y desear cada día la imagen de un destello blanco sobre el agua centelleante.

Pasó una semana sin ninguna señal. Revisaba la fuente varias veces al día. Por las noches sostenía en la mano la pieza labrada que él había hecho, la del jaguar con la flecha, que mantenía escondida en el mismo lugar junto con la carta de Cristóbal. La frotaba entre mis dedos y la presionaba contra mi pecho, con la esperanza de que me permitiera soñar con él.

La tarde de la fiesta de santa Perpetua y santa Felicidad, vigilaba la fuente de nuevo cuando mi padre salió del vestíbulo. Me sorprendió que me hablara, puesto que ya difícilmente lo hacía.

—Ah, aquí estás. Recibí un mensaje de Ramírez. Iremos a su casa, tú y yo. Algo sobre el capitán Lobo.

Tomé mi bolsa con cordones y lo seguí por la plaza en silencio. Me sorprendió mi repentina libertad. No llegamos muy lejos. Cuando alcanzamos las palmeras que estaban en el centro de la plaza, casi nos atropella un caballo que el juez Ramírez montaba a toda velocidad.

—¡Escapó! Ese bastardo huyó. Corrió hacia la catedral. ¡Rápido! —gritó Ramírez.

Mi padre se apresuró tanto como su bastón se lo permitió. Sin saber qué hacer, lo seguí.

Entramos a la catedral, poco iluminada, y nos paralizamos. Una mujer gritaba a todo pulmón y sus alaridos hacían eco en el gran techo abovedado. El capitán Lobo se precipitó hacia nosotros desde el ala este. Pasó como una tromba entre las hileras de los bancos y derribó una escultura de Moisés. El juez Ramírez lo perseguía. El obispo Marroquí, cuya túnica color ciruela se hinchaba al viento, bramaba algo sobre el santuario. La esposa del tesorero, doña Imelda, corría detrás de todos, remangándose las enaguas hasta las rodillas. Un par de feligreses boquiabiertos miraban embobados.

El juez rebasó al conquistador, quien se dobló jadeando. Su ropa sucia apestaba a sudor y orina. Yo me pegué a la pared.

—No regresaré a ese agujero —resopló Lobo—. Ese no es mi lugar. ¡Soy... un siervo de la Corona!

El juez Ramírez no lo escuchó.

—Durante años trabajé mucho... Dejé a mi mujer, a quien no había visto en años, para buscar en cada rincón del país, para averiguar quién estaba detrás de todos esos robos, ¡y eras tú! ¡Pagarás por lo que has hecho!

Doña Imelda se arrojó a los pies del juez.

—Pedro, tenga piedad, ¡hágalo por mí!

El obispo se paró frente a Ramírez, resollando, y abrió las palmas.

—Cálmate, Pedro. El hombre pidió santuario.

—Su Excelencia, este rufián no tiene escrúpulos. Su banda de ladrones les robó a todos, ricos y pobres. Mira, Catalina... ¿esto no es tuyo?

Sacó un pesado collar verde de su bolsillo y me lo arrojó. Lo atrapé y me quedé sin aliento. Era mi collar. El tesoro de jade de Juan.

—¡Esto me lo *robaron*, hace más de un año!

Lo guardé en el fondo de mi bolsa.

—En efecto, un tal Luis, un guitarrista, confesó el crimen. Me aseguró que había sido nuestro querido tesorero quien le encargó hacerlo. Es un gran amante y coleccionista de antigüedades.

—¡Luis tocó en mi fiesta de dieciséis años!

—Él no sabía que eran robadas —gritó doña Imelda—. Los robos debieron ser la obra de otra persona. Las sirvientas hablan de un bandido llamado Ocelote, ¿qué hay con él?

—El rumor del Ocelote son puras tonterías. Varios testigos han declarado que su esposo estaba involucrado. Regresará al calabozo, donde pertenece.

Lobo volvió a echarse a correr, pero tropezó. Mi padre se inclinó como para ayudarle, pero Ramírez le arrebató el bastón y con él golpeó al conquistador en la cabeza hasta que perdió el conocimiento. Doña Imelda lanzó un grito y se echó sobre el cuerpo de su esposo. Ramírez soltó el bastón, que cayó con estrépito a sus pies.

—Me repugna.

—¡Basta, Pedro! No deshonrarás la casa de Dios. —El obispo tomó al juez Ramírez por el brazo—. Y no te lo llevarás, no lo permitiré.

El juez empuñó su espada con el rostro contorsionado. El obispo Marroquín retrocedió un paso, hacia mí. Yo lo tomé por el hábito y lo jalé. La espada no llegó al pecho, pero le lastimó el brazo.

—¡Me heriste! —gritó Marroquín.

Cayó al piso, llevándome con él. Amortigüé la caída con la muñeca y sentí un dolor agudo. Me arrodillé junto al obispo, quien sujetaba su brazo lastimado.

—Déjeme ver —le dije.

No me escuchó, simplemente miró a Ramírez boquiabierto, con el rostro pálido y sudoroso; todo su cuerpo temblaba. Repetí mis palabras y le di unas palmaditas en la mano. Se sobresaltó y me permitió revisarlo. Era solo una herida superficial. Rasgué un pedazo de la tela de su hábito y la enrollé en su brazo.

Se escucharon más gritos. El juez intentaba encender un arcabuz.

—Le ordenaré a dos guardias que lo vigilen día y noche —dijo mi padre—. Venga, amigo, no dispare. Mi hija está aquí.

El juez me miró y bajó el arma.

—¡Ah! Él se queda aquí con dos guardias hasta su juicio. Pero si se escapa, ustedes dos pagarán por él.

Miró a mi padre y luego al obispo; después salió de la catedral, pavoneándose y haciendo que su capa se hinchara a su espalda.

Mi padre suspiró y dio media vuelta.

—Alguien ayude a esta mujer histérica.

Doña Imelda berreaba sobre la espalda ancha de su esposo. Dos mujeres se apresuraron a su lado para tratar de convencerla de que soltara la camisa sucia, que se pusiera de pie y les permitiera llevarla a su casa. Pero ella no se desprendía y lanzaba alaridos.

—Su Excelencia, ¿está herido? —le preguntó mi padre a Marroquín. Negó con la cabeza—. Catalina, ayuda al señor obispo a que regrese a sus aposentos. Yo iré al palacio a buscar unos guardias.

—¿Puedo ayudarlo, Excelencia? —pregunté ofreciéndole la mano.

Marroquín me miró. Escrutó mi rostro durante tanto tiempo que me sentí avergonzada.

—Tú... ¿salvaste mi vida?

—¡Lo hizo! Yo la vi, Excelencia. Ella lo sacó del camino y cayó al piso cuando la espada salió en su dirección —intervino una de las mujeres que ayudaban a doña Imelda.

Por instinto, me llevé la muñeca adolorida al pecho.

—Oh, no, ¿estás herida, niña? —preguntó el obispo.

Por alguna razón, negué con la cabeza, pero Marroquín hizo un gesto de compasión.

—Dios mío, sí lo estás. Eso significa que sin duda estoy en deuda contigo —agregó.

—Por favor, señor, no es nada. Cualquiera hubiera...

—No es así, sobre todo no... —Extendió la mano y me apretó el brazo. Luego calló un momento y continuó—: Quiero que sepas que, si alguna vez necesitas algo, cualquier cosa, acudas a mí. Yo me encargaré personalmente. Lo juro como el apóstol de Cristo que soy.

Lo miré un instante antes de inclinarme y besar su anillo, puesto que era una oferta magnánima y solo un tonto hubiera discutido o le hubiera dado poca importancia.

—Me honra —murmuré.

El obispo me permitió ayudarlo a levantarse.

—Gracias. Las monjas me curarán.

Entendí que ya podía marcharme. Incliné la cabeza de nuevo y él se disculpó. Las mujeres siguieron tratando de ayudar a la inconsolable doña Imelda.

—Vete —dijo en voz baja una de las mujeres con un guiño—. Disfruta tu triunfo.

Avancé hacia la puerta con paso indeciso. Parpadeé bajo la luz brillante y cálida, que me hizo sentir expuesta de una manera extraña. Caminaba por el pueblo, sola, por primera vez en mi vida.

Quizá imaginaba las miradas atentas de los pueblerinos conforme atravesaba la plaza llena de gente. Las miradas amables de las pequeñas mujeres mayas que estaban sentadas a la sombra fresca de las palmeras y de las jacarandas en flor, con sus coloridos atuendos tejidos; o de los vendedores de calabazas de verano, aguacates y mazorcas crudas. Hombres, alfareros de piel bronceada, herreros corpulentos y carpinteros cubiertos de aserrín, miraban a su alrededor como si evaluaran la situación; y mujeres de tez clara que lanzaban risitas en su paseo vespertino.

En los arcos de la entrada del palacio me topé con mi padre. Había elegido a quienes vigilarían a Lobo. El bruto de Victorino era uno de ellos. Me miró con maldad, y un escalofrío recorrió mi espalda.

—Bien, ya volviste —dijo mi padre—. Nos vemos en la cena.

Asentí y avancé hacia la fuente para revisarla por tercera vez en el día, preparándome para una decepción devastadora. Pero no, ahí estaban. Dos hermosas orquídeas blancas que flotaban en la superficie me llamaban.

Tuve que reprimir las ganas de echarme a correr. En su lugar, rodeé el jardín hasta el arco de la esquina y traté de mostrarme tan taciturna y aburrida como imaginaba que era mi aspecto habitual. Un par de ministros hablaban, sentados en una de las bancas que bordeaban el segundo patio, así que regresé a la fuente y esperé. Hubiera querido tener algo útil en qué ocupar mis manos.

Pensé en ir a la biblioteca por un libro, para poder fingir que leía, cuando los ministros salieron del patio rumbo al vestíbulo. Cuando regresé, el corazón me saltó de nuevo a la garganta. Corté un ramillete de flores rojas y esperé... respiré dos, tres veces. Un par de estorninos piaron en la copa de los árboles, pero no había nadie alrededor.

Caminé decidida hacia la oficina de Juan, pero me detuve y esperé otra vez; me sentía como una común ladrona. Toqué rápido la puerta y entré corriendo, riendo de alivio cuando lo vi junto a la ventana. En un instante, me presionaba contra la puerta.

—¿Dónde estabas? —murmuré.

—Haciendo mis rondas. —Hizo una pausa—. No te enojes, pensé que tendríamos más tiempo, pero me acaban de pedir que vaya al monasterio.

Cubrió mis protestas con besos y no se detuvo hasta que dejé escapar un suspiro entrecortado.

—Bien. —Lo empujé con cuidado y traté de recuperarme—. En ese caso, tengo algo para ti.

Saqué el collar de mi bolsa y sonreí de oreja a oreja al ver su rostro asombrado.

Tuve que tomar sus manos, abrirlas y ponerlo sobre ellas.

—¿No desea recuperar su valioso collar, señor? —pregunté con una sonrisa pícara.

Reprimió una carcajada, se puso el collar y lo aseguró debajo de su camisa. Luego tomó mis manos entre las suyas.

—Tú... tú me haces sentir como un rey.

—Eres un rey. —Sonreí, pero su expresión cambió por una de dolor—. ¿Qué sucede?

Puse una mano en su mejilla, pero apartó la vista.

—Es una mentira, solo es eso. Alvarado le quitó este collar a mi abuelo antes de torturarlo y quemarlo. Unos años después, cuando mi padre se rebeló, le arrancó la cabellera y lo colgó frente a mí. Con el padre del Grande fue mucho más cruel. Fueron los últimos verdaderos reyes. Nunca tendré su misma fuerza. Nunca tendré su valentía ni su poder. Soy pobre, estoy destrozado y vacío.

Las palabras amargas salían de su boca. Por un momento no pude hacer más que mirarlo. Estaba muy desconcertada por su revelación, por su dolor.

—Te dije que quería que me conocieras, y la verdad es que no soy un rey. No soy nada.

Con rabia, golpeé el suelo con un pie.

—¡Eso no es cierto! Eso es lo que quieren que creas y no lo voy a permitir. No es cierto que no eres nada, ¡eres todo! Todo, ¿me escuchas?

Negó con la cabeza. Me incliné hacia adelante para tocar mi frente con la suya.

—Eres fuerte —dije besándole las mejillas—. Eres astuto. Eres un sobreviviente. —Rocé sus párpados con los labios, probé la sal de su cuello—. Eres hermoso y poderoso. Eres hijo del jaguar —murmuré en su oído y mordí el lóbulo de su oreja.

Eso lo hizo sonreír. Recargué mi cabeza en su hombro.

—Por favor, nunca vuelvas a hablar así —agregué.

Lanzó un suspiro, nos abrazamos y empezamos a mecernos. No podíamos estar en mayor peligro si alguien entrara y nos viera. Sin embargo, nunca en mi vida me había sentido tan protegida, nunca había deseado que un momento durara para toda la vida. Hasta ahora.

—No quiero que te vayas —dije.

—Regresaré pronto. —Besó mi frente—. Quizá incluso mañana.

—Prométélo.

Titubeó y presioné mi cuerpo contra el suyo, sabiendo que sentiría mis curvas, mis pechos. Un truco barato, pero funcionó. Abrió los ojos como platos.

—Mañana, entonces, lo prometo.

CAPÍTULO 14

Santiago de los Caballeros, Guatemala
Primavera de 1553

Al llegar la mañana, me tomó el doble de tiempo prepararme. Me quedé de pie, mirando la colección de vestidos extendidos sobre la cama, pensando en lo viejos y tristes que eran todos. El mejor lo había arruinado cuando fui al bosque. Encontré dos botones en mi chimenea. Maribel debió quemarlo esa noche, lo que significaba que estaba doblemente en deuda con ella. Si tan solo supiera adónde había ido, pero nadie se atrevía a decirme. Agustina solo pudo asegurarme, tras interrogarla a diario, que Maribel estaba bien, y eso fue todo.

Al final elegí el vestido rojo y oro. Tendría que recordar pedirle uno nuevo a mi padre. Agustina tuvo que trenzar mi cabello de cuatro formas diferentes hasta que por fin quedé contenta. La mitad caía hacia un lado. Entrelazó listones color rojo y dorado en las trenzas.

Me rocié con agua de rosas y Agustina amarró mi mejor encaje con volantes alrededor de mi cuello. Ya era muy tarde para desayunar en el comedor, así que me llevó una charola a la sala adyacente a mi recámara. Estaba llena de mi comida favorita: papaya cortada en un cuenco de alabastro, dos tamales verdes humeantes envueltos en hojas de maíz, servidos con sopa de frijol condimentada con pimienta de Jamaica.

Me comí el último bocado de tamal y terminé de prepararme, sujetando la daga alrededor de mi pantorrilla. Era la que le había quitado a mi padre la noche que fui a buscar a Nana, con la empuñadura de cuero dorado y tres rubíes en la guarda cruzada. Ya no salía sin ella a ningún lado.

Cuando estaba a punto de marcharme, Agustina tocó a la puerta.

—Señorita, disculpe que la moleste, pero unas personas la esperan en la biblioteca.

Mantenía la vista fija en el suelo y su voz era más suave que la brisa.

—Ah, ¿quién?

—Mmm... creo que esa señora amiga suya, señorita, y el señor don Bernal.

—Eso es extraño.

Don Bernal nunca se presentaba sin anunciarse. Esperaba que no me llevara mucho tiempo.

—¿Su señoría prefiere que les diga que vuelvan más tarde?

La pobre. Parecía aterrada con la idea.

—No, gracias, Agustina. Los veré ahora, pero llámame pronto con alguna excusa. —Esto pareció aterrarla más—. Di que mi padre me quiere ver, por favor.

Asintió. Era un día cálido, así que metí el abanico a mi bolso y me marché.

—Ah, ahí estás —exclamó Isabel cuando crucé el umbral. Se levantó para darme un beso.

Don Bernal también se puso de pie e hizo una leve reverencia.

—Sé que estoy medio ciego, pero estoy seguro de que estás excepcionalmente encantadora, querida.

—Tiene toda la razón, Bernal, sin duda está radiante —dijo Isabel.

Me abaniqué.

—Gracias, son muy amables.

Nos sentamos y tomé la campanita.

—¿Desean que pida algo de vino?

—No, no, estamos bien —respondió don Bernal.

—Isabel, ¿cómo está don Ramírez? —pregunté.

Se había armado mucho alboroto desde la escena en la catedral. Todas las conversaciones que había escuchado giraban en torno a que el juez casi mata al obispo. La gente se volteaba a mirarme. Los hombres levantaban su sombrero y las mujeres inclinaban la cabeza siempre que me veían. Algunos se acercaban a estrecharme la mano y agradecerme. Por su parte, mi padre me había dicho que hubiera deseado que la herida fuera más profunda, porque así Marroquín quizá estaría menos dispuesto a hacer sangrar a los indígenas todos los días.

—¡Bien! No dejo de decirle que tenemos una gran deuda contigo —respondió Isabel—. Sin ti hubiera asesinado a un amado siervo de Dios, y quién sabe dónde estaría.

—Con una soga al cuello, sin duda —mascculló don Bernal.

Volví a abanicarme.

—Oh, no. Me alegra que no haya sucedido nada malo, Isabel, pero no me deben nada.

Me lanzó una leve sonrisa.

—En cualquier caso, pensé en una manera de recompensarte.

Miró a don Bernal.

—Vinimos a pedirte tu ayuda, hija —dijo.

Incliné la cabeza a un lado por toda respuesta.

—Traté de invitar a doña Clara en tu lugar, para que me acompañara a casa de don Bernal, pero fue... —Isabel hizo una pausa en busca de la palabra correcta— de muy poca ayuda.

—¡No podía decir ni una sola palabra! —exclamó don Bernal—. No dejaba de removerse en su asiento y gimotear en todas las escenas de batalla. Así que... decidimos traerte mis memorias.

Isabel esbozó una gran sonrisa.

—Puesto que tú sí lo disfrutas, pensé que era un plan brillante, ya que no has estado bien.

—Sin hablar de la ligera inconveniencia de la presencia de Nicolao en mi casa —agregó don Bernal.

Ambos me miraron como si fuera la mejor noticia jamás deseada, así que les ofrecí lo que yo creía que era una sonrisa agradecida.

—Dios... Dios mío, ¡qué considerados!

—Bueno, pensamos empezar de inmediato.

Le dio unas palmaditas a la carpeta de piel que estaba junto a su pierna y que yo no había visto.

—¿Cómo... hoy?

—¡Por supuesto! Ha pasado mucho tiempo. ¿Estás ocupada?

—No... claro que no.

Mi sonrisa era forzada. En verdad esperaba que Agustina se hiciera de valor y no me abandonara aquí con ellos.

—Espléndido. ¿Pasamos a la mesa para que Isabel pueda escribir?

Nos pusimos de pie. Le ofrecí el brazo a don Bernal y él lo tomó. Cuando dimos un paso, escuchamos que tocaban a la puerta. Agustina entró, temblando y tartamudeando una disculpa.

—Su pa... padre la llama —dijo.

—Lo siento mucho —me excusé rápidamente en dirección de Isabel y don Bernal—. ¿Creen que podríamos vernos en otro momento? ¿Mañana, quizá?

Tras una breve pausa, don Bernal juntó las palmas.

—Ah, por supuesto, por supuesto. Fuimos muy impertinentes en pensar que estaría libre. Isabel, ¿podrías guiarme a casa?

—Con gusto —respondió.

—Les agradezco de nuevo la agradable sorpresa —agregué, aliviada.

—Eres tú quien nos hace el favor, querida —dijo don Bernal.

Isabel asintió.

Cuando se fueron, salí corriendo al segundo patio.

Juan estaba parado bajo los árboles de aguacate, junto a las camas de flores. Me miró y un sentimiento de timidez se apoderó de mí, calentando mi cuello y mejillas.

Se acercó a mí y murmuró en k'iche':

—No apartes la mirada. Me gusta cuando me miras, aunque tengas ese hechizo audaz.

Reí.

—¿Así le llamas a mi temperamento? —Él asintió, y continué—: Supongo que es más amable que llamarme histérica, como lo hizo el doctor Rivera cuando amenacé con apuñalarlo.

—Es una línea muy delgada, ¿no? —Lanzó un suspiro—. Desearía que pudiéramos estar solos.

—¿Por qué no vamos a tu oficina? —murmuré.

Negó con la cabeza.

—¿Y luego qué?

Lo miré, confundida.

—¿Cuánto tiempo más podremos escondernos? No, mírame.

Fruncí el ceño, pero su expresión era muy tierna. Se inclinó hacia mí como si no deseara nada más que tenerme en sus brazos.

—No es esto lo que quiero para nosotros. —Su voz temblaba—. Quiero... quiero verte todos los días, así, a la luz del día. Quiero quitarte esa cosa del cuello y deshacerme de esas mangas abombadas y sentir la piel de tus brazos, tus caderas, todo. Quiero tener un hijo contigo, muchos hijos. Si tú lo deseas. Niños con tu inteligencia y espíritu. Legítimos, verdaderos herederos que guíen a nuestro pueblo. Quiero amarlos y amarte a ti, y ser la familia que nunca tuvimos.

No podía verlo con claridad a través de las lágrimas y tuve que recurrir a toda mi templanza para quedarme donde estaba y mirar alrededor para asegurarme de que estábamos solos. Luego, con el corazón en la garganta, le di un beso en el que vertí todo lo que era, todo lo que tenía.

Este era mi regalo para él, mi respuesta. Duró un instante, pero cuando abrí los ojos estaba tan aturdido como yo me sentía.

Permanecimos un momento en silencio. Una paloma gorjeó y empecé a asimilar la realidad. Respiré profundo.

—¿Cómo lo haremos? No sé si mi padre lo aceptará. No quiere que me case. Se lo dijo a Cristóbal.

—Podríamos huir.

Abrí los ojos como platos.

—¿Adónde? Mi padre tiene muchas relaciones, nos buscaría.

—Ya antes he ayudado a muchos a escapar, a desaparecer en la Selva Lacandona.

El nombre me puso la carne de gallina. La Selva Lacandona era salvaje y peligrosa, y no solo por sus animales. A las personas que vivían en sus sombras, los españoles los llamaban «los inconquistables». La mayoría de las personas que entraban nunca volvían.

—Nunca más volveríamos a ver a nadie. —Pensé en mi padre y en Cristóbal—. Nunca terminaríamos juntos el *Popol Vuh*. Es demasiado importante para mí. Incluso tú dijiste que debíamos hacerlo.

Juan reflexionó un poco y asintió.

—Sí, lo dije. ¿Te conté alguna vez sobre mi visión?

Negué con la cabeza.

—Cuando descubrimos que el libro estaba arruinado, vi un colibrí que bajaba adonde los tres estábamos arrodillados. Voló sobre nuestras cabezas, lamió nuestras frentes con su lengua y se fue volando.

—Nunca me lo dijiste. ¿Qué crees que significa?

—Fue un mensaje. Los dioses querían que supiera que los tres teníamos que trabajar juntos. —Hizo una pausa—. Entonces, tendré que enfrentar a tu padre. Pero incluso si consiente, no sé qué representante de la iglesia nos casaría.

Lancé un gritito.

—¡Yo sí! De hecho, podríamos recurrir a él directamente: ¡el obispo Marroquín!

—¿Cómo es posible?

—Me juró que podía acudir a él por cualquier cosa y que me ayudaría. Me dio su palabra como apóstol de Cristo. Pero quizá lo haría dc cualquier forma, para fastidiar a mi padre.

—¿Había otras personas ahí?, ¿lo escucharon?

—Sí, había testigos.

—¡Eso podría funcionar!

—Si nos casara, nadie podría decir una sola palabra en contra. Ni siquiera tendríamos que pedirle permiso a mi padre. Tendríamos la libertad de escribir el libro con toda tranquilidad.

Las campanas de la iglesia tañeron a la distancia.

—Debo regresar antes a Santa Cruz —dijo Juan—. Quizá por un mes, no más de dos. Solo tengo que... resolver unos asuntos.

Él no sabía que yo comprendía con exactitud de qué asunto se trataba. Tenía que liberarse de Árbol Tejido y de su hija. Hubiera querido decir que sentía remordimiento, pero hubiera sido una mentira flagrante.

—¿Verás a Cristóbal? —pregunté.

—Es posible, sí. Al fin pude rastrearlo.

Frunció el ceño y bajó la mirada.

—Dile que me vuelva a escribir, por favor. Pero dile que debe enviar su carta a Su Majestad, la señora Rojas —agregué con una sonrisa burlona.

Su rostro se iluminó como el sol de mediodía; mi corazón se hinchó de placer. Rocé sus labios con la yema de los dedos y me marché. Cuando volteé, bajo los arcos, ya se había ido.

CAPÍTULO 15

Santiago de los Caballeros, Guatemala
Verano de 1553

Pasaron más de dos meses. Juan calculó que habría regresado para entonces, pero quizá fuimos demasiado optimistas. Cristóbal había advertido que podía terminar en una guerra. Debí pedirle a Juan que me diera papel y tinta para mis propios fines. Debí escribirle a mi primo, pedirle que pensara en mi felicidad y que ayudara a Juan con Árbol Tejido. Pero Dios sabía lo distraída que estaba y ahora era demasiado tarde. A veces imaginaba que vivíamos en la selva; veía cómo brillaba su cuerpo cuando nos bañábamos juntos debajo de una cascada de agua cristalina. En esos instantes pensaba que debimos haber huido, dejando todo atrás.

Isabel y don Bernal me visitaban con frecuencia, demasiada para mi gusto. Esa tarde estábamos sentados en las sillas de madera de respaldo alto, alrededor de la larga mesa junto a la ventana principal de la biblioteca. Detrás de nosotros había estantes repletos de libros, algunos invaluables, encuadernados en piel, e innumerables pergaminos. Faltaban pocos días para el cumpleaños de mi padre y yo le estaba bordando una camisa nueva con hilo negro. Nada muy elaborado, solo unos adornos en el cuello y las mangas. Sin motivos florales ni de parras y, definitivamente, sin ningún color.

La carpeta de cuero de don Bernal estaba abierta frente a Isabel. Las páginas manuscritas se extendían frente a ella. Acababa de afilar su pluma para mojarla en la tinta.

—Entonces, Moctezuma lo dejó entrar a Tenochtitlán el 8 de noviembre de 1519 —dijo ella—. Estaba usted describiendo la ciudad.

Don Bernal cerró los ojos. Permaneció un momento en silencio y esbozó una sonrisa de profundo placer. Cuando al fin habló, lo hizo en un murmullo.

—Cuando vimos estas ciudades grandiosas, esos hermosos templos de piedra que se elevaban desde el corazón del lago... nos quedamos estupefactos. Parecía una visión encantada. Algunos de nuestros soldados se preguntaron si se trataba de un sueño.

Isabel escribía. Yo dejé caer la camisa de mi padre sobre mi regazo y miré fijamente a don Bernal.

—Todo era tan maravilloso. No sé cómo describir esta primera imagen de cosas nunca antes vistas o soñadas. Nos alojaron en palacios espaciosos, bien construidos con piedras magníficas y madera de cedro de olor dulce. Nos llevaron a ver vergeles y jardines rebosantes de árboles frutales. Usaban canoas largas para transportarse por las calzadas de agua. Todo brillaba con cal y estaba decorado con mampostería y pinturas magníficas.

Don Bernal abrió los ojos, llenos de lágrimas, y me habló directamente.

—Como te digo, observé todos estos maravillosos paisajes y pensé: «Jamás en el mundo entero será descubierta otra tierra como esta». —Hizo una pausa, se cubrió el rostro y meneó la cabeza—. Pero, ¡ah!, cuánto me apena, cuánto desgarra mi corazón. Porque todo lo que vi ha sido derribado; no queda nada en pie.

Mis ojos se llenaron de lágrimas. Tragué saliva para deshacerme del nudo que bloqueaba mi garganta y miré a Isabel, quien se enjugaba las mejillas con un pañuelo.

Quise preguntar: «¿Por qué? ¿Por qué destruyeron toda esa belleza, toda esa maravilla?». Pero era una pregunta estúpida y ya conocía la respuesta. Tenían que asegurarse, tenían que eliminar toda sombra de duda de que una nueva era había comenzado, y como el Imperio mexicano era la potencia más importante del Nuevo Mundo, enviaban un mensaje a todos los otros Estados. Un mensaje escrito con sangre y escombros: «Ahora, nosotros somos los amos».

—La verdad es que estábamos recelosos, igual que los tlaxcaltecas y muchos otros que nos advirtieron que los mexicanos nos matarían tan pronto entráramos. —Se dio una palmada en la frente—. En verdad, piénsenlo, en el mundo, ¿qué hombres han mostrado tanta temeridad?

—En efecto, don Bernal, raya en la locura —coincidió Isabel.

Don Bernal rio.

—El día siguiente marchamos hasta que vinieron a nuestro encuentro varios caciques ataviados con atuendos suntuosos. Las calzadas estaban llenas de ellos. Le dijeron a Cortés que éramos bienvenidos y, en señal de paz, tocaron el suelo con las palmas de las manos y lo besaron. Luego, los señores mexicanos más importantes se adelantaron para encontrarse con Moctezuma y llevarlo en una litera exquisita.

—¿Cómo era? —preguntó Isabel.

—No lo creerían. Tenía un dosel maravilloso hecho de plumas verdes, decorada con oro, plata y perlas que colgaban de los bordes. Y el señor Moctezuma, ¡Dios mío!, llevaba sandalias de oro y piedras preciosas. Los otros señores extendieron sus capas en el suelo cuando él bajó de la litera, para que sus pies no tocaran la tierra. Ninguno de ellos se atrevía a mirarlo a la cara.

La puerta se abrió de golpe y dimos un salto en nuestros asientos. Mi padre irrumpió, seguido de un par de secretarios, gritando órdenes.

—Y después escriban a Ramírez, ¡y díganle que no toleraré otro robo! Hay que encontrar a ese Ocelote y a sus cómplices. Díganle que yo, personalmente, lidiaré con ellos.

Nos vio y con una señal de la mano despidió a los hombres.

—¿Otra vez aquí, Bernal? ¿En qué vas? ¿Ya llegaste a la parte en la que los mexicanos los hicieron huir a las colinas, muertos de miedo?

Don Bernal tomó este golpe con buen talante e inclinó la cabeza.

—Todavía no, Alonso. Apenas entramos a Tenochtitlán.

—Ah, ustedes, pobres almas, todavía no saben lo que les espera. ¡Una flagelación bien merecida! Para ser francos, no estoy seguro de por qué te molestas en narrar esta historia, cuando Gómara ya lo hizo antes que tú.

Don Bernal apretó los labios, como si tragara algo amargo.

—Estoy seguro de que eres lo suficientemente inteligente como para saber cuándo lees un cuento de hadas.

Los ojos de mi padre brillaron de furia y decidí intervenir.

—Señor, ¿prefiere carne de venado o de pavo para el guiso de esta noche? Me gustaría informarle a la cocinera.

Me ignoró y caminó hacia la mesa. Puso su mano enorme en el respaldo de una de las sillas vacías y con la empuñadura de plata de su bastón, señaló a don Bernal.

—¿Sabes quién debió escribir una versión de la conquista? Isabel Moctezuma, Dios la tenga en su gloria. Esa sí hubiera sido una lectura interesante, ¿no crees? ¿Sabes que liberó a todos sus esclavos?

—Eso escuché —respondió don Bernal, mirando el carnero de la empuñadura con desagrado.

—Esa es una verdadera declaración, si existe alguna. Pero no, todavía hay idiotas tratando de convencerme de que los indígenas prefieren la esclavitud a la libertad.

Isabel se removió en su asiento.

—No habla en serio, don Alonso.

—¿En serio? Toda la pestilencia de la que he oído hablar nos haría cadáveres a todos. ¿Saben lo que me dijo Lobo cuando fui a verlo a la catedral? Que me equivocaba al separar a los indígenas de sus amos, porque los españoles los amaban como verdaderos hijos, ¿y qué hijo quiere que lo separen de su padre? —dijo lanzando una carcajada.

—En verdad, Alonso. Quizá es cierto que es un poco rústico, pero ese de quien se burla es un conquistador —opinó don Bernal, irguiéndose en su silla.

—Luego, me dijo... —continuó mi padre entre jadeos, golpeando el suelo con su bastón—. Dijo: «Yo no hubiera vendido ninguno de mis esclavos. Tanto así los amaba. No hubiera vendido ni *uno* solo, ¡ni por mil pesos!».

Lancé una risita. Isabel cubrió su sonrisa con una mano. Mi padre rio a carcajadas y se enjugó los ojos. Don Bernal se levantó.

—¡Suficiente! —exclamó antes de salir furioso.

—Ah, Bernal, no seas una anciana quisquillosa —le dijo mi padre, apresurándose tras él y sin dejar de reír.

—¡No tienes ningún respeto por las personas que, como yo, hemos sangrado para que tú puedas vivir en el paraíso!

Azotó la puerta y mi padre espetó:

—Paraíso o no, Lobo se cortaría su propio miembro por mil pesos, ¡no lo niegue!

Isabel y yo nos miramos con los ojos como platos.

—Te pido disculpas —murmuré—. Mi padre no es muy refinado.

La sonrisa no se había borrado del rostro de Isabel. Me estaba pidiendo que la acompañara la mañana siguiente a cuidar a los enfermos del convento cuando mi padre regresó. Su bigote se crispaba como siempre que se sentía particularmente contento.

—Lamento interrumpir su grupo de escritura, Isabel —dijo—. Bernal es una gallina clueca muy digna. No pude evitar el deseo de importunarlo un poco.

Isabel apretó los labios, aunque su mirada era alegre.

—No debería antagonizar con él, don Alonso —recomendó, recogiendo sus papeles—. Después de todo, él es el gobernador.

—No, no. Solo hay un cargo que respeto. —Señaló sobre la ventana, donde estaba pintada el águila bicéfala imperial de los Habsburgo—. De cualquier forma, hija, necesito que hagas algo por mí.

Giré y parpadeé.

—¿Sí, señor?

—Necesito hablar contigo de un asunto privado, relacionado con nuestra familia.

—Ah, ¿Beatriz también le escribió a usted? —preguntó Isabel.

Le lancé una mirada angustiada, furiosa. Mi padre miró a Isabel y luego a mí, con el ceño fruncido; su rostro se ensombreció hasta adquirir un tono púrpura.

Isabel abrió los ojos de par en par y sus mejillas pálidas se sonrojaron al darse cuenta de su error; sin embargo, no perdió la compostura.

—Ah, don Alonso, por favor, no se enoje con Catalina. Fue mi culpa. Le entregué una carta de Beatriz, pero no tenía idea de que ustedes estuvieran distanciados, aunque yo creo que siempre debemos perdonar a la familia. ¿No somos todos débiles de carácter y necesitamos el perdón y la compasión de los otros?

—En efecto. —Le ofreció una sonrisa fría y agregó entre dientes—: La misericordia, hasta donde nuestra naturaleza nos lo permita, es el proceder cristiano, lo honorable y correcto. Ahora, si nos disculpa, tengo que hablar con mi hija.

Subimos la escalera y entramos a la recámara de mi padre. Acercó su silla a la chimenea, se sentó y echó otro leño al fuego. El cedro blanco perfumó la pequeña sala como aceite sagrado e hizo que la temperatura fuera casi insoportable, pero al parecer a mi padre le costaba trabajo mantenerse caliente desde que padeció la fiebre estomacal. Me paré junto a la ventana abierta y miré hacia la plaza principal. Traté de tranquilizarme aspirando el aroma fresco de la lluvia y observando la noche. Estaba nublado y empezaba a oscurecer. Algunas personas se paseaban con linternas en la mano. Los adoquines mojados refractaban la luz cambiante en todas direcciones, como los ojos color esmeralda de una mosca.

No sabía qué decirle. Durante meses apenas nos habíamos hablado. Comíamos en silencio, salvo cuando me preguntaba por Isabel y don Bernal, y yo le daba respuestas sucintas.

Mi padre no habló. Miraba el fuego. Hasta que fue demasiado para mí. Yo tenía la garganta seca, me picaba. Me limpié las palmas húmedas y pegajosas en la falda, miré alrededor en busca de la jarra de agua y me serví un vaso.

—¿Quiere un poco de agua? —pregunté en voz baja, aunque bien hubiera podido gritar.

Al fin, mi padre me miró a los ojos. La severidad de su reproche me llegó a la médula.

—Padre, por favor... —supliqué.

—Beatriz —me interrumpió— no ha hecho nada por esta familia, más que destrozarla. ¿Por qué insistes en querer hablar con ella? Tú más que nadie.

Sus palabras me desconcertaron. Pasé una mano por mi rostro, incapaz de controlar mi frustración contenida.

—¡Es mi hermana! ¡Su hija! ¿Por qué es tan cruel con nosotras? Me tiene como prisionera, a ella la hizo a un lado y le prohibió tener cualquier relación conmigo. ¿Por haberse fugado? Padre, ella era joven ¡y estaba enamorada! ¡El crimen no es tan grave!

Me miró con los ojos desorbitados, como si me hubieran dejado caer de cabeza de bebé.

—Dios mío, en verdad no lo ves —farfulló.

Lo miré perpleja, confundida por la expresión de compasión y desesperación en su rostro. De pronto entendí todo, como si me cayera encima una cubetada de agua helada que me dejara paralizada, empapada en un creciente sentimiento de horror.

Al fin tenía sentido. La razón por la que Beatriz nos había abandonado justo después de que se llevaran a mi madre y nunca volviera a comunicarse conmigo; el motivo por el que él jamás pudo superarlo y nos mantuvo apartadas.

—No fue una sirvienta quien la traicionó —murmuré.

Mi padre gruñó y se frotó los ojos.

—No.

Esa fue toda su respuesta.

Permanecí con la mirada fija conforme la verdad hundía sus dientes en mi garganta. Los recuerdos de ese último día con ella me abrumaron, una imagen tras otra. No tenía fuerza para mantenerlos a raya. Todo mi cuerpo empezó a temblar; en mi estómago se formó una tremenda presión que subió a mi pecho, a la cabeza, hasta que finalmente grité, lancé un grito primitivo que contenía toda la rabia, el horror y la traición. Solo una vez antes había gritado de esa manera; fue ese día horrible, ese día desolado, cuando los hombres encapuchados la aventaron al agujero que se abría en el suelo. El día en que la enterraron viva.

Tomé una jarra de cerámica y la azoté contra el piso, luego lancé todos los vasos contra la pared. Se hicieron añicos, pero mi furia no se disipó.

—¡Me mentiste! —grité.

—¿Y qué demonios hubiera podido decirte? —gritó a su vez, pero su expresión no era de enojo; más bien parecía destrozado, como la cerámica—. Tú la querías... ¡eras solo una niña! Y pensé que sería evidente por sus actos, por la manera en que escapó, su vergonzosa huida con ese... ese platero de baja estirpe, bueno para nada.

Me sobrecogí, pero una parte de mí seguía sin poder creerlo.

—¿Por qué lo... *por qué?*

Sus ojos se llenaron de lágrimas. Avanzó tambaleándose hasta su escritorio y abrió el cajón. Por debajo de unos pergaminos sacó un sobre que contenía un pedazo roto de papel, manchado y ennegrecido por el tiempo.

—Es la nota que escribió el día que se fue.

Se la arrebaté, pero las manos me temblaban tanto y tenía la vista tan nublada por las lágrimas que no pude leerla. La azoté en la mesa.

—¿Qué dice?

Jadeaba y estaba pálido; se sostuvo del dosel de la cama, respiró y la recitó de memoria:

Padre, imagino que llegas a casa, a esta devastación, y mi corazón sangra. Solo Dios sabe el dolor que siento; sin embargo, también estoy enojada contigo porque no escuchaste. No me escuchaste cuando ella le cortó la cabeza a esos pájaros y los quemó. No escuchaste cuando visitó esas ruinas ni cuando te dije cómo murmuraba con Catalina todas las noches.

Su voz, temblorosa y hueca, se apagó. Todo parecía nublado, distorsionado, como si del suelo se elevara una onda de calor:

Sé que esto no solucionará las cosas, pero en verdad pensé que el sacerdote solo desterraría a Raxal. Es cierto que no me caía bien. ¿Cómo no me desagradaría una madrastra casi de mi edad? Pero nunca fue mi intención hacerle daño. Solo quería que Catalina estuviera segura. Jamás pensé que fueran a matarla...

Me tapé los oídos, me jalé el cabello y volví a gritar. Saqué la daga que llevaba en la pantorrilla y la clavé en la carta, una y otra vez.

—¡Pues sí la mataron! ¡Tú-la-mataste! —vociferé.

Mi padre se acercó a mí por la espalda y me sujetó, forcejeando para quitarme la daga de la mano, que cayó al piso junto con algunos fragmentos del papel y de vidrio roto. Me empujó hasta una silla y los espasmos me doblaron en dos, causando estragos en mi cuerpo. Un lamento salió de mi garganta, constante, interminable. Se hincó a mi lado y me habló, aunque no entendí sus palabras. Me consoló, acarició mi cabello durante mucho tiempo, horas quizá, hasta que mi respiración se estabilizó. Me recargué en el respaldo de la silla y lo miré entre lágrimas.

Parecía tan viejo, su mirada estaba tan afligida que tomé su mano. Abrió y cerró la boca unas veces y yo esperé y esperé a que me dijera su verdad, que me explicara, que compartiera su dolor conmigo, nuestro dolor. Esta gran pérdida que solo él y yo sentíamos. Sabía que juntos podríamos soportarlo. Si tan solo se abriera conmigo, podríamos sanar esta brecha entre nosotros.

Ambos respiramos seis, siete veces.

No pudo hacerlo.

Cuando retrocedió detrás de esa enorme pared de enojo que siempre erigía, sentí como si azotaran una puerta en mi corazón. Tensó la mandíbula y sus cejas espesas y plateadas se tocaron cuando frunció el ceño.

Me dio una palmadita en el brazo y se levantó. Se hizo un largo silencio en el que solo miré al piso, destrozada, abandonada por mi padre y mi madre.

—No debí mentirte, y quizá he sido muy severo contigo. Supongo que la verdad es que no quiero que tú estés atada a esta tierra, puesto que no estarás aquí mucho tiempo más. En dos años, cuando acabe mi encargo, regresaré a España. Al fin el emperador me ha concedido mi deseo.

Su voz se apoderó de mí. Me tomó un momento asimilar lo que acababa de decir.

—¿Quieres que vaya contigo?

Refunfuñó en asentimiento.

—Eso es lo que quería hablar contigo hoy. Nuestra familia española está lista para recibirnos y nos darán una gran bienvenida. Cuando regresemos, te buscaré un buen partido. Tu nacimiento noble está reconocido en Castilla, así como mi considerable servicio a la Corona.

Bajé la mirada para que no advirtiera mi indiferencia, pero sentí el peso de su silencio. Esperaba gratitud, así que eso hice, esforzándome en que mi voz sonara más ligera.

—Solo tienes que mantenerte alejada de los problemas, ¿me escuchas? Olvidemos que esto sucedió. Solo... empecemos de cero mañana.

Asentí, o al menos pensé que lo hice. Me pesaba la cabeza y el corazón, me sentía tan débil que pensé que me desplomaría. Toda la noche, traición tras traición, el rumbo que había tomado la conversación, todo me pesaba como si la tierra se hubiera sacudido y el palacio se hubiera derrumbado sobre mí. En algún momento le pedí permiso para irme a la cama y él me ayudó. Besó mi mano y se marchó. Después, yací ahí exhausta, con los párpados pesados pero incapaz de dormir. Parpadeé despacio durante horas, de cara al techo, hasta que al fin me ganó el sueño, aunque no pude descansar.

En su lugar, soñé con mi madre.

Podía ver por sus ojos, sentir su corazón latiendo, porque estaba viva, pero no estaba bien. Era una hora tardía, la noche profunda estaba iluminada por la luna. Llevaba una capucha y caminaba hacia las ruinas con una aguja larga y una jarra pequeña de barro en la mano. Durante semanas, su mente había estado nublada por la pena y la ansiedad. Algo terrible se avecinaba y ella tenía que mantenerlo a raya. Solo una cosa tenía ese poder.

Un sacrificio de sangre. El dolor corporal que eclipsaría la angustia en su alma y le daría claridad. Había pasado mucho tiempo, muchos años. Quizá por esta razón no había escuchado en meses del señor Hacauitz. Beatriz y Catalina estaban dormidas y seguras en la hacienda. Su esposo no estaba en casa.

Valía la pena el riesgo.

Se paró frente a la pirámide de su dios y dijo una plegaria para los espíritus de su familia asesinada, y otra para su maravillosa hija, la luz de su mundo.

Luego sacó la lengua y la sostuvo entre sus dientes; usando su nariz como punto de referencia, la perforó con la aguja.

Un lamento ronco e incoherente escapó de lo más profundo de su tenso cuerpo. Su lengua se hinchó, le punzaba; enviaba aguijonazos de agonía que iban desde los lóbulos de sus orejas hasta la punta de los pies. Salió tanta sangre que el jarrón se llenó en poco tiempo.

Con el rostro bañado en lágrimas, vertió la sangre en la base de la pirámide.

Fue en ese momento que unos brazos la atraparon por los hombros. Dos monjes enormes. ¿La habían seguido todo este tiempo? ¿Cómo no los advirtió? Trató de defenderse, pero la levantaron y se la llevaron en un torbellino de vapor y humo. Nuevas lágrimas, que no eran producto del dolor de su boca. Pasó el resto de la noche acurrucada en una celda hedionda, aterrada y con frío, pensando en su bebé, su bebé. ¿Qué le pasaría a ella?

En la mañana, tras un juicio somero, fue sentenciada a muerte. Cavaron el agujero. Hacauitz regresó una última vez para darle fuerza y consuelo, y con él vino una oleada de rabia violenta que la azotaba, la golpeaba una y otra vez. Le habían arrebatado las posibilidades, las historias, a sus padres y hermanos, su amor verdadero, su dignidad y su vida. Le habían quitado todo. Se irguió en toda su estatura, con sus ojos como jabalinas, perforó a todos esos españoles pútridos. En silencio maldijo a todos y cada uno de los repugnantes invasores; imaginó que su sangre fluía como arroyos y cascadas. Cualquiera que estuviera contaminado por su semilla venenosa sería eliminado de esta tierra, de su tierra. Así lo deseó, así sería. Hasta que vio acercarse a su lindo pájaro que gritaba, y retiró lo dicho.

No desperdiciaría su último deseo, el más poderoso de su vida, *en ellos*. Jamás maldeciría a su hija. Su último poder, su último pensamiento sería para ella, sobre ella, una bendición.

«Hacauitz, escúchame», pensó. «Protege a mi hija. Ayúdala a encontrar el amor, el significado y la alegría. Que tenga una buena vida, rodeada de gente amorosa. Que tenga fuerza y valor sin límites».

Se concentró en eso con todas sus fuerzas, tratando de mantenerse erguida y evitar las lágrimas, a pesar de que su bebé gritaba horrorizada y trataba de llegar hasta ella. El Grande la detuvo. Debieron haber huido juntos hace muchos años. Por lo menos él estaba con Catalina. Al verlo a su lado se tranquilizó un poco en sus últimos momentos, antes de que los hombres encapuchados se acercaran a ella por detrás.

—¡Cierra los ojos! —le gritó a su hija. Y ella hizo lo mismo.

Desperté pasado el mediodía. Estaba empapada en sudor y lágrimas. Las cortinas del dosel de mi cama estaban abiertas. Agustina iba y venía, tratando de moverse en silencio aunque sin lograrlo. La miré durante un tiempo: recogió mi ropa y la metió a un gran baúl. Permanecí callada. La verdad de la noche anterior me había destrozado y me sentía exhausta y vacía. Al final, cuando me di cuenta de que ella no pararía hasta haber metido todo lo que poseía en ese baúl, suspiré y le pregunté qué hacía.

Se sobresaltó y dejó caer la manga de un vestido.

—Señorita, ¿está enferma? ¡Estaba gritando, pero no pude despertarla! ¿Le traigo algo de desayunar?

Me incorporé.

—No, gracias. ¿Qué haces con mis cosas?

—Ah... el amo don Alonso dijo que usted se marcharía mañana temprano. Me pidió que la ayudara a empacar, señorita. No quise molestarla.

No respondí. Me ayudó a vestirme. Abrí la puerta y la luz de la tarde me hizo parpadear. Me pregunté cómo era posible que el mundo pareciera tan hermoso cuando en su núcleo solo había muerte. Como el fuego que acabaría por estallar del centro de los volcanes... al final solo quedaba un camino humeante de vacío gris.

Un camino claro.

En ese momento entendí que yo estaba hecha del mismo fuego. Era roca fundida. Era la hija del gran dios Hacauitz y quizá había sido una tonta, pero eso se acababa hoy. Una sola cosa importaba: escribir el *Libro del Consejo*. Lo escribiría sola si era necesario, y eliminaría a cualquiera que se interpusiera en mi camino.

Vi a mi padre cuando salió de la biblioteca en dirección al vestíbulo, con Maloso a sus talones. Lo llamé. Me esperó para que bajara la escalera hasta el patio. Hice una reverencia y él me besó la mejilla. El perro olisqueó mis pies y empujó mi mano con el hocico para que lo acariciara detrás de la oreja.

—¿Adónde voy a ir, padre?

Me senté en el borde de la fuente y con el rabillo del ojo advertí que no había orquídeas en el agua. Juan no estaba aquí, como dijo que estaría. Quizá al final se había casado con la hija de Árbol Tejido y no podía darme la cara. Pensé que no importaba. Si no era capaz de quemar el mundo conmigo, que así fuera.

Le di unas palmaditas en la cabeza a Maloso y miré a mi padre directo a los ojos. Él se aclaró la garganta.

—Después de nuestra conversación de anoche, pensé que sería bueno acelerar las cosas. Deberías irte antes a España. Te quedarás con nuestra familia, con mi hermana. Ella puede presentarte a la sociedad de Granada.

Asentí. Si discutía, solo lograría que se empecinara.

—Supongo que no tiene caso que pierda más tiempo aquí, cuando podría empezar a establecer relaciones allá.

—¡Exacto! —exclamó con un suspiro—. Me alegra que entiendas mi razonamiento. Por supuesto, estaremos alejados.

Dos años es mucho tiempo, pero allá estarás mejor y tu tía se alegrará de estar contigo.

—Siempre quise conocerla.

Imaginé a mi tía como siempre lo había hecho: una versión femenina de mi padre, ancha, imponente, imperiosa. Ella sería mi nueva montaña, mi nueva jaula.

Mi padre me sonrió.

—Entonces, todo está acordado. Dispondré lo necesario. El carruaje vendrá mañana en la mañana. Te acompañaré hasta el puerto de Veracruz.

—Es un alivio. No me gustaría ir sola.

—¡Ni soñarlo!

Acarició mi mejilla con el dorso de la mano y me recargué en ella, esperando a medias que, al alejarla, su mano estuviera carbonizada y ampollada.

Un joven secretario se asomó desde el vestíbulo y gritó:

—Don Alonso, lo necesitamos.

—Espere... ¿puedo ver a Isabel, padre? ¿Despedirme de ella? —Él dudó y frunció el ceño—. Ha sido una buena amiga para mí, para nosotros.

—Por supuesto, tienes razón. ¡Victorino! —exclamó tronando los dedos.

El bruto rubio se acercó con paso atropellado y saludó a mi padre de manera obsequiosa. Maloso gruñó y le acaricié el hocico. Lo extrañaría.

—Lleva a mi hija a ver a la señora Isabel, por favor.

Hice una reverencia para despedirme y lancé una última mirada melancólica a la fuente antes de dar media vuelta. Al salir del palacio hice una promesa en silencio: nunca más volvería a cruzar esta puerta.

CAPÍTULO 16

Santiago de los Caballeros, Guatemala
Verano de 1553

Victorino y yo estábamos frente a la enorme puerta principal de casa de don Bernal.

Había mucho movimiento en la calle. Un hombre tz'utujil, tuerto, vendía pájaros en una esquina, tucanes de compañía, guajolotes para la cena. Otro vendedor caminaba con mazorcas olorosas a maíz asado que llevaba en una canasta de mimbre. Se me hizo agua la boca. Un español que llevaba un mono araña al hombro, su mascota, se abrió paso hasta él y pidió tres.

—Esta no es la casa de la señora —dijo Victorino a mi espalda.

—Todo el mundo sabe que la señora Isabel y yo venimos con frecuencia a casa de don Bernal —respondí, golpeando la aldaba de latón en forma de león rugiente.

Victorino no dijo nada, pero sentí que aumentaba la tensión entre nosotros. Lo ignoré y esperé, escuchando el golpe lejano de unos picos que golpeaban piedra y la cadencia en aumento de una flauta en coro. La sirvienta abrió la puerta y me miró asombrada; luego frunció el ceño, confundida, al ver a Victorino.

Me aclaré la garganta y la miré a los ojos.

—¿Puedo entrar, Carmen?

—¡Ah! Por supuesto, señorita Cerrato, lo siento.

—Gracias.

Me adelanté y escuché que Victorino avanzaba. Miré sobre mi hombro y le dije:

—Tú puedes esperar afuera.

Bloqueó la puerta con la mano. Me miró con completa desconfianza y luego se dirigió a la sirvienta.

—Se supone que va a visitar a la señora Isabel. Ella no está aquí, ¿o sí?

Mi corazón se detuvo un segundo, porque sabía que Isabel estaba ese día en el convento. Afortunadamente, la sirvienta solo tuvo que lanzarme una mirada antes de responder.

—Está en la sala, señorita. La llevaré de inmediato.

Fulminé a Victorino con la mirada.

—Espera afuera.

Refunfuñó, y yo azoté la puerta frente a él.

Avanzamos por el patio exterior y llegamos a la casa. A la entrada, nos detuvimos frente a una hermosa pintura al óleo de Nuestra Señora de Guadalupe, rodeada de rosas frescas e incienso encendido. Le pedí a la virgen fuerza y claridad, porque solo tenía un plan vago, a medio formar, de lo que debía hacer ahora.

—Busca al maestro Nico, ¿cierto, señorita? —preguntó Carmen con total naturalidad, como si respondiera mi plegaria. Me miró con una expresión transparente, intensa. Sus ojos ámbar, tan poco comunes, me recordaron los de un águila.

Asentí.

—Agradezco mucho tu ayuda. Quisiera poder darte algo, pero no tengo...

—No se preocupe, señorita. Todas hemos oído de ese tz'i. —Usó la palabra k'iche' para perro y esbozó una expresión de desdén—. Jamás permitiría dejarla sola con él.

Me llevé la mano al pecho y le agradecí en k'iche'. Ella asintió y me acompañó a la sala vacía.

—Don Bernal está tomando su siesta. Despertará como en media hora.

Su voz tembló, y pensé haber visto un destello de algo parecido al dolor, pero debí imaginarlo porque un momento después, su expresión volvió a adquirir esa apariencia apacible.

Volví a agradecerle y salió a buscar a Nicolao. Caminé por la habitación familiar y pasé una mano sobre una de las sillas tapizadas con un estampado dorado y hojas verdes de seda.

Todos esos momentos que pasé en este lugar, escuchando a don Bernal, eran como una vida anterior, otra yo. En esa época había sido una vela, una llama insignificante sostenida por una endeble columna de cera blanca, mi luz y movimientos estaban limitados por las manos de mi padre. Si hubiera sido un hombre, hubiera podido encender el cielo. Pero no lo era. Seguía siendo la propiedad de mi padre y, aunque no tenía ni con qué remunerar la amabilidad de la sirvienta, ahora entendía que poseía una moneda de cambio que me pertenecía: tenía mi mano, como Beatriz había dicho. Quizá debí agradecerle esa información.

O tal vez, de una u otra manera, todas las mujeres aprendían esa verdad.

Nicolao avanzaba a paso rápido, algo que me pareció buena señal. No estaba segura de cómo enfrentarlo, así que no lo hice. Me sostuve en la silla y miré fijamente el piso de roble. Él entró y yo permanecí de perfil.

—En verdad eres tú —dijo con la voz cansada.

Asentí y lo miré de reojo. Por su expresión, no pude saber si estaba contento de verme o si hubiera preferido estrangularme, pero había adelgazado y su barba se había espesado. Parecía más maduro, perspicaz.

—¿A qué viniste? —Era una buena pregunta, una que apenas podía responder para mí misma. Por fortuna, siguió hablando—. Carmen dijo que viniste a verme, pero no lo creí.

—No te culpo —murmuré—. No he hecho más que causarte dolor.

Rio.

—¿Hablas de la flagelación?

—Y la humillación pública —añadí—. No olvidemos eso.

—No, no lo olvidemos. Pero no fuiste tú, ¿o sí? Fue tu padre. No, lo que me causó más dolor, sí, el peor dolor de todos, fue tu silencio. —Avanzó hacia mí—. Ninguna carta, ningún mensaje, ninguna señal en tu rostro. Ni siquiera una palabra a don Bernal que fuera a mi intención. Sé que lo has visto.

Estábamos apartados unos pocos centímetros, pero a mí me pareció como un desfiladero. Sabía que debía franquearlo de alguna manera para obtener lo que quería: dejar a mi padre de una vez por todas, quedarme aquí, en esta tierra, donde estaba el *Popol Vuh*. Lo miré a los ojos.

—¿Deseabas una señal?

Nico hizo un gesto de incertidumbre. Miró mis labios. Avancé, aunque sentí que me caía. No había marcha atrás. Lo abracé y presioné mi boca, todo mi cuerpo, contra él, el hombre que tenía las alas que yo necesitaba.

Fue horrible.

Por un momento me pareció que se abandonaba a mí. Me devolvió el beso y me cogió por las caderas, mi trasero. Me jaló hacia él y después me alejó.

—¿Qué haces? —dijo jadeando.

—Lo que debí haber hecho hace meses. Vi todo desde mi ventana. —Me asombró el dolor que sentía de manera tan honesta, el esfuerzo para mantener las lágrimas a raya—. Cada latigazo en tu espalda. Me sentía tan mal por la culpa que apenas pude salir de la cama.

Dudó y sacudió la cabeza.

—¿Y aun así no pudiste enviarme un solo mensaje?

—Si te dijera que mi padre guardó bajo llave toda la tinta, ¿me creerías? ¡Porque lo hizo! Y tenía prohibido salir del palacio. Tú más que nadie deberías saber de lo que es capaz. Pero si no me crees, pregúntale a Isabel. Ella vio lo enferma que estaba.

Nico se mordió el labio.

—Sí, dijo que no estabas bien.

—En cualquier caso, no te envié un mensaje porque pensé... pensé que nunca más querrías saber de mí.

—¿Y por qué estas ahora aquí? ¡No entiendo!

Pasó una mano por su cabello.

—Supongo... que vine a despedirme. Anda, mira por la ventana, ahí hay un guardia que me espera. Me enviarán a España mañana en la mañana.

Frunció el ceño. Se acercó a la ventana y ahí se quedó, dándome la espalda.

—Piensa... mi padre piensa que me estoy despidiendo de Isabel. Nunca más la volveré a ver. Pero no podía irme sin decirte.

—¿Sin decirme qué? —preguntó mirando mi reflejo en el espejo.

Respiré muy profundo, pero las palabras se atoraron en mi garganta. La lengua se me pegó al paladar, la voz me abandonó. Era una enorme mentira. Me cubrí el rostro. Estuve a punto de echar todo a perder, y ¿para qué, por quién? ¿Por un hombre que primero me maldijo y luego me abandonó?

Aunque él había cambiado, ¿o no? Pensaba que sí. Entonces, ¿por qué no había regresado?

Nico dio media vuelta, volvió a mi lado y me tomó en sus brazos. Había confundido mi angustia y pensaba que era por él.

—Dime, Catalina.

Recargué la cabeza en su hombro. Tenía un olor agradable, una mezcla de lavanda y pasto. El recuerdo de Juan asaltó mi mente. El día en que me pidió que fuera suya.

Me di cuenta de que yo nunca le confesé mi amor, así que se lo dije a él. Con lo que quedaba de mi corazón hecho pedazos, esperaba que el mensajero de los dioses, los tecolotes y las águilas, las luciérnagas y los peces, le llevara mi mensaje por el aire, por el agua, y lo murmurara a su oído mientras dormía. «Q'anti», pensé.

—Te amo —dije.

Me sujetó con más suavidad y empezó a besarme la sien, el cuello, el mentón. Fue hasta que llegó a mis labios que recordé que él no era, que nunca sería mi Juan.

—Si vuelvo ahora al palacio, mi padre me encerrará en la bodega y nunca más nos volveremos a ver.

Nos recargamos en el escritorio. Su concentración había disminuido en el momento en que me perdonó. Su atención, sus manos, se movían en un intento por desabrochar los listones de mi corpiño y acariciarme debajo de las enaguas.

Dejé que lo hiciera hasta la rodilla; luego me levanté y me alejé, escandalizada.

—Señor, no abuse de mí —exclamé.

Nico entreabrió la boca.

—Amor mío, ¡jamás lo soñaría!

—Estoy tratando de hablar en serio.

Se levantó y se irguió.

—Lo siento, por favor, discúlpame.

—Debemos casarnos, fugarnos, de inmediato. Es la única manera en la que podemos estar juntos.

«Es la única manera en la que puedo quedarme y cumplir mi promesa», pensé.

Frunció el ceño.

—Por supuesto. Tienes toda la razón.

—El obispo Marroquín prometió ayudarme. Debemos enviarle un mensaje al instante; debemos encontrar una manera de llegar a la catedral sin que Victorino se dé cuenta.

—No es necesario que vayamos a la catedral, mi amor. Don Bernal tiene una pequeña capilla consagrada en el primer piso.

Junté las palmas.

—¡Eso es maravilloso!

Nico corrió en mi dirección y me levantó por los aires.

—Es maravilloso, ¿cierto?

Se olvidó de sí mismo y volvió a besarme hasta que yo lo aparté con cuidado.

—Nico, debemos mandar un mensaje.

—Yo iré. No le confiaría este asunto a nadie más.

Besó mis manos y se marchó. Por la ventana, lo vi correr. El cielo estaba rosado. Pronto se haría de noche. Me estaba quedando sin tiempo. Todo debía estar listo para su regreso.

Abrí la puerta y dije:

—¿Carmen?

Ella no respondió, así que miré alrededor de la sala en busca de una campana. Pero no había ninguna, así que tosí y volví a llamar.

—¿Carmen?

—¿Quién está ahí?

La voz ronca de don Bernal hizo eco desde la planta baja.

—¡Don Bernal! Soy Catalina. Lamento mucho haber venido sin anunciarme —respondí asomándome por la escalera.

—¡Querida! ¿A qué milagro debemos este placer?

Su tono estaba cargado de sorpresa.

—¡Ah, señor! Sin duda puede adivinarlo.

Por supuesto que podía.

—Mi niña, ¡vaya...!, ¡felicidades! Para ser francos, pensé que habías olvidado a nuestro pobre tutor.

Empezó a subir la escalera, jadeando.

—No, nunca lo hice. Pero usted conoce a mi padre —respondí con un ligero temblor en la voz.

—Eso lo sé, lo sé. ¿Qué piensa él de este asunto? No puedo imaginar que lo alegre.

Esperé que llegara hasta donde yo estaba y tomé su mano. Era igual de áspera y callosa que su voz, pero caliente.

—Don Bernal, por eso estoy aquí. Necesito su ayuda, desesperadamente.

Suspiró y sus hombros se desplomaron. Por primera vez no llevaba cuello con volantes y la gran cicatriz lustrosa que tenía junto a la tráquea quedaba al descubierto, un remanente de la lanza mexicana que casi terminó con su vida y alteró su voz para siempre.

—Querida, ¿qué puedo hacer? Yo solo soy un pobre ciego, demasiado viejo para pelear. Demasiado viejo para...

—¿Ser testigo? —Sonreí—. No lo creo. Nico regresará en cualquier momento con el obispo Marroquín.

Levantó la cabeza de golpe y sus ojos me perforaron como flechas en una diana.

—Y debo pedirle que me deje usar su capilla. Por favor, don Bernal. —Me arrodillé y presioné el dorso de su mano en mi frente—. ¿Me ayudará?

Poco después escuchamos voces de hombres que discutían en la calle. Me apresuré a la ventana y vi cuatro cabezas, azuladas por los tonos del crepúsculo. Pasaron frente a las pesadas puertas de madera.

—Acabemos con esto —dijo don Bernal con un tono extraño, cansado.

Quizá se armaba para futuras batallas contra mi padre, porque sin duda las habría.

Me acompañó a bajar la escalera. Los hombres seguían discutiendo y la voz insípida de Victorino me llamaba. Decía que se estaba haciendo tarde y se disculpó con su señoría el obispo, quien permaneció en silencio. Nicolao rio y dijo algo que no pude entender.

Don Bernal me alejó de la entrada principal, hasta el comedor oscuro. Le hizo una seña a Carmen, quien encendía las velas. Pensé que quizá lo había imaginado, pero sus ojos parecían estar rojos e hinchados. Podía ser cualquier cosa, pero esperaba, con una punzada de remordimiento, que no tuviera nada que ver con Nico.

Don Bernal tomó una vela y le dio instrucciones a Carmen para que pusiera la mesa y preparara un festín para esa noche. Después, regresó a la puerta trasera, al pequeño patio en el que Nico y yo nos conocimos.

Los pericos dormían dentro de sus jaulas, pero los murciélagos sobrevolaban el lugar en silencio. Avanzamos frente a las jaulas de los pájaros hasta una puerta arqueada. Me dio una vela y sacó una llave de una cadena de oro que llevaba al cuello. En ese momento, el obispo salió de la casa.

Su expresión era solemne. Hice una reverencia en su dirección.

—Su Excelencia —dije inclinada, con los ojos fijos en sus pies—. No soy digna de recurrir a sus servicios.

Me ofreció su mano y besé el anillo de oro.

—Levántate, hija. Vayamos a la capilla para que puedas confesar tus pecados y proceder al casamiento con el alma limpia.

Entramos a la capilla abovedada, que don Bernal iluminó y cerró a nuestra espalda. Las paredes de la cúpula tenían frescos hermosos de Jesús en varios momentos de agonía, en su trayecto por la Vía Dolorosa. El altar dorado, cubierto de un paño de seda roja y perfumado con sándalo seco e higos, abarcaba la mitad del espacio. Solo había dos cojines en el piso para arrodillarse, y eso hicimos. Nos persignamos y alzamos las manos hacia el crucifijo tallado de manera exquisita que estaba frente a nosotros.

Respiré profundamente para prepararme para la confesión.

—Juré ayudarte —murmuró el obispo mirando hacia el altar—, y cumpliré mi palabra. Pero debo pedirte que consideres las consecuencias.

—Lo he hecho, su Excelencia. Sé que lo que le pido es un gran favor y que lo pongo en una situación precaria.

—¿Y qué hay de tu padre?

Incliné la cabeza.

—Esto lo lastimará mucho. Desearía que no fuera así.

—El tutor dijo que don Alonso planea mandarte a España mañana, de ahí la urgencia.

Asentí. Estudió mi rostro un momento y después extendió el brazo para rozar mi hombro. Quizá su intención era consolarme, pero sentí que mi espalda se tensaba en respuesta y los pelos se me pusieron de punta.

Pensé de pronto en el collar de Juan. El obispo Marroquín se lo había regalado a mi padre. Él debió obtenerlo como un regalo o se lo compró a Alvarado. Eso significaba que era cómplice del robo, de la exterminación de los k'iche'. Quizá no llegó a estas tierras blandiendo una espada, pero no era menos conquistador por ello.

«Uno conquista cuerpos, el otro almas», decía mi madre.

—Hay otros caminos, Catalina —murmuró. Su aliento cálido rozó mi mejilla. Olía a vino tinto y a algo cuajado, como una mezcla de queso de cabra y cebollas encurtidas—. El convento, por ejemplo. Ahí te cuidarían bien. Estarías segura y serías amada.

Sacudí el hombro de manera casi imperceptible; él quitó la mano y se mesó la barba de chivo. Su expresión era tranquila, impasible, sin el menor rastro de maldad o lujuria; sin embargo, eso no me tranquilizó.

—Le agradezco su consejo y su amable ofrecimiento, su Excelencia —dije con el mayor respeto que pude—, pero ya tomé mi decisión.

—Con el tutor, pues. No demoremos más.

Escuchó mi confesión de manera expedita, luego se levantó, lanzando un ligero gruñido. Yo también me puse de pie y vi cómo abría la puerta. Nicolao estaba al otro lado.

Llevaba una elegante capa verde sobre la pechera brillante y la espada a un costado. Parecía tan entusiasmado que sentí una punzada de compasión. Me dije que no era tan malo, que la mayoría de las personas se casaban sin amor y que sería buena con él. Le retribuiría su favor del mismo modo.

El obispo pasó frente a mí, de regreso al altar. Extendí las manos y Nico las tomó en las suyas. Así empezó el antiguo rito.

Todo me pareció borroso.

Solo era consciente del sonsonete en latín del obispo y la luz parpadeante de la vela. Todo el tiempo sentí que flotaba. No de alegría o placer, ni de tristeza y pena. Por mi cabeza pasaron imágenes de la noche anterior, el rostro adolorido de mi padre, la carta de Beatriz, el dolor y la rabia de mi madre, su último deseo para mí. Me parecía tan lejano. Me pregunté qué pensaría Juan de esto, pero yo era inmune a cualquier sentimiento.

El fuego se había extinguido y lo único que quedaba era vapor.

Unas horas después, cuando estábamos todos sentados a la mesa del comedor, cuando mi cabeza daba vueltas por tanto vino y los rostros de los hombres estaban enrojecidos de triunfo y cerveza, Victorino irrumpió en la habitación. Don Bernal se levantó de un salto, rápido como una víbora. El guardia masculló una disculpa.

—Ya es tarde, señorita —dijo, haciendo énfasis en la última palabra—. Tengo que llevarla de inmediato a su casa.

—Disculpe, señor —respondí señalando a Nicolao, que estaba a mi lado y también se había puesto de pie—. ¡Me había olvidado de usted! Pero, como puede ver, ya estoy en casa. Mi amor, él es Victorino, un guardia de palacio. Guardia Victorino, le presento a mi esposo, Nicolao. Él es tutor, ¿lo sabía?

Victorino nos miró como si lo hubiera alcanzado un rayo. Se hinchó como una nube de tormenta. En mi confusión, su sorpresa me pareció sumamente divertida. Reí y alcé mi copa en su dirección.

Fue un error.

En un santiamén, rugió y me sujetó del cuello. Me tiró al piso y mi cabeza golpeó algo afilado y sólido. El dolor fue explosivo, enceguecedor. Ensordecí y solo pude escuchar un pitido agudo.

Un peso tremendo, abrasador, oprimió mi pecho. Quise gritar, pero solo pude implorar por aire. «Dios, ayúdame», pensé, antes de que todo a mi alrededor se oscureciera.

CAPÍTULO 17

Sololá, Guatemala
Verano de 1554

Mis pensamientos se aclararon poco a poco, como tallos que crecían de bulbos dormidos tras un invierno largo y frío. Tallos débiles bajo un montón de tierra rojiza en busca del sol.

—Pa... pasto —murmuré—. Co... cobija, brisa... mar... mariposas, mariposas, mariposas. Atardecer.

Miré por la ventana, a la distancia, el enorme cuerpo de agua. No era el mar. La palabra se me escapaba como un espectro. Jugaba a las escondidas en mi lengua indolente. Había aprendido a dejarlas que se escondieran, a distraerme y esperar que llegaran en su momento.

Era más fácil decirlo que hacerlo. A veces me invadía la rabia de frustración. La última vez que sucedió destrocé mi recámara. El costo había sido horrible, así como los días posteriores; apenas pude levantarme de la cama. Los dolores de cabeza eran tan intensos que no podía comer. Así, aprendí a ser paciente.

Una parvada de patos cruzó el cielo con gran escándalo. En el aire flotaba el olor a campos quemados, señal de que se preparaba una nueva cosecha. Me senté en una cobija de lana que habían extendido sobre el pasto, mirando hacia el borde del risco. Abajo estaba el gran cuerpo de agua, rodeado de cimas grises, neblina y volcanes humeantes. Escuché un tintineo y pisadas amortiguadas que provenían de la hacienda a mi espalda.

Ajá, esa era la palabra que olvidaba

—Lago —dije, y lo repetí cuatro veces más.

—Así es, hermana. El lago Atitlán —dijo Río Digno.

Dejó una charola con carnes frías, queso y pan sobre la cobija de lana. Abrió una botella de vino tinto y lo sirvió en una copa de plata. Luego se sentó a mi lado y me vio comer. El médico había dicho que el vino era bueno para las jaquecas, y tenía que beber dos copas al día.

Cuando acabé el último bocado, practicamos algunas palabras en voz alta. Cosas que podíamos ver. Flores, nubes, volcanes. Canoas, olas, guijarros, pájaros.

Río Digno tenía una paciencia inagotable; sus brazos eran sólidos y su pecho cálido. Igual que lo había hecho su madre, mi amada Nana, me había mantenido limpia y me había alimentado con su propia mano cuando apenas podía levantar la mía. A veces, cuando estábamos solos en el jardín, como hoy, hablábamos en k'iche'. Las palabras en este idioma me eran más fáciles, aunque no tanto como antes.

—Más noticias del mercado —dijo—. Anoche asaltaron otra encomienda. Robaron toda la plata, las joyas, libros, mosquetes, monedas y candelabros. Los españoles ofrecen una recompensa de cinco mil pesos por la cabeza del hombre.

—¿Quién es hombre? —pregunté.

Entendía todo, pero hablar era otro asunto.

—Bueno, ellos dicen que es maya, pero nadie lo ha visto o escuchado, mucho menos lo han atrapado en flagrancia. Al menos eso dicen los españoles. Creo que algunos de nosotros sabemos quién es, pero ¿quién lo delataría?

—Cinco mil es mucho, demasiado —dije.

Sacudió la cabeza.

—Lo que él nos da es invaluable. Deberías escuchar cómo habla de él la gente del pueblo. Dicen que es un nahual, el espíritu de un gran ocelote que salta entre los árboles, llamado por los dioses para humillar a los españoles y hacer pedazos su vanagloria. Algunos dicen que es el fantasma de Tecún Umán, el general k'iche' que Alvarado asesinó, que regresa a buscar venganza. Dicen que viaja a lomos de su amado quetzal, distribuyendo el tesoro robado entre los pobres y oprimidos.

—Es buena historia —dije sonriendo, agradecida por su presencia, por su ayuda.

Río Digno se había mudado con su familia de Santa Cruz para venir a vivir con nosotros, en la humilde propiedad de mi esposo. Aparte de su salario, había recibido también una gran milpa en una ladera que llevaba al lago, para que la trabajara.

Saludé con un movimiento de la mano al hijo mayor de Río Digno, Uno Venado. Llevaba un arco colgado al hombro y silbaba viejas canciones mientras deshierbaba las matas de amaranto rosa que crecían cerca del enorme muro de piedra en el extremo derecho, tan alto como tres hombres parados uno sobre otro. Cuando acabó de arrancar las hierbas, alimentó a los cerdos y a las gallinas y regó los brotes de cacao que Nicolao había plantado.

Después del almuerzo, Río Digno me ayudó a ir a mi recámara para mi siesta vespertina. El médico había dicho que necesitaba dos horas de sueño todos los días. Solo que yo nunca hacía lo que debía hacer. En cuanto Río Digno salía de mi habitación, yo iba a mi escritorio y trataba de escribir.

Esta tarea era la más complicada, lo más factible era que estallara en una rabia enloquecedora. Ahora que tenía todo el papel y toda la tinta que siempre había querido, las palabras me faltaban. Esas palabras que había conocido toda mi vida, las canciones, los versos, los mitos y las historias, tan amadas como las muñecas de mi infancia, se me escapaban como los peces plateados que salían disparados de las profundidades del gran lago a la distancia.

¡Si tan solo tuviera el original! A veces, Río Digno o su esposa decían algo en k'iche' y recordaba algunos fragmentos de la historia, claros como la luz, y tenía que dar excusas para ir a toda prisa a mi recámara. Había escuchado que decían que se debía a que no había recuperado el control de mi vejiga; sin embargo, gracias a todo lo que es sagrado, ese ya no era un problema. Pero no me molestaba en corregirlos porque la excusa era conveniente de muchas maneras, como para no tener que compartir una cama con mi esposo, con quien no recordaba haberme casado, por ejemplo.

Miré el papel. Mis notas estaban garabateadas con una caligrafía que hubiera podido ser de una niña de siete años. La mitad estaba tachada o escrita con manchas de tinta; otras partes estaban arruinadas por mis lágrimas:

> *La doncella Luna de Sangre dio a luz a Hunahpú y Xbalanqué. Todos fueron a vivir con su abuela. Luego, una rata parlante los encontró y les dijo dónde estaba la pelota y el equipo de su padre. Su abuela lo había escondido porque temía que compartieran el mismo destino que sus hijos vencidos. Pero los gemelos héroes eran traviesos y audaces. Encontraron el equipo, fueron al campo de pelota y empezaron a jugar, hasta que los señores de Xibalbá los escucharon.*

Tres semanas, me había llevado tres semanas escribir eso. Tres semanas, y sabía que había olvidado muchas cosas. Pensaba constantemente en escribirle a Juan, recordarle que le había devuelto el collar y rogarle que me devolviera el manuscrito de mi madre para tener una guía para mis ideas. Al menos debía explicarle por qué había hecho lo que hice. Pero cada vez que mojaba la pluma en la tinta me faltaba el valor. Lo mismo sucedía con Cristóbal. Estábamos tan cerca. Sololá y Panajachel estaban a unas horas de distancia a pie, pero yo siempre dudaba. No podía soportar imaginar lo que pensarían de mí, y tenía mucho miedo de averiguarlo.

El croar ronco de los sapos me recordó a los mensajeros enviados de Xibalbá y escribí: «Los demonios enviaron a una rata, pero un sapo se tragó a la rata. El sapo fue engullido por una serpiente que, a su vez, fue tragada por un halcón que reía. "Debes regresar en siete días", dijo el halcón. Los gemelos regresaron apresurados con su abuela, quien lloró».

No era bueno. Me asaltó un dolor terrible a un lado de la cabeza, donde se extendía una gran cicatriz que iba desde detrás de mi oreja izquierda hasta la coronilla. Hubiera querido que mi madre me hablara, que me dijera qué hacer, qué escribir, pero era inútil. Su voz me había abandonado por completo. Mis párpados se caían de agotamiento y dolor. Escondí los papeles debajo del fondo falso del cajón que Río Digno fabricó a petición mía y arrastré los pies hasta la cama.

Esa noche, todos los animales de mi sueño, desde los sapos hasta las golondrinas, los pumas, ratones, perros y lagartijas, incluso las pulgas murmuraban entre sí, pidiendo ayuda. Dos palabras resonaban en chillidos y gruñidos en todas direcciones.

«¡Nija'ib', ven!».

El murmullo de un hombre y unas palmaditas en el hombro me despertaron. Río Digno estaba de pie, junto a mi cama. Me froté los ojos, pero no parecía estar en mi recámara. ¿Dónde estaba? ¿Me había perdido de algo? Mi mente estaba nublada, espesa, como si hubieran vertido mucha crema en mi chocolate caliente, sin que yo quisiera nada de eso.

—Todo está bien, hermana —explicó Río Digno en k'iche', como si percibiera mi confusión—. Te casaste hace un año, pero caíste y te golpeaste la cabeza. Despertaste dos meses más tarde y te hemos ayudado desde entonces. Ahora estás en Sololá, en casa de tu esposo. Tu hermano está aquí para cuidarte.

Se parecía tanto a Nana, con su rostro redondo moreno cobrizo, sus labios caídos, ojos cálidos y cabello canoso. Por un momento me pareció extraño pensar que estaba casada. ¿Dónde estaba ese esposo mío? Pero lo más importante, ¿dónde estaba Ma, Nana? Se lo pregunté, aunque lo recordé en el momento en que las palabras salieron de mi boca. Sin embargo, Río Digno me respondió.

Tomó mi mano y la puso sobre su pecho.

—Ma está aquí. —Luego la presionó sobre mi pecho—. Y Ma está aquí también.

Suspiré y le agradecí. En mi mente también le di las gracias a ella por haber enviado a su hijo a ayudarme. Más tarde encendería una vela y quemaría un poco de incienso en su memoria. Miré hacia la ventana y recordé mi sueño. Apreté con fuerza la mano de Río Digno, y eso lo asombró.

—Hermano, te necesito.

Frunció el ceño.

—Mi primo, Cristóbal —agregué en voz baja.

—El alborotador —dijo arrodillándose a mi lado.

—No, él ayudó. Como Ma ayudó con... secreto, importante para k'iche'.

Su vista pasó rápidamente de mi escritorio a la puerta y asintió.

—¿Lo sabes? ¿Ma te lo contó?

—Es por eso que vine —respondió—, para que mi hermana sanara y por el *Popol Vuh*.

Durante un momento no pude hablar.

—Por favor, necesito a Cristóbal para *Popol Vuh*. ¿Puedes buscarlo en Panajachel?

Tocaron a la puerta. Él se levantó y abrió las cortinas. El sonido al correrlas casi oculta sus últimas palabras.

—Tu esposo regresará pronto. Pide pescado para que yo tenga un pretexto para ir allá al mercado.

La esposa de Río Digno entró. Llevaba en los brazos un montón de sábanas y ropa doblada que dejó junto a mi escritorio. Su blusa blanca bordada con pajaritos rojos estaba ajustada con un cinturón de cuero a una falda tejida azul que le llegaba a los tobillos.

Me ayudó a vestirme. Mi atuendo era sencillo, parecido al suyo, con el que era fácil moverse y respirar. Una falda larga negra de algodón, una blusa de seda bordada con flores coloridas y una mantilla española de encaje. Si hubiera reemplazado la mantilla por un tzut, me hubieran confundido con una mujer maya. O quizá no. Incluso sentada, yo era tres centímetros más alta que ella.

Tenían una rutina para mí. Todos los días, después de desayunar, le daba cuatro vueltas a la propiedad para fortalecer mis piernas. Después, Río Digno me ayudaba a leer durante una hora. Casi siempre me quedaba dormida y me dejaba descansar un poco. Luego volvía a salir para tomar un poco de aire fresco y pintar o tejer si me daban ganas. Hubiera preferido bordar, pero me resultaba muy difícil. Apenas podía pegar un botón.

En la tarde regresábamos a la hacienda para almorzar y escribir mis cartas. Le escribía a Isabel, a don Bernal y a mi padre, quien nunca me respondía. Nadie tenía que explicarme por qué, eso era obvio. Por último, dábamos cuatro vueltas más a la casa, cenábamos y mirábamos el atardecer antes de acostarme. Siempre me iba a la cama exhausta.

Ese día estaba en el porche, observando cómo el sol se escondía detrás de las montañas y pintaba el lago de color rosa. En la reja de la entrada se escuchó un alboroto, pero yo estaba encantada con la danza de las luciérnagas y el canto de los grillos, y no me moví de mi lugar. Solo hasta que escuché su voz, volteé y miré entre las persianas.

Cada vez que lo veía, Nicolao me parecía diferente. Su rostro era más angular, eso le sentaba bien. Su piel era un poco más morena y su cabello más claro, por todo el tiempo que pasaba a lomo de caballo. Sus ojos no habían cambiado: verde avellana y tan cálidos como siempre. Se quitó los guantes y el sombrero, estrechó la mano de Uno Venado y Río Digno y preguntó por los niños pequeños. Ellos siempre esperaban su visita porque a menudo se sentaba en el porche por la tarde y les contaba historias de la *Ilíada* y la *Odisea*. Hablaba de las valerosas hazañas de Hércules y Aquiles, o recitaba algún mito. Felices, los niños siempre le pedían más. Habían llegado a conocer y amar a estos dioses lejanos mucho más que a los de su propio pueblo.

Ese día me trajo una caja de bizcochos, y a los hombres, un cordero completo para compartir. Alguna vez escuchó a Río Digno decir que el cordero era lo único bueno que había llegado de Europa y se había convertido en una broma entre ellos.

Nico les preguntó dónde estaba yo. De inmediato me alejé de la ventana para que no se diera cuenta de que lo espiaba. Se acercó a mí con cuidado, como si yo fuera un gatito herido o una loca rabiosa. Dios sabía que le había dado muchos motivos para tener cautela. Por esa razón, creía que ahora era mi turno de hacerlo sentir tranquilo; aunque no demasiado, porque temía que me pidiera aquello que no estaba segura de quererle dar.

—Bienvenido a casa —dije con una sonrisa.

—Gracias —respondió.

Suspirando de alivio, las arrugas de su frente desaparecieron.

—¿Tu viaje estuvo bien?

—Mucho, gracias. Me uní a un trío de encomenderos de camino a Chichicastenango, así que no estuve solo.

Asentí. Callamos un momento y volteé a ver las luciérnagas, tratando de forzar más palabras en mi mente, que se había vuelto un lodazal.

—Te traje una carta de Isabel —anunció, abriendo su capa para sacar la carta del bolsillo del jubón, el más cercano a su corazón.

Sonreí de oreja a oreja.

—Siempre me escribe, es muy amable.

Sentí una punzada de tristeza porque en ese momento me di cuenta de que nadie más me escribía. Solo Isabel lo hacía, y a veces, don Bernal, aunque a través de ella. Pero no mi padre ni Cristóbal. Quizá no sabía de mi lesión, pero ¿cómo era posible que lo ignorara?

Hice ese pensamiento a un lado porque era muy doloroso.

—¿Quieres que te la lea? ¿Tu vista ha mejorado?

—Sí, mejor —respondí—. Todo mejor, gracias. Ahora puedo leer, fácil.

Sonrió, aunque su sonrisa era un poco apagada, con un matiz muy parecido a la tristeza. Quizá había disfrutado la época en la que, recargada en él, me leía mis cartas. Había sido lo más íntimo que compartimos y ahora yo me distanciaba incluso para eso. Sentí esa culpa tan familiar que había llegado a relacionar con Nicolao. Me decía que debía amarlo, darle más a este hombre, este buen hombre, que me había dado todo lo que yo no merecía.

—Bueno, si necesitas ayuda, pídemela —dijo dándome la carta.

—Eres amable —respondí, con ese dolor en el pecho, puesto que era la verdad.

Nico me ayudó a entrar a la casa.

—¡Traigo noticias! María Tudor se casó con Felipe el Prudente. Por fin Inglaterra regresa a los brazos del Papa.

—Es un alivio —dije.

—Así es, ha habido festejos en todas partes.

Avanzamos tomados del brazo hasta mi recámara.

«Pídeselo», pensé. «Acaba ya con esto. Quién sabe, quizá lo disfrutes. Él te gusta lo suficiente; quizá incluso confías en él». Respiré hondo y abrí la boca para formular las palabras, pero en ese momento levantó la mano para cubrir su boca, de la que salió un gran bostezo.

—Dios mío, ha sido un viaje largo. Estoy exhausto —se disculpó.

—Ah, claro...

Mis hombros se desplomaron, aunque agradecí la excusa.

Nico me dio las gracias y me dio un beso cariñoso en la mejilla antes de marcharse. Su recámara estaba en el otro extremo de la casa, después del comedor y la cocina. Entré a la mía. La sensación cálida de sus labios perduró. Era agradable; sin embargo, ¿me parecía mejor que lo que sentiría por un amigo? ¿Más cálido? Sin duda no era nada parecido a la sensación de los labios de Juan. Incluso pensar en uno de sus besos acababa con la competencia, si la había.

Me dije que no había necesidad. Con o sin sentimientos, en algún momento, probablemente pronto, tendría que cumplir con mi obligación marital. Otros hombres no hubieran sido tan pacientes como Nico, tan comprensivos. Tenía suerte, en verdad era afortunada.

No podía darlo por sentado.

Río Digno tuvo la amabilidad de encender las velas en mi recámara. Su esposa llegaría pronto para ayudarme a quitarme la ropa. Jalé una silla y abrí la carta de Isabel.

25 de agosto de 1554

Mi muy querida amiga:

No puedo expresar la felicidad que siento cada vez que recibo una de tus cartas. Te creo cuando me dices que estás mejorando, puedo verlo en el trazo de tu mano. Don Nico siempre habla mucho de tu progreso, por el que todos rogamos a nuestro bendito Señor Jesucristo. Ah, querida, sencillamente no puedo soportar pensar que pudimos perderte. Agradezco a Dios por don Bernal y su afilada inteligencia, y su aún más afilada espada. Sé que lo digo siempre, pero me alegra que haya acuchillado a ese bárbaro. Lo que hemos escuchado sobre él desde entonces... No lo hago para no aterrarte, pero digamos que estoy segura de que Victorino está en el infierno, donde pertenece.

Hablando de sinvergüenzas, el jurado exculpó de todos los cargos a nuestro tesorero en desgracia. Lobo se declaró inocente diciendo que todos los bienes eran robados y usó a ese personaje, el Ocelote, como chivo expiatorio. Por supuesto, Pedro está furioso. Cree que debió sobornar a alguien para asegurar su libertad, y como el guitarrista y otros miembros de la banda serán colgados, la mayoría de los ciudadanos creen que se ha hecho justicia. He escuchado que, para disculparlo, dicen que, como sea, Javier es un noble. ¡Qué tontería!

Todos sabemos que es hijo de un curtidor. En fin, ha regresado a su cargo como si nada hubiera pasado. Se ha sentado un pésimo precedente. Incluso tu padre teme por el futuro de su gobierno.

Hablando de tu padre, he abordado el tema de una reconciliación contigo, pero él sigue reticente a hablar de eso. No ayuda que el obispo Marroquín le pida noticias tuyas cada vez que lo ve. En verdad espero que lo haga por amabilidad, pero estoy empezando a pensar lo contrario. De cualquier forma, no dejaré de intervenir, por ustedes dos. Sé que te extraña mucho, igual que yo. De hecho, me pregunto si estarías dispuesta a venir pronto. Sería maravilloso volver a verte. Eres bienvenida en cualquier momento.

En fin, tengo que irme. Don Bernal espera que hoy podamos terminar de escribir sobre la Noche Triste, cuando los mexicanos nos ganaron la batalla. Para él ha sido algo muy difícil de describir, puesto que la mayoría de sus compañeros murieron. Por desgracia, se debe hacer.

Por favor, escribe pronto, aunque sé lo difícil que es para ti. Mientras tanto, seguiré rezando por tu continua recuperación y quedo siempre como tu amiga más leal.

Isabel Saavedra de Ramírez

Nicolao se quedó en casa dos semanas. El viaje de Río Digno al mercado de Panajachel tuvo que retrasarse porque había mucho cordero para comer. No sucedió nada más, salvo el día en que todos le ayudamos a Uno Venado con el parto de unos lechones, y otro día en el que Nico y yo bajamos la colina hasta el lago por nuestro sendero secreto.

Los niños nos acompañaron. Vimos cómo pasaron la tarde saltando sobre la rama inclinada de una palmera y chapoteando en el agua. Nico nadó tan lejos que apenas podía verlo. De manera extraña, contenía el aliento cada vez que una ola lo cubría. Les grité a los niños que se quedaran en la parte poco honda y, cuando Nico regresó, le arrojé un chal, enojada.

—¿Qué pasa? —preguntó mientras se secaba el cabello.

No respondí. Ni siquiera yo lo entendía, pero no dejaba de pensar: «¿Y si moría? ¿Qué pasaría con nosotros? ¿Acabaríamos desamparados, suplicando que nos dieran un lugar donde vivir, como le sucedió a Beatriz?». Todos esos recuerdos terribles de ella cruzaron por mi mente.

Lo último que recordaba era la confesión de mi padre aquella noche, y fue en lo primero que pensé al volver de mi largo sueño. Sin embargo, el sentimiento agudo y enfermizo de la traición rápidamente había sido reemplazado por el horror cuando advertí que no podía moverme.

De no ser por Nico y Río Digno, no hubiera podido hacer ni la mitad de lo que hacía ahora, y aun así era limitado. Ni siquiera podía escribir el *Popol Vuh*. Necesitaba a Cristóbal, y lo necesitaba de inmediato.

Esa mañana, pedí pescado.

La esposa de Río Digno me miró extrañada, pero no dijo nada. Me ayudó a llegar a la pequeña mesa rectangular donde estaba servido el desayuno; era de madera, igual que las cuatro sillas que había alrededor y las vigas del techo. El vestíbulo era de un tamaño modesto, lleno de luz que provenía de los juegos de puertas que se abrían, uno al porche que daba hacia el lago, y el otro hacia la entrada principal. Nico había pintado las paredes de un suave amarillo mostaza, y colgado varios adornos de cerámica y bordados k'iche'. Los helechos e higueras plantados en macetas azul cerúleo se mecían bajo la brisa.

Mojé el pan en el chocolate caliente que la esposa de Río Digno nos sirvió a Nico y a mí.

—Perdón de ayer —dije.

Él resopló.

—Ah, has hecho cosas más locas, créeme. Como cuando todavía estábamos en casa de don Bernal y Carmen me estaba ayudando a bañarte. La tomaste de la muñeca y trataste de bailar con ella, justo ahí en la tina —explicó riendo—. No podías ponerte de pie, por supuesto, pero cantabas a todo pulmón. Parecía que lo hacías en k'iche', pero Carmen dijo que eran galimatías.

Mi piel se calentó más que la taza de chocolate, que temblaba entre mis manos.

Al advertir mi expresión, su sonrisa desapareció.

—Ah. No es nada divertido, ¿verdad? —Negó con la cabeza y suspiró—. Discúlpame, hablé sin pensar.

Se levantó, me dio un beso en la frente y se marchó. Pasó solo su último día tocando la guitarra junto al lago. Río Digno estaba muy ocupado con sus quehaceres, así que me senté sola en el porche a escribir mi respuesta a Isabel, algo que me llevó horas. Cuando Nicolao volvió esa tarde, la camisa, cuyas mangas había arremangado, se pegaba a su pecho, y la piel de sus antebrazos estaba roja jitomate. Lo invité a sentarse a mi lado y le serví un vaso de agua.

—Gracias —dijo, quitándose el sombrero de paja.

No me miró a los ojos. Con cuidado, recargó la guitarra contra el pilar de roble, se enjugó la frente y bebió un trago de agua.

—Espero no sigas triste por la mañana —murmuré, tratando de limar las asperezas entre nosotros—. Estoy bien. No necesito perdón. Agradezco todo lo haces por mí.

Miró hacia el lago.

—Era mi deber cuidarte.

—Sí, pero haces con amor —farfullé con un suspiro.

Nico me miró y esbozó una leve sonrisa.

—Eres muy dulce. —Se aclaró la garganta—. Me temo que he perdido mucho tiempo junto al lago y tengo muchas cosas que hacer. ¿Tienes cartas que quieras que me lleve? Partiré antes del alba.

Asentí y le di la carta de Isabel.

—¿Estarás fuera mucho tiempo?

—Un mes, quizá. No podría decirlo.

Escrutó mi rostro y yo estudié el suyo. Creo que ambos buscábamos una señal, algo entre nosotros, una chispa, una cercanía, pero lo único que sentí fue un aleteo incómodo en el estómago. Me di cuenta de que se me iba de las manos y, por alguna razón, esta idea me asustó. Con torpeza, intenté recargarme en él. Aunque no lo amara como había amado a otro, ahora estaba con él. Él me importaba. Quería darme una oportunidad. Pensé que quizá me besaría, pero se apartó.

—Tengo mucho qué hacer —explicó con una risa nerviosa.

—Ah, sí, claro.

Le ofrecí una gran sonrisa, de esas que antes le fascinaban, y le deseé suerte. Él parpadeó, besó mi mano y se marchó.

Sin embargo, a la mañana siguiente no tuve tiempo de pensar en ese intercambio, porque Río Digno irrumpió en mi habitación al cantar el gallo, oliendo a pescado y lodo. Me sacudió para despertarme.

—Me fui corriendo a Panajachel esta mañana.

Me incorporé y froté mis ojos adormilados.

—¿A qué hora te fuiste?

—A la misma que el señor. Escucha...

—¡Tú empapado!

—Llovió. Shhh —susurró—. Hoy conocí a un hombre llamado Jun Kaaj.

Contuve el aliento y me senté.

—Sí, dijo que sabía de ti y de mí también —agregó—. Por eso me habló y accedió a llevarme al lugar donde se esconde tu primo. —Sonrió—. Yo tenía razón.

—¿Razón? ¿Qué?

—Tu primo sí *es* un alborotador. Es él a quien llaman el Ocelote.

CAPÍTULO 18

Sololá, Guatemala
Otoño de 1554

Cristóbal le dijo a Río Digno que me visitaría en varias semanas, en el Lajuj B'atz', una fecha significativa, porque B'atz' era la noche del destino.

No sabíamos qué esperar, así que Río Digno y yo nos limitamos a actuar lo más normal posible frente a su esposa y sus hijos. La noche acordada le pedí a la esposa de Río Digno que me ayudara a acostarme un poco más temprano y le di el resto de la noche libre, algo que no era inusual.

Cuando cerró la puerta, me levanté de la cama y a través de las persianas la vi dirigirse al borde de la colina, donde Río Digno había construido con cal y mortero una casa de buen tamaño para su familia. Horas después, segura ya de que la familia dormía, abrí la ventana, me senté en el alféizar y esperé. Golpeaba el piso con el pie y estiraba el cuello en busca de alguna sombra o movimiento inusual, de algún silbido, o de escuchar pasos amortiguados en el pasto o la grava.

Sin embargo, casi lanzo un alarido cuando Cristóbal apareció en el umbral de mi puerta, con un arco y un carcaj colgado al hombro. Dio un salto para sujetarme por el brazo antes de que cayera por la ventana y me jaló al interior, reprimiendo la risa.

—Cuidado —dijo, tratando de abrazarme.

Le quité los brazos de un manotazo.

—¡Me asustaste, estúpido!

—Esa boca, prima. No quiero que mis amigos se lleven una mala impresión.

Apreté el sarape alrededor de mi cuerpo, repentinamente consciente de mi túnica suelta y pies descalzos.

—¿Amigos?

Estaba demasiado ocupado examinando la habitación como para apresurarse a responder. Su mirada se fijó en tres pinturas de orquídeas blancas que colgaban frente a mi cama y acarició con la yema de los dedos la hermosa pluma que descansaba en mi escritorio. Se pasó la mano por la barbilla y sonrió satisfecho al mirarse en el espejo.

—¿Qué significa a... amigos? —insistí.

Si había notado lo difícil que me resultaba hablar, no hizo el menor gesto.

—Bueno, solo uno entró a la casa. Los otros montan guardia afuera.

Asomó la cabeza y le hizo una seña a alguien en el vestíbulo. Sin un solo ruido, apareció un hombre que parecía de la misma edad que Cristóbal, con el mismo rostro dulce y redondo. Llevaba pantalones a rayas y cargaba una espada a un costado.

—Él es el hijo de Jun Kaaj, Pablo. Es mi... mano derecha.

Pablo asintió tímido en mi dirección y devolví el saludo. Cristóbal me tomó por sorpresa. Le ofreció a Pablo una gran sonrisa, como nunca le había visto, y bromeó en kaqchikel. El joven le dio un golpecito en el hombro y regresó a montar guardia.

—Entonces, ¿soy la nueva víctima del Ocelote? —bromeé en k'iche'.

Su sonrisa se desvaneció y me miró fijamente de arriba abajo.

—¿Has dejado de pagarles a tus sirvientes? ¿Los golpeas o los violas? ¿Eres culpable de robar nuestros tesoros, de asesinato?

Me aparté de su rabia, desconcertada y lastimada. Apenas lo reconocí. Nunca antes me había hablado así, nunca me había mirado con tanta frialdad y dureza.

—¿Ahora eres juez?

—Y verdugo.

Su voz tenía un tono que no había escuchado antes y que me hizo dudar.

—La... lamento escucharlo. —Extendí el brazo para tocar su pecho—. Solo piensa, ibas a ser monje.

Suspiró, caminó hasta el pie de la cama y se dejó caer al suelo.

—Ellos no son mejores.

Me senté a su lado y miré mis uñas, sin saber qué hacer. Nunca antes nos habíamos llevado mal, ni una sola vez. Me parecía tan desconcertante como cuando despertaba cada mañana y Río Digno me recordaba que se había borrado casi un año entero en mi memoria.

—Es solo que... bueno, siempre ha habido esclavos y nobles en nuestras tierras —murmuró—. Siempre hemos estado en guerra unos con otros. K'iche' contra kaqchikel, mexicanos contra tlaxcaltecas. Peleábamos por los dioses, para apaciguarlos. Por nuestros reyes, para glorificar su poder. Pero esto... la avaricia, el salvajismo y la injusticia que existen ahora.

—Ah, primo —balbuceé.

—Cuando mi padrino me desterró me di cuenta de cuánto nos había protegido. Le concedo que él se ha esforzado, pero eso que te acabo de preguntar... —resopló—. Solo uno de cada cien encomenderos puede responder que no, te lo aseguro.

Asentí, no tenía palabras. Deseaba tanto que los dos pueblos que me habían dado origen, si no se amaban, al menos tuvieran más consideración el uno por el otro.

Cristóbal se acercó y tomó mi mano.

—Río Digno dice que tu esposo es uno de esos pocos hombres.

—Tengo suerte —mascullé.

—¿Qué? ¿Es todo? ¿Sin efusión? ¿Sin ánimo?

—Supongo soy modesta.

Una creciente sensación de incomodidad empezaba a hacerme perder el control que había ganado sobre mis palabras, y mi cabeza empezó a dar vueltas, a nublarse.

Cristóbal me miró un buen momento.

—Cuando escuché que te habías casado pensé que quizá él te había robado el corazón.

Negué con la cabeza.

—Mi corazón ya robado.

Cristóbal lanzó un gruñido.

—No me digas que Juan decía la verdad.

Lo miré con ojos de culpabilidad y él hizo una mueca.

—Catalina, ¡pensé que lo odiabas! ¡Tú me *dijiste* que lo odiabas! La última vez que los vi juntos en el bosque... bueno, me di cuenta de que sus sentimientos habían cambiado. ¡Pero tú dudabas, te sometías! Pensé que lo hacías para parecer amable. Por eso... me opuse cuando me pidió que fueras suya.

—¿Qué?

No debió advertir el destello de rabia que cruzó mi rostro, porque continuó:

—Me opuse rotundamente, le di largas. Creo que está más enojado conmigo que contigo.

De un tirón aparté mi mano de la suya y él palideció.

—No puedo... creer. ¿Es tu culpa? Me casé con hombre que no conozco. No puedo caminar o hablar sin que mi cabeza... ¡bam!

Sabía que estaba siendo injusta. Que no era por completo su culpa, pero estaba tan enojada conmigo misma, con él, con esta situación, que no podía evitarlo. Me hacía bien sacar todos mis sentimientos, atacar. Hice un gesto para significar que mi cráneo se partía en dos, porque así era como me sentía en ese momento atroz.

—*¡Dolor!* ¡Mucho dolor! ¡Todo el tiempo! —agregué.

Cristóbal se quedó boquiabierto y sus ojos se llenaron de lágrimas.

—Por favor, yo jamás, jamás...

—¡Y nunca escribiste! —dije con la voz quebrada.

—Lo siento. No podía, por favor...

Volvió a tomar mi mano.

La crudeza de su voz me avergonzó y me hizo callar. Cerré los ojos, respiré profundo y recordé que él solo había tratado de protegerme. Él no conocía mis verdaderos sentimientos. Las punzadas que sentía en la cabeza disminuyeron poco a poco.

—Juan tal vez muy contento ahora, con hija de Árbol Tejido —murmuré.

—No. Árbol Tejido estaba furioso. Aunque Juan hubiera pedido su mano otra vez, lo que no hizo, se la hubiera negado.

Abrí los ojos como platos, pero la chispa de esperanza se apagó tan rápido como se había encendido.

—No importa. Yo casada con otro y Juan nunca nunca me perdonará. Muy orgulloso. Pero tal vez puede ayudarme, a nosotros, si tú quieres todavía.

Me dio un ligero codazo en las costillas.

—¿Dudas de mí?

No pude evitar sonreír un poco.

—Odio pedírtelo, pero no puedo sola. He... he olvidado tanto; hasta hace poco ni siquiera sostener una pluma. ¿Río Digno te dijo?

Me abrazó.

—Juro que si ese... ese bastardo idiota no estuviera muerto, lo mataría yo mismo.

—No si yo lo hubiera visto antes —dije con un guiño.

Asintió con deferencia.

—Entonces, iré a Santiago y le rogaré a Juan que nos ayude. ¿Tienes un mensaje para él?

Negué con la cabeza. Era pura cobardía, pero no pude evitarlo.

—¿Cuándo regresarás? Acordemos una fecha para reunirnos, venga Juan o no. Yo cansada de tener este libro esperando y más cansada de esperar tener noticias de uno de ustedes dos.

Cristóbal rio.

—Muy bien. En dos semanas, ¿qué te parece?

Conté en k'iche' con los dedos.

—¿Qué es, el Kan?

—Así es. Una noche para deshacerse del enojo.

Resoplé.

—Necesitaremos toda la ayuda.

El día anterior a Kan, Nicolao regresó de Santiago. Trajo la noticia de que cada vez había más rumores de que habían visto al Ocelote cerca de Sololá y que no soportaba la idea de dejarnos sin su protección. Por ese motivo, esa noche me sentí como la arpía más desleal por ponerle un poco de esencia de loto blanco en su bebida de la tarde.

Horas después, estaba otra vez de pie frente a mi ventana abierta, esperando en la oscuridad. En lugar de una túnica, llevaba un vestido café sencillo bajo una capa oscura con capucha, y mi par de botas más robustas. Sostenía en la mano el bastón que Río Digno me había fabricado con una rama de roble. Llevaba a la cadera la daga de mi padre, lo que de algún modo me parecía inadecuado. Sabía que Cristóbal nunca me lastimaría, pero no tenía idea de quiénes eran estos nuevos amigos suyos.

Me sentí más intranquila cuando tres de ellos llegaron bajo mi ventana, escurridizos como sombras y armados hasta los dientes. Cubrían sus rostros con unos cascos de madera espantosos. Uno estaba tallado y pintado como una calavera que surgía de las fauces de una serpiente, otro era de un guerrero emplumado y el último, de un ocelote cuyos colmillos sobresalían. La forma de la máscara era más redonda que el rostro de un jaguar sin motas, pero con cuatro rayas características que cruzaban sus ojos protuberantes. Supuse que ese hombre era Cristóbal. Se llevó la mano al corazón, y me hizo una seña para que saliera por la ventana. Lancé varias risitas nerviosas mientras me ayudaban a salir y a bajar la colina hasta la pequeña playa, donde esperaba una canoa larga y cinco remeros que también llevaban máscaras.

Le lancé una mirada al demonio con cuernos que estaba sentado a mi lado y no pude más: las risitas histéricas se convirtieron en una carcajada demente que se negó a desaparecer hasta que ya habíamos pasado el centro del lago, que brillaba bajo la luz de la luna. El Ocelote al fin se quitó la máscara.

En efecto, era Cristóbal. Me miraba como si lo único que quisiera fuera sacrificarme a la vieja usanza: lanzándome a las profundidades con los pies atados a piedras.

—Discúlpame —me expliqué en k'iche', enjugándome los ojos—. Esto... locura. No me río de ti, de ninguno de ustedes. Ustedes tan ate... aterradores que no *creo* que salí por la ventana y a tus brazos.

—Ya veo. Bueno, espero que tu irreverencia no desagrade a los vientos. Una ráfaga repentina podría voltearnos.

Esta declaración fue formulada con tal gravedad que tuve que morderme la lengua para evitar otra carcajada. Era cierto que el lago podía cambiar en un instante, pero su manera de decirlo no correspondía a su personalidad. Moría por que bromeáramos, pero advertí que el demonio con cuernos a mi lado sacudía la cabeza con desaprobación, así que sujeté mi bastón con firmeza para redoblar mi empeño en mantener la seriedad. No quería avergonzarlo frente a sus compañeros más de lo que ya había hecho.

Logré tranquilizarme y durante la siguiente hora los únicos sonidos fueron el chapoteo de las olas contra la canoa, el ligero goteo cuando los remos partían la superficie reluciente y los jadeos roncos al unísono de los remeros por el esfuerzo.

Nos acercamos a una saliente rocosa en la ribera opuesta, donde el acantilado caía directo en el agua.

—Los tz'utujil llaman a esta colina la Puerta Dorada —señaló Cristóbal—. Se dice que es uno de los caminos al inframundo.

La canoa cambió de dirección detrás de una roca saliente y entramos a la boca de una cueva bien escondida. El aire era frío, había corrientes de aire y humedad suficiente como para hacerme sentir que flotábamos en un río de almas. Alguien encendió una antorcha y me quedé boquiabierta al ver la altura de la caverna y las formaciones rocosas como las lanzas que caían del cielo durante una batalla.

Los hombres siguieron remando con fuerza hasta que la canoa se detuvo de pronto y caí sobre el remador frente a mí. Cristóbal me ayudó a bajar y balbuceé mis disculpas todo el camino por la ribera cubierta de guijarros.

—Debiste advertirme —dije entre dientes.

—Te lo mereces —repuso Cristóbal, más parecido a sí mismo.

Sus hombres encendieron una fogata en medio de una pendiente y miré alrededor en busca de alguna suerte de escalera o túnel en la pared curva. Me quedé sin aliento cuando la luz iluminó una pintura gigante del dios Q'ukumatz, la serpiente emplumada, el corazón del lago, cuyo cuerpo ondulante color turquesa culebreaba por toda la curva de la fachada de la roca, y sus dos cabezas, en lugar de cola, estaban envueltas en plumas de quetzal. No había otra entrada.

—¿El cacique no se perderá? —pregunté.

—En efecto, por eso el Ocelote tuvo la amabilidad de traerme —respondió la voz de Juan.

Giré rápido en su dirección. Mi corazón dio un vuelco en mi pecho.

Dos hombres estaban uno al lado del otro. Llevaban las mismas capas atadas alrededor de su fuerte pecho desnudo. Faldas azul brillante hasta la rodilla con diseños geométricos rojos que llevaban sujetas con cinturones de piel de jaguar. Las olas lamían sus piernas y los cascabeles que colgaban de unas bandas alrededor de sus tobillos. Tenían la misma estatura y una complexión similar. El otro debía ser Juan el Grande, pero era imposible saber cuál de los dos. Ambos llevaban máscaras idénticas, cazadores con parches de piel de jaguar en las mejillas, y una luna creciente con rayos de sol como corona.

Oculté mi inquietud e hice una reverencia. Apoyándome en mi bastón de madera, forcé mi lengua para que funcionara bien al menos una vez.

—¿No se quitarán las máscaras, mis señores?

—No deben hacerlo, Catalina —dijo Cristóbal.

Sus hombres siguieron preparando nuestro escenario en la ribera. Sus pies hacían crujir la grava. Murmuraban plegarias y arrojaban copal al fuego, esparcieron agujas de pino y sacaron tambores de mano y cascabeles a lo largo del fondo de la pared del risco. Vi dos odres y una pelota de goma, así como el antiguo manuscrito de mi madre y el nuevo. Advertí que uno de los cazadores me observaba, pero pronto ambos se movieron y ya no supe quién era cuál.

—Esta noche, bailaremos nosotros cuatro; es decir, los dos caciques, Catalina y yo, porque soñé que así debía ser —dijo Cristóbal—. Uno de mis hombres será el escriba. Los otros, guardianes del día y madres-padres de nuestro mosaico de pueblos, serán testigos y preservarán este conocimiento, como es su derecho.

Mis músculos se tensaron con la idea. La tensión me dificultaba encontrar las palabras, incluso en k'iche', solo pude sacudir mi bastón y decir:

—Estoy... estoy alterada.

Esperaba que sonara como si tuviera miedo de caerme al piso o incluso a la hoguera. Pero no solo era eso. Eran todos esos hombres desconocidos, sus miradas fijas en mí mientras yo me convertía en lo que fuera que hicieran conmigo el *balché'ki* y el inframundo. Era bailar con él otra vez, cuando sabía que debía odiarme tanto que ni siquiera me mostraba su rostro.

—No te pasará nada, te doy mi palabra —dijo Cristóbal.

No me sentía segura. Incluso si Cristóbal había comprendido lo que había querido decir, él era, ante todo, un caballero, por lo que le era fácil creer que otros hombres también se comportaban así. Sin embargo, no tenía muchas opciones. Era esto o arriesgarme a morir ahogada tratando de regresar a casa. Me quité la capucha y las botas y verifiqué que la daga estuviera bien sujeta a mi cadera.

Cuando me di la vuelta, los cazadores enmascarados estaban de pie junto a la hoguera con Cristóbal y los demás estaban sentados de espaldas a la pintura de Q'ukumatz, con tambores y cascabeles en las manos. El diablo con cuernos colocó unos pliegos de amate sobre una piedra plana y chupó la punta de la pluma.

Cristóbal extendió la mano en mi dirección. Caminé hacia él y amarró en mi cabeza un hermoso penacho de plumas verdes y rojas que hacía juego con el suyo. Lo aseguró con varios broches alrededor de mis trenzas y tomó mi mano.

—No te dejaré caer —prometió, señalando mi bastón, que hice a un lado.

Inclinamos la cabeza y dijo:

—Corazón del Cielo, Corazón de la Tierra, danos la fuerza y el valor, ya que eres nuestra montaña y nuestra llanura. Serpiente Emplumada, trae justicia, verdad y paz esta noche, que es solo tuya. Que nuestra representación ilumine el mundo con tu bendición.

El hombre de la serpiente-calavera nos trajo un odre lleno de *balché'ki'* y uno a uno, bebimos. Los hombres que estaban sentados también bebieron, excepto el diablo con cuernos. Mis piernas empezaron a temblar y sujeté a Cristóbal para apoyarme en él. La mirada de uno de los cazadores me abrasó y me sujeté con más fuerza. Mi último pensamiento coherente antes de que el *balché'ki'* se apoderara de mí fue no soltar su mano.

Salvo que sí lo hice. Porque no necesitaba más soporte. Porque Cristóbal y yo nos convertimos en humo negro. Nuestros cuerpos se inflaron, se hundieron en las raíces de la montaña formando círculos al ritmo de los tambores. Éramos la muerte y su advertencia, y nos sonreíamos uno a otro. Éramos espejos. Xibalbá estaba en él y Xibalbá estaba en mí. Alimentaba mi cuerpo y le daba poder a mis músculos. Agudizaba mi mente como si fuera una navaja. Todo era de nuevo claro, estable, fácil. Mis palabras, mis recuerdos y mi corazón eran fuertes y estaban repletos de un regocijo sombrío.

Me senté en mi trono en el vestíbulo resplandeciente del palacio de jade, en el nivel más profundo de Xibalbá. Mis demonios me rodeaban, ataviados con tocados de calaveras emplumadas y brazaletes de luz de estrellas. Pero yo era el más imponente.

Yo era Uno Muerte, resplandeciente en mi peto de jaguar negro, en mis sandalias de sombra.

La corte estaba tensa. Los pozos de fuego estaban encendidos y las flamas azul verdosas lamían el techo resbaladizo del cavernoso recinto. Los espíritus pasaban a toda velocidad en las sombras. Murmuraban y reían disimuladamente en espera de nuestros visitantes. Habíamos enviado un mensaje a los hijos de Uno Hunahpú quienes, al igual que su padre, se habían atrevido a burlarse de nosotros al jugar pelota a la entrada de nuestro reino. Habían interrumpido nuestra paz y nunca nos habían alabado.

—Esos gemelos molestos —dijo uno de mis demonios. Su voz hizo eco y cada sílaba retumbó con un poder letal—. Será bueno ponerles un fin.

—Están cerca. Saquen los muñecos de madera y escóndanse —ordené.

Los gemelos llegaron y los observamos mientras ellos admiraban el vestíbulo. Altos y fuertes, su piel morena y dorada relucía como el cobre fundido en un horno. Uno de ellos llevaba un tocado de astas de ciervo y el otro tenía los hombros y la espalda cubiertos de motas oscuras de jaguar. Sus miradas, honestas y fijas, estudiaron los muñecos durante un momento y los iluminaron con el resplandor de una vela. El aire a su alrededor parecía brillar y convertirse en vapor.

—Preferiríamos saludar a los verdaderos señores de Xibalbá —dijeron.

No los habíamos engañado. No tuvimos más opción que salir. Los gemelos nos enfrentaron, impávidos.

Para nuestro horror, hicieron una reverencia y mencionaron los nombres de todos.

—Buenos días.

Nombraron a cada demonio y luego hablaron en mi dirección.

—Es un honor, Uno Muerte.

Los demonios estaban horrorizados y murmuraron entre ellos. Los hice callar con la mirada y sonreí, fingiendo que no tenía importancia, aunque estuviera muy alejado de la verdad. Al nombrarnos, los gemelos habían disminuido nuestro poder diez veces. Tampoco cayeron en nuestro segundo engaño. No se sentaron en la banca de piedra caliente, sino que sonrieron y negaron con la cabeza.

—¡Señor! ¿Qué significa esto? —suplicaron los demonios.

—No importa —gruñí—. No significa nada porque les mostraremos las delicias de Xibalbá y actuarán con humildad.

Los guardianes esqueleto llevaron a los gemelos a cada una de las seis casas de tortura. Pero sobrevivieron a las navajas afiladas que cruzaron el aire, rebanando huesos y almas en la casa de las navajas. Sobrevivieron a los páramos helados de la casa del frío, e incluso escaparon de los jaguares gigantes y los murciélagos, que nunca habían fallado en arrancar la cabeza y destrozar el cuerpo de los visitantes.

Me preocupé aún más.

—¿Cómo es posible? —preguntaron mis demonios en privado.

—No se preocupen, los venceremos en *cha'jib'al* —respondí guiñando un ojo.

La cancha del juego de pelota estaba lista: un pasaje largo y estrecho entre dos largas graderías. Barrieron la piedra y quitaron las telarañas del aro antes de sacar la pelota de goma. Todos en Xibalbá salieron a animarnos: los espíritus y los muertos, quienes estaban en paz y aquellos condenados por la eternidad. Todos nos observaron desde las alturas.

—Recuerden —les dije a los gemelos—, si pierden, mueren.

Jugamos durante lo que parecieron años. Las estaciones cambiaron, los robles crecieron, desde pequeñas bellotas hasta que se marchitaron, mientras lanzábamos la pelota por los aires con la cadera, los muslos o los hombros. Al final, anotamos más puntos. Ellos habían perdido.

—¡Arrójenlos al pozo de piedra! —exclamé.

—Esperen —pidieron los gemelos—. Solo una cosa: cuando muramos, muelan nuestros huesos y arrójenlos al río.

—Mucho mejor —respondí.

Todos se alegraron. Esa noche hubo grandes celebraciones por todas partes. Los fantasmas se elevaron como humo y los cadáveres danzaron al ritmo de los tambores salvajes. El río burbujeó en respuesta a nuestros gritos y lo consideramos un buen augurio.

Días después, cuando las celebraciones menguaron, los demonios se apresuraron a nuestros tronos.

—Gran señor, ¿escuchó la noticia? Dos vagabundos harapientos han estado viajando por el camino negro, haciendo grandes milagros.

—En efecto, son grandes bailarines y magos.

Desestimé sus palabras con un gesto de la mano, pero un demonio insistió:

—Hacen que los muertos resuciten. Les devuelven la vida.

Esto despertó mi interés.

—¿Quiénes son estos vagabundos? ¿En realidad son un deleite? Envíen mensajeros y díganles que deseamos que nos maravillen.

Los dos ancianos llegaron, encorvados y temblorosos, con los ojos desorbitados de miedo.

—Escuchamos que son grandes danzantes —dije—. Muéstrennos. Bailen el armadillo.

Asintieron e hicieron lo que les pedimos. Todos en Xibalbá acudieron a admirar su gracia.

—Escuchamos que son grandes sanadores. Incendien nuestra casa y luego apaguen el fuego —indicó un demonio.

Así, incendiaron el palacio de jade con todos nosotros dentro. Pero no nos quemamos. Todos aplaudieron y gritaron maravillados.

—Escuchamos que son grandes magos, que pueden resucitar a los muertos —dije—. Muéstrennos, sacrifíquense y vuelvan a la vida.

Hicieron una reverencia. Uno de los hombres desaliñados se acostó y el otro sacó una daga de obsidiana y extendió los brazos y piernas de su hermano. De un solo movimiento rebanó su cabeza y le sacó el corazón. Contuvimos el aliento, asombrados. Durante un momento, todo Xibalbá quedó en silencio.

—Levántate —ordenó el hermano que quedaba de pie.

La cabeza se unió al cuerpo y el corazón salió volando de la palma de su mano como un pájaro para entrar de nuevo a su pecho.

Luego, el hermano se irguió.

Me levanté de un salto, asombrado. En los largos siglos de mi existencia nunca había visto algo parecido; nunca había ansiado tanto poder. Sentir que mi propia mano me arrancaba la vida, solo para volver a nacer.

—Háganlo conmigo. ¡Sacrifíquenme a mí! —grité corriendo hacia ellos, esperanzado.

Me hinqué en el piso y permití que mi cabeza cayera rodando de mis hombros. Fue rápido e indoloro. Esperé.

Luego esperé un poco más.

Aún tenía suficiente poder en mí para garantizarme la visión y lo que vi, al final, fue la traición. Los hermanos se transformaron frente a mis ojos, su piel resplandecía. Estaban iluminados desde el interior. Uno era plateado, traslúcido, místico; el otro, dorado y radiante, con la piel tan caliente como brasas. La luz se derramaba de cada partícula de su ser. Eran las joyas más deslumbrantes de este mundo, y no me devolvían a él.

—¿Quiénes son ustedes? ¡Quiénes son! —gritaron mis demonios.

—Somos Hunahpú y Xbalanqué. Venimos a vengar a nuestro padre, a quien asesinaron.

Los demonios suplicaron misericordia, y aunque les perdonaron la vida, los maldijeron para siempre.

—De ahora en adelante, solo los despreciables recurrirán a ustedes y los alabarán. Solo los culpables y los violentos y los miserables —dijeron los gemelos, antes de salir del palacio.

Dejaron que las paredes se derrumbaran, ascendieron al cielo y encendieron la superficie de la tierra por primera vez.

Los observé conforme mi poder me abandonaba. Eran hermosos, aunque yo los odiaba con cada célula de mi cuerpo. El dorado, Hunahpú, parecía percibir mi rabia y me fulminó con la mirada. Sus ojos resplandecían con una emoción que no podía descifrar.

Fue gracias a su mirada que regresé a la cueva. Una mujer humana de nuevo, con un corazón salvaje, humano. Era consciente de que estaba, por supuesto, tirada sobre los guijarros de forma muy poco halagadora. Mis piernas estaban dobladas en un ángulo extraño, y yacía sobre la espalda.

Los remeros impulsaron los remos con renovado vigor, el viento arreció, meciendo la canoa como una cuna. Todo el camino a casa sentí que la mirada de Juan me quemaba la espalda, mientras yo intentaba erguirme. Agradecía la capucha que cubría mi rostro, incluso en la semioscuridad. Nadie dijo una sola palabra hasta que llegamos a mi playa. De nuevo, Cristóbal me ayudó a bajar de la canoa.

—Te ayudaré a subir la colina —ofreció.

—Me gustaría hablar con el cacique.

Miré a los hombres que llevaban las máscaras gemelas. Uno le dio un ligero codazo al otro, quien descendió de un salto al agua somera. Giré y avancé unos cuantos metros hasta un lugar más oscuro bajo las palmas. El efecto del *balché'ki'* había desaparecido, y de nuevo necesitaba mi bastón, aunque por ahora sentía la mente más clara de lo que la había sentido en semanas. No sabía si eso duraría, y me asustaba tanto como me entristecía.

No le di mucha importancia porque Juan me seguía, sin hacer ningún sonido.

—¿No te vas a quitar la máscara? —murmuré.

Para mi sorpresa, me dio el gusto. La puso bajo su brazo e hizo a un lado los mechones de cabello que se pegaban a la piel perfecta y reluciente de sus pómulos salientes. Me bajé la capucha y nos miramos sin parpadear. Mi cuerpo era un torbellino de emociones. Mi corazón latía con fuerza en mis oídos. Había olvidado lo que quería decir.

—Bueno, si eso era todo lo que querías —dijo, dando media vuelta.

—No... espera. ¿Cómo... cómo estás? —pregunté haciendo un gesto.

Juan negó con la cabeza, incrédulo.

—¿Cómo estoy?

Traté de pensar en algo que decir, pero el pecho me dolía de angustia. El cielo empezaba a cambiar a índigo y los pájaros despertaban. No teníamos mucho tiempo. La presión se acumulaba en mi cuerpo. Zumbaba entre mis orejas y detrás de mis ojos como un enjambre de abejas. Era todo lo que podía hacer para no estallar en lágrimas y humillarme frente a él.

—Dilo ya, Catalina. Me espera un largo trayecto a Santiago.

—Nunca te lastimé —murmuré—. Quise... lastimarte —corregí.

Mi lengua era un ladrillo y mis palabras se atoraban detrás de ella. Sabía lo que quería decir, pero no podía formularlo. Negué con la cabeza y parpadeé para evitar las lágrimas de frustración.

—Casarme con Nico... no otra opción.

—Siempre hay otra opción —dijo en un gruñido.

Mi orgullo se sublevó en su contra.

—Era matrimonio o España. ¿Eso no importa?

—Ah, importaba mucho. Pero, como dicen, el tiempo cura todas las heridas.

Mi labio tembló.

—Entonces, ¿eso es todo?

—Supongo —respondió encogiéndose de hombros.

Quizá fue su tono, quizá fue la idea de que había dicho la verdad y lo había perdido; o lo contrario, que había mentido y se negaba a reconocer mi punto de vista, mi sufrimiento. Quizá era el dolor punzante en mis sienes, que me recordaba la triste realidad de que algunas heridas nunca sanaban, que había perdido un año de mi vida para siempre. Que tal vez nunca volvería a hablar correctamente o a caminar derecho. Que jamás volvería a ser como antes.

Lo que fuera, me ponía la carne de gallina.

—Bien —dije.

Pasé frente a él, ignorando su balbuceo de sorpresa y me acerqué a Cristóbal, quien se puso de pie al verme. Sostenía una cuerda que estaba amarrada a un extremo de la canoa.

—Dame *Popol Vuh* —ordené extendiendo la mano. Miró asombrado a Juan y yo también volteé a verlo—. Quiero regresen la copia de mi madre. Ahora.

Juan se cruzó de brazos.

—Eso es imposible, mi señora —respondió el Grande.

—Tonterías. Dijiste que lo regresarías —espeté fulminando a Juan con la mirada—. Me diste tu palabra.

—¿*Ahora* te importa el honor?

—Te esperé. —Vi con satisfacción que palidecía, pero no respondió. Tomé la cuerda—. Regresé tu collar, dame mi manuscrito. No me iré hasta que lo hagas.

—Estás haciendo una escena —masculló Juan.

—Prima, por favor —intervino Cristóbal.

—¿Deseas vengarte? ¿Es eso? —pregunté agitando la cabeza, esforzándome para mantener mi voz bajo control.

Entrecerró los ojos.

—Lo admito. Negártelo me causa placer en sí mismo. Pero la verdad es que no podemos devolver el antiguo manuscrito.

—¿Por qué? ¿P... ?

—Nija'ib, sube a la canoa —me interrumpió Juan—. Ella puede subir sola la colina.

El rostro de Cristóbal se estrujó de tristeza. Me miró y yo no pude ocultar el dolor cuando se subió a la canoa.

—No entiendo —dije—. ¿Para qué quieren esa cosa mohosa? No significa nada para ustedes. ¡Devuélvanla!

Juan intervino y tomó la cuerda de manos de Cristóbal.

—Suéltala. No te lo pediré de nuevo.

—¿Qué vas a hacer con ella? ¿Dónde llevas? ¡Bas... basta!

Sacó un cuchillo y con un movimiento rápido cortó la cuerda. Los remeros hundieron los remos en el agua y la canoa se alejó. Corrí en el agua, tropecé y caí de frente. Mi bastón flotó en la superficie. Juan se inclinó para ayudarme, pero se detuvo cuando recuperé mi bastón y me levanté.

—¡Cobardes, todos ustedes! —grité.

Lágrimas de rabia surcaban mi rostro y se disolvían en mi cuerpo empapado. Pateé la superficie del lago y grité.

Cristóbal hundió la cabeza en sus manos. Los ojos de Juan brillaron, antes de que una sonrisa torciera su rostro.

—Es hora de que te arregles para tu esposo. Es hora de que calientes su cama.

—Ah, ¡eso haré! —espeté—. Mira bien, mi rey. La próxima vez que me veas tendré a su hijo en mi vientre.

Subí la colina hecha una furia. Mis botas chapoteaban, la capucha y el cabello se pegaban a mi rostro y mi vestido pesaba y escurría. Incluso con mi bastón, me tropecé y caí un par de veces con las raíces expuestas y las piedras sueltas. Enormes somormujos graznaban al deslizarse por la superficie del lago, como si se burlaran de mí. Cuando llegué a la casa, mis palmas estaban cubiertas de rasguños. No me molesté en entrar por la ventana; sencillamente atravesé la puerta del porche hasta mi recámara, jadeando, pero demasiado enojada como para detenerme. Arrojé mi vestido y el bastón al piso y, empapada en ropa interior, me dirigí directo a la recámara de Nicolao.

Estaba acurrucado en un costado y roncaba un poco bajo la delgada cobija de algodón. El amanecer rosa pálido entraba por las contraventanas entreabiertas, iluminando su rostro joven. Una suave brisa hacía crujir las hojas de la palmera que estaba en la maceta junto a la ventana.

Respiré algunas veces para calmarme y luego me metí bajo las cobijas. Tenía puesto un blusón, pero nada más. Acaricié su brazo y su frente, y le eché el cabello hacia atrás con cuidado, porque mis manos seguían temblando por la rabia que había sentido. Los músculos de su rostro se estremecieron; giró en mi dirección, acostándose bocarriba.

Me incliné y lo besé en los labios. Murmuró algo, aturdido, pero complacido. Pensé que sonreía. Parpadeó y abrió los ojos.

Lanzó un grito ahogado, dio un salto y jaló la sábana con él.

—¡Catalina! ¿Qué... ? —balbuceó al advertir que estaba medio desnuda.

Reí.

—Cuidado, esposo, o te caerás de la cama.

—¿Qué haces? —preguntó levantando la sábana hasta la barbilla, como si fuera él quien estuviera expuesto.

—Bueno, ¿qué es lo que las esposas normalmente hacen? —Sonreí y me acerqué más a él, pero la alarma en su expresión me detuvo en seco—. ¿Qué pasa?

—Yo solo... No creo que... Estás empapada, ¿por qué?

—Me... me bañé —respondí encogiéndome de hombros y puse la mano sobre su rodilla.

—Para —dijo atrapando mi muñeca para apartarla.

Una ola de rabia enceguecedora me inundó de nuevo, más poderosa que antes, e hice un gran esfuerzo por no darle un puñetazo en la cara.

—Tu palma está sangrando. —Miró mi hombro desnudo con el ceño fruncido—. ¡Estás cubierta de moretones!

Me detuvo en seco. Era cierto, mis hombros estaban amoratados y los codos y la cadera me dolían, sin duda estaban negros como frijoles. Debió suceder durante el juego de pelota, provocado por la pelota de goma que, en el momento, no sentí. Las palabras se confundieron en mi cabeza, pero tenía que decir algo.

—Me... me caí. No hay que preocuparse.

—¿No hay que preocuparse? —Se levantó y me aventó la sábana—. La última vez que te caíste *casi mueres.* ¿Te golpeaste la cabeza?

—¡No, estoy bien!

—¡No estás bien! ¡No estás nada bien! ¿Cómo puedes ser tan descuidada?

—¿Por qué estás tan enojado?

—Por... ¿Sabes lo que fue ver cómo se rompía tu cráneo? —balbuceó— ¿Ver cómo perdías la conciencia? Durante semanas recé a Dios de rodillas que despertaras, y cuando lo hiciste, no recordabas quién era. No podías hablar. —Su voz se quebró.

—Nico, yo...

—¡No! No puedo soportarlo más. Mis sentimientos... las cosas han cambiado entre nosotros.

—Pero... no pasamos tiempo juntos...

—No entiendes. —Se alisó el cabello con una mano—. Durante semanas te bañé, te cuidé con mis propias manos. Eso... eso lo cambió todo.

—Los sentimientos pueden volver a ser como antes. Podemos... ¿no debemos tratar?

Estiré el brazo para tocarlo. Él negó con la cabeza.

—Perdóname. Es muy tarde. No puedo evitarlo.

Las lágrimas surcaban su rostro. Lo miré boquiabierta, destrozada entre la confusión y el dolor. Me había bañado, me había cuidado, ¿y ahora me rechazaba? ¿O me rechazaba por esa razón? ¿Qué era lo que no podía evitar? ¿Ya no desearme? Incluso en ese entonces no me miraba como un hombre mira a una mujer, a su mujer. Bien podía haber sido su hermana menor o un gato molesto con el que se había encariñado, uno al que quizá le faltaba una oreja. Y había más: una suerte de culpa detrás de su mirada, una culpa que yo conocía muy bien.

—Amas a alguien más —murmuré.

Nico desvió la mirada. No lo negó. Se me hizo un nudo en la garganta.

—Quizá es lo mejor. Nunca consumamos nuestro matrimonio y eso debe permanecer así —mascullló y se dirigió al armario. Puso una camisa a mi lado y volvió a tomar mi mano.

—Siempre te cuidaré y juro que nunca te faltará nada. Seguiré apoyándote económicamente y seré generoso; sé bien que mi fortuna viene de ti. Pero creo... creo que deberíamos pedir una anulación de matrimonio.

Todo mi cuerpo se estremeció, como si me hubieran asustado cuando estaba a punto de quedarme dormida. No podía hablar, no podía moverme.

—Voy a salir... para dejar que te vistas.

Salió de la recámara y yo permanecí en ella lo que me parecieron años, mirando a la nada, entumecida y hueca como un odre vaciado hasta los sedimentos. Mi esposo me abandonaba, mi padre se negaba siquiera a escribirme, mi hermana había matado a mi madre, el amor de mi vida me odiaba y mi primo era un forajido. No tenía familia ni amigos... nadie a quien acudir.

No, me equivocaba.

Me quedaba una amiga en este mundo.

Isabel.

CAPÍTULO 19

Santiago de los Caballeros, Guatemala
Invierno de 1554-1555

Me tomó un momento orientarme al despertar. La recámara de invitados de Isabel, con su lujoso mobiliario azul y cuadros de paisajes, me seguía pareciendo ajena. Sin embargo, cada día me era más fácil recordar dónde estaba. Cada día necesitaba menos ayuda, aunque estaba muy lejos de haberme recuperado por completo. Río Digno, quien había viajado conmigo, tocó y entró con una charola con pan dulce y un par de tazas de alabastro delicado. Una de las sirvientas de Isabel me ayudó a vestirme.

Isabel y yo desayunamos juntas con el juez Ramírez, quien se encargó de la conversación. Por sus labios apretados y respuestas escuetas, me di cuenta de que moría de ganas de que él se fuera para que nosotras pudiéramos hablar sobre la mejor manera de anular mi matrimonio; pero no fue sino hasta que sonaron las campanas de la misa de las once cuando su esposo salió de la casa. Justo cuando entrábamos a la sala para conversar, don Bernal llegó, jadeando, detrás de un Diego de aspecto abatido. Su camisa sobresalía de su jubón a medio abrochar.

—Queridas, lamento mucho la intromisión —dijo don Bernal, quitándose el sombrero adornado con una pluma. Dirigió su mirada hacia mí.

—Lo lamento muchísimo. En verdad. No sé cómo decir esto, es una noticia terrible.

Hizo una pausa para recuperar el aliento, aunque quizá también para aumentar el suspenso. Cuando vio que no le pedía ninguna explicación, espetó:

—Carmen huyó... con Nico. —Sacudió la cabeza—. Supongo que estas cosas pasan todo el tiempo. Me asombra en verdad cuando un hombre tiene reputación de ser constante, aunque no se le puede culpar, en realidad, ella es encantadora. Tan servicial y amable con él cuando estuviste mal; pero no deja de ser una sirvienta. —Miró a Isabel e hizo un gesto—. Desde luego, no digo que los errantes no son personas íntegras, pero no cabe duda de que las mujeres y los hombres están hechos de diferente pasta. Incluso el doctor Rivera dice que estas cosas no se pueden evitar. Justo el otro día me explicó que la sangre de los hombres es más caliente, por lo tanto...

—Por favor, discúlpenos. —Isabel me tomó del codo y me encaminó al vestíbulo—. Debemos ir con tu padre. Solo él tiene el poder para obligar a Marroquín a anular el matrimonio *a statim*. Debemos ir ahora mismo, no tenemos tiempo que perder.

Forcejeé para soltar mi brazo.

—No quiero involucrar a mi padre.

—Catalina, esto te arruinará.

—No he hecho nada malo. —Bajé la voz hasta un murmullo—. Te dije que nunca tuvimos... relaciones, por Dios santo.

—Eso no le importará a la gente de este pueblo.

—No me importa la gente de este pueblo, solo tú.

Una puerta se azotó. Don Bernal se había ido. Era cuestión de horas para que todos los vecinos supieran la noticia.

—Pues yo no te permitiré caer tan bajo.

Dio media vuelta y se marchó con tanta vehemencia que su abrigo flotó tras ella en su camino hacia la puerta principal.

—¿Adónde vas?

Tomé mi bastón y me apresuré a salir a la calle polvorienta. El cielo era de un azul espectacular, interminable, sin una sola nube a la vista. El aire estaba seco, no había llovido en semanas. La perseguí, pero muy pronto tuve que recargarme contra el muro de una carpintería, jadeando y sudando. Isabel dio vuelta en la plaza principal, en dirección al palacio, pero yo estaba muy débil para continuar.

Cerré los ojos y puse la mano en mi costado, donde sentía la punzada de dolor. Mientras trataba de recuperar el aliento, él se me acercó.

—¿Te sientes mal?

Di un salto y casi me caigo, pero Juan me tomó por el brazo.

—Cuidado —murmuró.

Me solté y lo miré. Iba vestido con camisa y pantalones blancos de algodón, y llevaba el cabello sujeto hacia atrás con un listón rojo que combinaba con el pendiente de coral que colgaba de su oreja izquierda. Tuve que controlar mi expresión porque su presencia me imponía igual que a mis dieciséis años, aquella noche de mi fiesta de cumpleaños, cuando me hizo girar en el salón, me maldijo y me dejó sin aliento. En cuanto a él, al parecer muy poco había cambiado. Había aparentado estar furioso conmigo entonces y parecía furioso conmigo ahora.

Nos fulminamos con la mirada, pero yo tenía el sol de frente y mis ojos empezaron a llorar. Tuve que desviar el rostro.

—No sabía que estabas en Santiago —dijo en un tono más amable, para mi sorpresa.

Quizá pensó que estaba llorando. Resoplé. No iba a permitir que pensara que era una debilucha. Me aseguré de que nadie pudiera escucharnos, me aclaré la garganta, me erguí y respondí con la mayor brusquedad que pude.

—Tus ojos no te engañan. Llegué apenas ayer. Es bueno que nos hayamos encontrado, porque falta mucho para terminar nuestros asuntos y me gustaría acabarlos lo más pronto posible.

Casi olvido el momento y grito de emoción, porque mis palabras salieron sin ningún esfuerzo.

Juan reprimió una risita.

—Estoy seguro de que es una agonía estar lejos de tu esposo.

Entonces, aún no lo sabía. Y yo no iba a decirle. Volví a mirarlo, furiosa, y respondí:

—Depender de ti y de Cristóbal para cumplir la promesa que le hice a mi difunta madre es lo que en verdad me mata, aunque quizá los que, como tú, rompen sus promesas nunca lo entenderían.

Al parecer, había perdido todas las ganas de pelear. Se veía cansado, triste. Se pasó la palma de la mano por el rostro y suspiró.

—En efecto, una promesa hecha a los muertos es vinculante, aunque no menos importante que una promesa hecha a los vivos.

Entrecerré los ojos.

—Entonces, estamos de acuerdo. Por primera vez. Escucha... Me... me estoy quedando con doña Isabel, y Río Digno está conmigo. Confío en él. Espero que llames a Cristóbal y le des el mensaje a Río Digno para que nos reunamos en quince días, o antes de preferencia. Y trae el manuscrito del *Popol Vuh* ese día, ¿de acuerdo?

Si se molestó por mi tono autoritario, no le di ninguna oportunidad de demostrarlo.

—Que tengas una tarde agradable —me despedí.

Di media vuelta y me alejé. Cuando llegué a casa de Isabel fingí entrar a la hacienda. Oculta en la oscuridad estiré el cuello para espiarlo. Bajó por la calle y giró a la derecha. En esa dirección solo había una calle que llevaba a la pequeña iglesia en la que nos encontramos alguna vez.

Un segundo después lo seguí. Aunque no tenía muchas esperanzas de ver dónde vivía, me sentí obligada a hacerlo. Lo vi cruzar el cementerio junto a la iglesia y mi ánimo se elevó. Me escabullí entre las lápidas y me escondí detrás de un ángel de piedra, a cuyos pies había ramos de flores silvestres rosas y amarillas.

De nuevo, mi aliento estaba entrecortado, aunque no sabía si se debía a la persecución o al hecho de haberme encontrado con él de nuevo o por esconderme entre las sombras como una bestia salvaje.

Caminaba despacio, con la cabeza gacha. Cruzó un campo alfombrado de hierba que se extendía hasta una gran colina cubierta de bosque. Apenas podía verlo y, de pronto, desapareció en una pequeña casa de piedra que estaba en la colina bajo un bosquecillo, una choza tan diminuta que no la había advertido. Sobre el techo, colgaban de las ramas unos musgos plateados que se mecían bajo la brisa fresca.

Observé la casita solitaria durante horas, esperando que saliera.

No lo hizo.

Dos días después se confirmó la anulación. No pregunté cuáles habían sido los motivos. No podía ser que el matrimonio nunca fue consumado, porque en esos casos se recurría a una comadrona para verificarlo y no recibí esa visita. Quizá Isabel y mi padre argumentaron infidelidad de parte de Nico, pero no creía que mi padre quisiera establecer eso para la posteridad. Posiblemente hubieran hecho que el médico me declarara estéril, debido a mi enfermedad. De ser así, nunca volvería a casarme.

Tal vez debí ser más agradecida con Isabel, por haber usado su influencia con mi padre e interceder por mí, pero me sentía un poco molesta por su intromisión, una vez más, igual que había hecho con Nico y Beatriz. Y ahora era peor, mucho peor, porque fue corriendo a ver a mi padre a pesar de que le pedí explícitamente que no lo hiciera.

—Dice que quiere verte otra vez —me había dicho—. ¡Te perdona! Esa es su manera de resarcirse. ¿No irás a verlo? Te extraña mucho.

Yo no lo extrañaba tanto. No a la persona en la que se había convertido estos últimos años.

Mi corazón padecía por el hombre que me había sentado en su regazo y leído historias de niña, pero al final lo entendía... Esa versión de él, esa parte de su corazón, había sido enterrada junto con mi madre y mi hermana ese día terrible.

Nada podía hacer para traerlo de vuelta, a ninguno de ellos. Sin embargo, nunca compartí con Isabel mis verdaderos pensamientos y sentimientos.

Me había dado cuenta, de una vez por todas, de que a pesar de su amabilidad yo era poco más que una muleta para ella, su peón favorito. Sus intentos por instruir a la población nativa exhibiéndome como modelo fracasaron. En su lugar, desde que me había mudado a su casa advertí que cuando estábamos juntas tendía a hacerse pequeña para que las personas me miraran a mí y no a ella.

No era difícil entender por qué. Yo era la hija marginada del presidente, la heroína que había salvado al obispo bendecido, la que casi muere la noche que huyó para casarse con el humilde tutor que, más tarde, la abandonó por la sirvienta del gobernador. Mis escándalos eran legendarios e Isabel lo prefería así, porque eclipsaban por mucho los suyos.

Sin embargo, tuve que fingir interés porque me alimentaba y me mantenía caliente y con un techo sobre mi cabeza. Intentaba hacer que volviera a la sociedad, aunque a mí no me importaba. De hecho, don Bernal nos había invitado a una pequeña velada para celebrar que había terminado sus memorias. Habría bebidas y un recital.

Ella partió antes para ayudarlo a disponer todo. Yo no tenía ganas de asistir, pero debía guardar las apariencias, al menos por complacerla.

Cuando llegué, sola, en la sala de don Bernal estaban reunidas más personas que lo acostumbrado. Habían sacado el escritorio y llevado allí todas las sillas de madera del comedor, incluso la banca del jardín, para formar un semicírculo al fondo de la habitación, donde había una nueva pintura, enorme, de un Cristo resucitado que se elevaba en triunfo hacia el paraíso.

Doña Clara estaba junto a la puerta, platicando con una señora que yo no conocía. Habían traído a sus esclavas negras para exhibirlas. Las pobres chicas, vestidas de manera elegante, estaban en un rincón y sonreían con amabilidad cada vez que alguien las señalaba y miraba con curiosidad; es decir, casi todo el tiempo. Traté de pasar sin llamar la atención, pero doña Clara me tomó del brazo.

—Vaya, vaya, la señorita Catalina. ¿Al menos he escuchado que lo sigue siendo?

Una extraña tos escapó de mis labios.

—¡Qué alboroto provocó! Pensar que después de estar casada un año una podía conservarse tan pura. Mi esposo apenas pudo esperar que me persignara en el altar para quitarme las enaguas.

La otra doña lanzó una risita.

—Ah, Clara. ¡Qué mala!

—No, no, no es su culpa. —Me miró de arriba abajo y se detuvo en mi bastón—. Estuvo inconsciente la mayor parte de su matrimonio. La visité, ¿sabe? Me alegra que el Señor la haya salvado. Pensamos que, si alguna vez despertaba, estaría loca.

—Así es. No estoy segura de haber escapado a ese destino —dije.

Doña Clara sonrió, complacida. Se acercó más a mí y murmuró:

—Dígame la verdad, ¿en serio no tenía idea de que ese tutor despreciable estaba loco por la sirvienta de Bernal?

—Discúlpenme.

Di media vuelta. Mi pulso retumbó en mis sienes.

Isabel estaba al fondo de la sala, conversando nada más y nada menos que con el capitán Lobo. Era evidente que estaba incómoda y me hizo una seña apenas me vio. Reprimí un quejido y vadeé las sillas hacia ellos. Por fortuna, no tuve necesidad de hablar con ese hombre horrible.

Don Bernal hizo su entrada, guiado por un joven maya que había empleado para que lo ayudara a desplazarse por el pueblo. Todos aplaudimos. Me sentí aliviada de tener una excusa para no hablar, porque mi temperamento estaba tan alterado que me costaba respirar.

—Amigos, gracias por venir —saludó, llevándose la mano al peto—. Me siento honrado de contar con mi querida amiga y gran aliada, doña Isabel Ramírez, quien compartirá con ustedes un fragmento de mi relato final, la caída de Tenochtitlán. Si me conceden el privilegio de tomar asiento, empezaremos.

El grupo volvió a aplaudir e Isabel se adelantó; sus mejillas pálidas estaban un poco sonrojadas. Las sillas rasparon el piso cuando todos se sentaron. Permanecí junto a la ventana, a un lado de Lobo, que apestaba a tabaco y sudor. La nueva sirvienta de don Bernal llenó de vino las copas del público y luego se marchó.

—Muchas gracias —dijo Isabel, levantando el manuscrito—. Para mí ha sido un honor y un placer ayudar a don Bernal a escribir sus memorias de la conquista de México. Esta es una verdadera joya histórica y no tengo ninguna duda de que perdurará durante generaciones. La gente de estas tierras, todos nosotros, quienes llegaron y quienes nacimos aquí, estaremos por siempre en deuda con él por tomarse el tiempo de relatar estas increíbles experiencias y hazañas.

Por un momento pensé que iba a estallar en un ataque de risa histérica.

Sencillamente no podía creer que yo, la chica que había tenido que mentir, engañar y gatear por pasajes subterráneos para reescribir una hermosa obra de arte maya, estaba sentada en esta refinada fiesta española, junto a un ladrón y asesino, a punto de escuchar el relato de *otro* asesino en uno de los peores momentos de los que se ha tenido memoria. Y era mi única y sola amiga quien iba a leerlo. Una amiga que, por lo visto, no tenía idea de lo demente que era esta situación. Sin embargo, no olvidaba la posición tan precaria en la que me encontraba, así que me mordí la lengua, respiré por la boca y escuché.

Isabel sonrió.

—Bien. Permítanme establecer el escenario. Nosotros, los castellanos y los miles de aliados indígenas, sitiamos la ciudad de Tenochtitlán y han pasado ya casi tres meses. Nuestros soldados fabricaron una flota de piraguas y combaten a los mexicanos en el agua. La lucha casi llega a su final. Aquí es donde empieza el relato.

Se aclaró la garganta y prosiguió.

—Cincuenta canoas zarparon. Estaban ricamente decoradas y las reconocimos como pertenecientes al señor de México, quien era Cuauhtémoc, tras el fallecimiento de Moctezuma. Las canoas estaban cargadas de sus posesiones, oro y joyas, y todas sus mujeres. De inmediato dejamos de derrumbar casas y seguimos su huida por el agua. Nos advirtieron hacerle enojo ninguno a Cuauhtémoc, sino que solo lo capturáramos.

Isabel bebió un sorbo de vino.

—Quiso Dios nuestro Señor que alcanzáramos su flota. El señor Cuauhtémoc supo entonces que había sido vencido. Pero Hernán Cortés lo abrazó con el mayor respeto, pues había librado valiente batalla y defendido su ciudad como era su deber, y no podía tenerlo en falta.

La habitación guardaba silencio. Nadie se atrevía siquiera a moverse.

—Llovía y tronaba esa noche del 13 de agosto de 1521 y fue curioso. Al llegar la mañana, todos ensordecimos, como si tañesen muchas campanas encima de un campanario y de pronto dejasen de hacerlo. Supongo que debido a los noventa y tres días de asedio todo eran gritos y voces de noche y de día, y el sonido incesante de tambores y trompetas, y cañones y timbales.

A mi lado, Lobo palideció y se estremeció. Su aliento apestoso salía en grandes bocanadas y tuve que acercarme más a la ventana para no tener arcadas.

—Pero en el silencio, sabíamos que habíamos triunfado. En el silencio, sabíamos que Dios nos había traído a nuestra nueva casa.

—¡Bravo! —gritó alguien.

Todos estallaron en aplausos, menos yo. Toda hilaridad me había abandonado. Me esforcé por pensar en una razón para salir de ahí.

Don Bernal se levantó e hizo una reverencia tras otra, hasta que volvió el silencio.

—¡Sin duda hay más, Bernal!

—¡Sí, sí, léanos más, doña Isabel!

Puse los ojos en blanco. Desde el otro extremo del salón, Isabel me interrogó con la mirada. Le respondí con una sonrisa tensa y negué con la cabeza. No iba a ponerme de pie para explicarle exactamente cómo y por qué esta reunión me parecía el evento más grotesco al que jamás había asistido.

—Ah, si eso desean —aceptó don Bernal, y todo el público ovacionó—. Muy bien. Querida Isabel, ¿me haría el favor de leer uno o dos párrafos más?

—Por supuesto, don Bernal.

Encontró su marca en la página y dudó un segundo antes de continuar con tono vacilante.

—Finalmente entramos a la ciudad. Juro con solemnidad que todas las casas y empalizadas estaban llenas de cabezas y cadáveres, muchos de los cuales habían sido devastados por la viruela. El hedor era tal que nadie podía soportarlo. Los hombres, mujeres y niños sobrevivientes estaban tan delgados y demacrados que era una lástima verlos. Nosotros...

Al frente del público, doña Clara dejó escapar un lamento, se inclinó hacia un lado y cayó sobre el regazo de su esclava.

—¡Se desmayó!

Todas las personas en la audiencia se pusieron de pie al mismo tiempo, y aproveché la oportunidad para escaparme.

Salí de la casa y tomé varias bocanadas profundas de aire. Los pies me temblaban y sujeté el bastón con más fuerza mientras caminaba rumbo a la pequeña iglesia en la colina, hasta que me encontré sentada en una de las tantas tumbas. La imagen de los cadáveres apilados flotaba detrás de mis retinas, el sonido de las ovaciones zumbaba en mis oídos.

No era de asombrarse que mi madre nunca quisiera hablar de ello, que la atormentaran las pesadillas, los arrebatos de terrible melancolía. No era sorprendente que quisiera que todos los españoles murieran. También pensé en Nana, en las personas que perdió. Me pregunté si, de haber podido, me lo hubiera contado. Cerré los ojos y recé por la paz de su alma.

También pedí por su perdón. Tenía que hacerlo. Debía hacerlo; puesto que este inmenso crimen, este cataclismo que había provocado sufrimiento y pérdidas, que había llenado sus vidas con tanta amarga injusticia, también era mi legado. Hubiera sido mucho más fácil fingir que no era así. Incluso tenía el derecho de afirmar ser una víctima de la conquista; y lo era en muchos sentidos. Pero si bien mi mano no había empuñado una espada o encendido un cañón, y en verdad no era responsable de las decisiones de esos hombres, vivía en un mundo que no dejaba de alimentarse de la herida colosal que había infligido. Yo también me beneficiaba de ello, a través de mi padre. Tenía que asumir este dolor vivo, a flor de piel, y combatirlo. Tenía que luchar con todas mis fuerzas para tratar de sanarlo, por poco que pudiera.

Era probable que tuviera que batallar el resto de mi vida. Y juré hacerlo.

CAPÍTULO 20

Santiago de los Caballeros, Guatemala
Primavera de 1555

Mucho tiempo después, cuando al fin abrí los ojos, miré la pequeña casa a la distancia, esperando ver a Juan.

No sabía si quería golpearlo o besarlo, pero cada nervio de mi cuerpo se tensaba y me llevaba a un estado de desesperación por verlo, por hablar con él, especialmente ahora que me sentía tan sola en este mundo y que me era tan difícil respirar.

Me levanté y avancé hacia allá. Había decidido tocar la puerta, pero él salió en ese momento. Me paralicé cuando se detuvo en el umbral para sacudir sus pantalones blancos y ajustarse la faja roja que llevaba a la cintura. Luego se dirigió hacia el bosquecillo que estaba a su derecha, a mi izquierda. Me tomé un momento para mirar alrededor. Una anciana depositaba claveles junto a una gran cruz de piedra que estaba cerca de la iglesia, absorta en sus rezos. Cojeando, crucé a buen paso el campo cubierto de hierba hasta quedar cubierta por una sombra. A partir de ahí, corrí, a trompicones, en la dirección que creía que había tomado, pero no pude verlo.

Sin duda debió escucharme, mi falta de aliento, mi andar accidentado, el roce de mis enaguas, pero quizá pensó que era alguien más.

—¡Juan! —lo llamé en voz baja, sin dejar de caminar lo más rápido posible.

Avancé rodeando los pinos hasta que tuve una sensación en la nuca: se me pusieron los pelos de punta. Disminuí la velocidad, pasé frente al tronco grueso y nudoso de un viejo roble. Escuché el crujido de una hoja aplastada por un pie. Di media vuelta y ahí estaba él, a un brazo de distancia. Mi corazón, que ya latía con fuerza, empezó a desbocarse.

—¿Catalina? ¿Qué pasa? —preguntó acercándose a mí.

Sacudí la cabeza y me pareció que flotaba lejos de mí conforme miraba sus ojos negros, que desbordaban preocupación. Quizá aún no me había abandonado.

Mi labio inferior tembló y mis ojos se llenaron de lágrimas.

—¿Qué? ¿Qué pasa?

Inclinó la cabeza hacia la mía y aspiré su aroma fresco, a cítricos y canela, como un hogar.

Estallé en llanto y me abrazó.

Dejé salir todo: cada herida, dolor y pena. A empellones y con mucho balbuceo le hablé de la traición de Beatriz, de las mentiras y los castigos de mi padre, de cómo escuchaba la voz de mi madre y de mis sueños, en los que me contaba sus recuerdos y sus últimos momentos en esta tierra. Le relaté el horror de despertar y ser incapaz de hablar, escribir y caminar. Mi voz se amortiguó en su pecho. Mis lágrimas y algunos mocos empaparon su camisa. Él se limitó a escuchar, a abrazarme y acariciar mi espalda. Sus brazos me apretaron con fuerza cuando le conté que Nico había huido y la horrible reunión de la que acababa de salir; la mirada de superioridad en el rostro de Isabel y de don Bernal, que tuve que soportar con una sonrisa. Dejó escapar una especie de gruñido y yo me alejé, sin dejar de despotricar.

—Y todo ese tiempo tuve que esperar, esperar, esperar. A mi padre, a Cristóbal, a ti; que algún hombre me ayudara, me mantuviera, me permitiera al... algo de libertad, ¡que cumplieran sus miserables promesas! Demonios, todo lo que quiero es que me regreses el antiguo *Popol Vuh* y que terminemos de escribir el nuevo —grité.

Nuestras miradas se encontraron. Contuve el aliento cuando vi que sus ojos estaban llenos de lágrimas, igual que los míos.

Parecía perdido.

—Lla... llamé al Nija'ib, como lo pediste. Estará aquí en unos días y... —Sacudió la cabeza, se pasó una mano por el cabello y dio un paso titubeante en mi dirección—. Catalina, por favor, discúlpame.

Nuevas lágrimas rodaron por mis mejillas.

—Cuando escuché que habías huido para casarte, todo... todo mi mundo... se hizo añicos. —Su voz se redujo a un murmullo—. Tú has sido lo único bueno que me ha sucedido desde que tengo memoria; y de nuevo, ellos se lo llevaron. Estaba furioso, herido y tan... *avergonzado*. Pensé que quizá al final ya me veías por lo que era: una burla, un indigente.

Negué con la cabeza.

—¡No! Ya te lo dije, ¡mi padre me iba a enviar a España!

—Ahora lo veo. No me di cuenta. Ni siquiera podía ver la pesadilla que debiste sufrir, antes y después de que ese guardia te atacara. —Acarició mi mejilla—. Pude haberte perdido —agregó con un fuerte suspiro—. Si... no te he perdido ya por lo idiota que soy.

No supe qué decir. Mi cabeza y mi cuerpo, mi corazón y mi espíritu eran un completo caos. Quería decirle que no me había perdido, lanzarme a sus brazos, prometernos el uno al otro de nuevo y permitir que presionara mi espalda contra ese árbol en un beso insensato. Pero no había tocado el tema que había planteado y que más me interesaba. Asintió, como si supiera por qué titubeaba.

—Quieres que te devuelva el manuscrito de tu madre.

Parpadeé.

—Así es.

Por un momento pareció en conflicto.

—Está bien. Vamos por él.

Regresamos a su pequeña cabaña uno al lado del otro. Nuestras manos rozaban sus dorsos hasta que acabó por tomar la mía en la suya. Mi corazón dio un vuelco. La luz que se filtraba entre los árboles en motas rosadas empezaba a menguar, y el aire del bosque se enfrió y se llenó de neblina. Las hojas resplandecieron con el rocío de la tarde. Los pájaros regresaban piando a sus nidos para pasar la noche, animando nuestros oídos con su barullo.

Frente a su puerta, un par de momotos deslumbrantes volaron sobre nuestras cabezas en un destello turquesa. Nos sonreímos con timidez, ya que eran un símbolo del destino y la familia. Empecé a sentir la emoción de la anticipación, entusiasmo por lo que esperaba que sucediera después.

Me hizo pasar a su casa, a una habitación cuadrada, limpia, en la que solo había una pequeña ventana ovalada, un lecho de paja cubierto por una cobija tejida y un gran baúl abierto que contenía pocas cosas, algo de ropa bien doblada en el fondo. Mi corazón se estrujó por él, porque sabía que le lastimaba tener tan poco. Él, un rey, un buen hombre.

Cerró la puerta detrás de mí y caminamos hasta el baúl. Aspiré el aroma del copal y el grano seco mientras mis ojos se ajustaban a la luz débil. Igual que mi cajón de doble fondo, el cofre de Juan tenía una tapa falsa.

Con la mano libre, manipuló los costados hasta abrirlo.

—Seguro y seco, señora mía —dijo sonriendo.

Reprimí una risa y nos miramos a los ojos; luego tragué saliva y me quedé inmóvil. Durante un buen momento solo hubo silencio, mientras nuestros dedos entrelazados cosquilleaban y palpitaban, invitándonos a reducir la distancia entre nosotros. Empecé a moverme, como en trance, incapaz de apartar la mirada de la suya, incapaz de respirar hasta que nuestros labios se entreabrieron y pude sentir el calor de su cuerpo y su aliento a cítricos. Me sentí débil y más viva que nunca al mismo tiempo. Una suave vibración se extendió desde la punta de mi lengua hasta las partes bajas y profundas de mi cuerpo que debía tener bajo control porque podían arruinarme a mí, a mi familia y mi posición.

Bueno, ya no tenía una verdadera familia ni mi posición me importaba. La única persona que significaba algo para mí, la única a la que amaba, estaba aquí, enfrente, respirando con fuerza. Sus ojos negros reflejaban el deseo, la avidez, la necesidad que también me consumía.

Me paré de puntitas y lo besé con fuerza.

No estaba hambrienta, estaba famélica.

Mi bastón cayó al suelo con un sonido sordo y se alejó rodando. Emitió un sonido, en parte gruñido, en parte gemido y rodeó mi cintura con sus brazos. Tropezamos sin soltarnos, sin dejar de besarnos, y caímos en el jergón. Ahí, entre el crujido de la paja y la luz menguante, nos tomamos al fin, nos mordimos, nos reclamamos uno al otro.

Mucho después, él encendió una vela y volvió a acostarse a mi lado. Con la yema del dedo recorrí el contorno de su nariz, de su mentón y los bordes de su manzana de Adán. Era hermoso y se lo dije. Sus labios esbozaron una leve sonrisa.

—Lo sé —dijo.

Le di un golpecito en el brazo y giró sobre un costado hacia mí.

—Te extrañé.

Me giré también. Me acurruqué con la cabeza bajo su barbilla y presioné mi cuerpo contra su pecho desnudo. Nos abrazamos en silencio durante un tiempo largo, delicioso.

Luego, mi mirada cayó en el *Popol Vuh*.

—¿Por qué lo quieres? ¿Por qué insistías en conservarlo? —pregunté—. ¿Por venganza?

Negó con la cabeza.

—No... en realidad, no. Tú misma lo dijiste, el libro contiene una lista de todas las generaciones de reyes. La última parte aún es legible y es una prueba de nuestro linaje, de nuestro derecho de nacimiento. El Grande está intentando obtener una audiencia con el emperador. Pensamos que si le mostramos esa parte, junto con otros documentos que tenemos, nos devolverá, si no todo el dominio, al menos el gobierno de nuestras tierras y pueblo. En su nombre, por supuesto.

Me quedé boquiabierta, incrédula.

—Al menos ese era el plan. Tendré que decirle que decidí otra cosa.

Parpadeé, asombrada al darme cuenta de que me elegía a mí sobre la posibilidad de recuperar sus tierras, pero también ante su credulidad. Que pensara que había alguna manera de que los españoles le devolvieran un poco de poder estaba más allá de mi entendimiento. En lo más profundo, sabía que era un esfuerzo completamente inútil, pero no me atrevía a decírselo. No ahora que de pronto me miraba con los ojos cargados de esperanza.

—A menos que quieras prestárnoslo otra vez.

No pudo ocultar el tono de súplica en su voz. Me aclaré la garganta y me concentré en una de las mil preguntas que cruzaban mi mente.

—Espera, cuando dices «obtener una audiencia», ¿quieres decir que van a ir a España?

Movió la cabeza de izquierda a derecha.

—Yo no puedo. Mi cargo aquí se ha vuelto muy importante y nunca más volveré a dejarte. El Grande irá, pero debo acompañarlo a Veracruz.

—¿Cómo entenderán los españoles los documentos que les muestren? Sin duda no van a confiar solo en su palabra.

—Tengo algunos amigos dominicos. Uno de los monjes, que habla k'iche' y aprendió a leer nuestros símbolos, aceptó viajar con el Grande.

—¿Y cómo pagarán los pasajes? —pregunté mirando alrededor de la pequeña cabaña.

Si Juan era tan pobre, el Grande debía serlo aún más.

Juan se movió y pasó una mano por su cabeza.

—¿Qué es esto? ¿La Inquisición?

—Por lo que me pides, tengo derecho a saberlo. En el mar pasan cosas terribles. Es posible que el Grande nunca regrese.

Como para distraerme, se inclinó sobre mí y volvió a besarme. Lo alejé.

—¿Cómo van a pagar? —insistí arqueando las cejas.

Se recostó sobre la espalda.

—Digamos que el Nija'ib' ya se encargó de todo.

Me senté.

—¿Eso es lo que ha estado haciendo? ¿Cómo el Ocelote? ¿Él es quien obtiene el dinero del pasaje?

Juan puso los ojos en blanco.

—Ustedes las mujeres adoran sus hazañas, ¿verdad? Incluso las españolas se abanican siempre que se habla de él.

—Eres ridículo.

Quise agregar que no creía que Cristóbal se diera cuenta, que no pensaba que le importara si las mujeres lo admiraban, pero eso lo hubiera puesto en un terrible peligro. Ni siquiera alguien como Juan lo hubiera entendido. Mejor que se sintiera celoso que con miedo.

Reflexioné y él guardó silencio para darme tiempo de considerarlo, pero podía sentir que su cuerpo se tensaba con anticipación. Deseaba esto con todas sus fuerzas, aunque estaba dispuesto a renunciar a ello por mí. Miré sus ojos esperanzados; incluso después de lo que había vivido, después de que le habían robado todo. Yo no podía quitarle esto también. Necesitaba tener una esperanza. *Los dos* necesitábamos tener esperanza, en el otro, en la noción confusa y huidiza de justicia. Aunque nada saliera de esto y nos rechazaran, la historia sabría que habíamos luchado, que lo intentamos.

—Está bien. El Grande puede llevarse el *Popol Vuh,* con dos condiciones.

Juan contuvo el aliento.

—Terminamos de escribir y yo me quedo con el nuevo ejemplar. Y el Grande solo puede llevarse la parte del manuscrito que enumera a los viejos reyes.

—Esas son tres condiciones —dijo, pero sonrió.

Me incliné y lo besé. Esta vez, ninguno de los dos apartó al otro.

Eran más de las once de la noche cuando entré a hurtadillas a casa de Isabel.

Aturdida de felicidad, subí de puntitas los escalones embaldosados; acaricié el barandal con la punta de los dedos, imaginando la piel cálida de Juan sobre la mía. Pensé que nada borraría la sonrisa de mi rostro, pero me equivocaba.

Cuando abrí la puerta de mi recámara, con cuidado, Isabel estaba ahí, sentada al borde de mi cama. Me quedé paralizada, mirándola. El fuego crepitaba en la chimenea, pero su piel, en vez de brillar con luz rosada, se veía grisácea. Sus labios formaban una línea delgada y recta que me recordó las varas que se usaban para golpear a los niños mal portados.

—Te he buscado por todas partes.

Su voz era apenas un murmullo.

—¿Qué? ¿En las calles? ¿Tú sola?

Asintió despacio.

—Estaba loca de preocupación. ¿Dónde has estado?

—No lo creerías —respondí sacudiendo la cabeza y subiendo las manos a mi frente.

Antes de dejar la casa de Juan pensé en qué decir en caso de que algo como esto sucediera.

—Salí a caminar y me desorienté. Ya sabes que mi memoria a veces es muy mala. Acabé en el río antes de darme cuenta de dónde estaba.

Isabel lanzó una risita sarcástica.

—Tienes razón, no lo creo.

—Es la verdad. No sé qué más decirte. Lamento haberte preocupado. No debiste salir sola, ¡es muy peligroso!

—Lo mismo debería decirte a ti. —Hubo una larga pausa—. Catalina, tu conducta ha sido muy extraña últimamente.

—¿Cómo? —pregunté desamarrando mi vestido y las mangas.

—¡Como hoy! Te fuiste de la reunión de don Bernal. Se molestó mucho, ¿sabes?

—Iré mañana a disculparme.

—¿Y qué hay de tu padre? ¿Cuándo lo vas a visitar a él? Esperó, pero yo no respondí.

—¡Te pidió que le hicieras una visita formal! ¿Cómo es posible que no vayas después de que ayudó con la anulación? Está pasando por un momento terrible ahora. Lo están investigando.

—¿Qué?

—Los vecinos lo acusan de nepotismo, de regalar tierras a sus yernos, como si ninguno de los presidentes anteriores hubiera hecho eso y más. Su salud empezó a deteriorarse otra vez. Verte lo alegraría.

Apreté los dientes. Cada segundo me enojaba más.

—¿Sabes? Si no te conociera bien, diría que tienes un amante —murmuró.

Entreabrí los labios y reí.

—Isabel, eso es ridículo.

—¿Lo es? No soy tonta, conozco las señales. Entras a hurtadillas, a altas horas de la noche, con la mirada vaga en el rostro. Es tan claro como tinta sobre pergamino.

—¿Esto se trata mí? —espeté—. ¿O vas a hablar con tu esposo cuando regrese de Chiapas?

Se puso de pie, sonrojada; su cuerpo temblaba.

—No dejo de escuchar rumores de que sigues los mismos pasos que tu madre. La buena reputación que ganaste al salvar al obispo Marroquín se olvidó hace mucho. Estoy tratando de advertirte.

Aventé mi canesú y mis enaguas sobre la silla. La cabeza empezaba a zumbarme. Estaba cansada y perdía el control de mi discurso.

—No necesito advertencia, y no me im... importa la aprobación de chismosos estúpidos como doña Clara y don

Bernal. No es un crimen tener mala memoria y perderse. No he hecho nada malo.

—Como quieras.

Salió furiosa y azotó la puerta a su espalda.

CAPÍTULO 21

Santiago de los Caballeros, Guatemala
Primavera de 1555

Me encontré a Juan la mañana siguiente, afuera de las concurridas rejas del palacio. Me estremecí al verlo y me di cuenta de que él estaba igual de asombrado que yo. Pero tuvimos que saludarnos con una reverencia; debimos fingir distancia, frialdad. Los guardias nos observaron. Isabel no estaba muy lejos, se había ido a comprar dalias a uno de los vendedores que estaban en la bulliciosa plaza, mientras yo la esperaba aquí.

Algunos hombres martillaban y gritaban mientras erigían una plataforma con un poste en el centro. Otros apilaban leña a su alrededor. Las flores moradas de las jacarandas se mecían al viento, al tiempo que los españoles iban y venían, haciendo correr la misma noticia. Una y otra vez repetían «Juana la Loca está muerta. Bendita sea su alma».

—Señor cacique —saludé, y de inmediato miré a mi espalda.

Isabel ya no era visible entre la ajetreada multitud.

—Señora —respondió—. ¿Vino a ver a su padre?

Negué con la cabeza.

—Mmm. Quizá debería hacerlo —agregó—. He escuchado que está muy mal.

—¿Sí?

Un escalofrío recorrió mi cuerpo. Dudé un segundo, pero de inmediato recordé que me había dicho que nunca más iba poner un pie en esa casa de nuevo, y estaba decidida a cumplir mi palabra.

—Lo veré en otro momento —respondí—. Tengo cosas más importantes que hacer.

—Ya veo. —Juan se acercó un poco más, el deseo brillaba en su mirada—. Me encantaría acompañarla, señora. Por su seguridad, claro está. Hoy hay mucha gente.

Le lancé una mirada de advertencia y bajé la voz.

—Isabel sospecha algo. Debemos tener cuidado.

Su rostro se ensombreció.

—¿Durante cuánto tiempo? —preguntó en un murmullo— No podría soportar un día más siquiera.

—Por favor —dije bajito, para luego alzar la voz—. Hoy hace calor, ¿no cree?

Asintió.

—En efecto, mucho calor. —Luego, volvió a bajar la voz—. Esta mañana recibí noticias. Han visto a tu primo en las proximidades.

—Bien. Encuentra una manera de informarnos a Río Digno o a mí cuál es el plan. Ahí estaré.

—Así que estás dispuesta a arriesgarte por él, pero no por mí.

Chasqueé la lengua y advertí a Isabel, quien me hacía una seña para que fuera con ella.

—Que tenga buen día —dije, haciendo una reverencia de despedida.

Caminé hacia la plaza y de inmediato me di cuenta de que era una pésima idea. No había traído mi bastón, porque en las mañanas me sentía más estable. Pero ahora había muchas personas alrededor que tropezaban unas con otras, conmigo. No podía creer que la muerte de nuestra aspirante a emperatriz, cuyo hijo la había encarcelado y que había sufrido durante años, pudiera provocar tal caos, hasta que una mujer gimió: «El último hijo de Isabel y Fernando ha muerto», y empecé a comprender.

Se trataba del fin de una era. Cierto, muy triste, pero todo lo que yo quería era llegar a Isabel e irme. No me gustó el aspecto del poste o de la gente a su alrededor. Advertí a un vagabundo que parecía desesperado y escondí mi bolso bajo el corpiño. No tenía mucho y últimamente la generosidad de Nicolao había disminuido.

Se hizo una gran conmoción. La multitud empezó a presionar hacia el centro y me llevó con ella. Ya no podía ver a Isabel y abandoné mi búsqueda, pero me era imposible salir de ahí.

—¡Traen a alguien! —gritó la niña que estaba a mi lado, señalando hacia la derecha.

La muchedumbre empezó a murmurar y a silbar cuando una carreta que llevaba a dos hombres mayas ensangrentados se abrió camino hacia la plataforma. El más joven volteó en mi dirección y, durante un momento espeluznante, pensé que era Cristóbal. Me tambaleé junto a una señora que estaba a un lado, quien casi me escupe a la cara antes de ayudarme a levantar. Miré de nuevo y me di cuenta de que no era él. Sin embargo, no me sentía tranquila porque sí lo conocía: era Pablo, el hijo de Jun Kaaj, la mano derecha de Cristóbal.

El obispo Marroquín y el capitán Lobo subieron a la plataforma.

—Estos hombres han sido acusados de robo y bandidaje —leyó el conquistador—. Se cree que son cómplices del tristemente célebre Ocelote.

Una exclamación de asombro y emoción se elevó entre la multitud. El obispo colocó dos máscaras de madera pintadas sobre la pila de leños. Un demonio con cuernos y un guerrero emplumado.

—En efecto —continuó—, estos rufianes fueron sorprendidos con un botín robado de diez ducados y varias joyas de gran valor. Por consiguiente, han sido sentenciados a muerte en la hoguera.

La audiencia murmuró, sorprendida. El robo y el bandidaje se castigaban con flagelación, o la horca si el culpable era particularmente famoso. La muerte en la hoguera se reservaba para los traidores y heréticos. Era demasiado.

Empecé a jadear. Observé el rostro cicatrizado de Lobo y advertí fervor, placer. Miró hacia el palacio y apenas pudo reprimir una sonrisa. El bastardo. Esta era su respuesta a la indulgencia de mi padre. Las muertes violentas de estos hombres mayas eran una bofetada en pleno rostro.

La carreta se detuvo frente a la plataforma y un par de guardias sacaron a Pablo y al guerrero a patadas. Pablo cayó y no pudo volver a levantarse. Los guardias lo alzaron y pegaron su espalda al poste para atarlo a él por el cuello, el torso, las muñecas y las piernas. No había escape.

Hice otro intento por salir de ahí, pero la turba era compacta.

El obispo, serio y solemne, le murmuró algo a Pablo al oído. El chico gimió en respuesta. Un verdugo cubierto con una capucha negra llevó un leño ardiente tan ancho como mi muslo. El maya más viejo perdió el conocimiento. Pablo levantó la vista hacia el claro cielo azul y lanzó dos aullidos cortos, aunque poderosos, claros y estremecedores. Una señal. El coyote que llamaba a su manada.

El obispo retrocedió, horrorizado. En ese momento, varias flechas silbaron por el aire desde direcciones opuestas para clavarse en el corazón de los hombres. También perforaron el cuello y un costado de la cabeza de Pablo, quien murió al instante.

—¡Nos atacan! —gritó Lobo.

Su barba hirsuta y el jubón estaban empapados de sangre. Otra flecha cruzó el aire y perforó su vientre. Con un gruñido, cayó de la plataforma. La muchedumbre empezó a gritar y a huir. Los guardias corrieron hacia el lugar de donde provenían las flechas, aunque ya no lanzaron más. Paralizada, alguien me golpeó y me hizo caer, pero otra persona me tomó del brazo y me ayudó a levantarme. Isabel.

—¡Ven!

Nos abrimos paso entre la multitud enloquecida. Mujeres y niños gritaban y se encogían de miedo. Un grupo de hombres empezó a pelearse a puñetazos, se blandieron espadas, un burro rebuznó y casi nos atropella con la carreta que jalaba sin conductor.

Río Digno y otros dos sirvientes nos esperaban con una expresión de susto en el rostro. Apenas cruzamos la puerta, pusieron los cerrojos. Durante un momento, Isabel y yo nos doblamos, con las manos en las rodillas, jadeando.

—Todo está bien —les dije—. Estamos bien. Solo necesitamos agua.

La sirvienta de Isabel se apresuró a traernos un poco.

—¿Qué pasó, señora? —preguntó Río Digno—. Estaba afuera cuando la gente empezó a correr y gritar por las calles.

Isabel les explicó lo que había sucedido. Observé cómo palidecía el rostro moreno de Río Digno y de los otros sirvientes. Quizá si hubiéramos estado solos habría advertido su dolor y su horror, aunque tal vez su aspecto hubiera sido como el de un cuero viejo y deslucido.

—Esos arqueros actuaron con compasión —dije, porque era cierto.

Habían salvado a los prisioneros de una agonía larga y angustiosa. El peor tipo de muerte. Yo hubiera preferido las flechas, una muerte expedita, en cualquier circunstancia. Algunos de los sirvientes agacharon la mirada.

Isabel me miró y frunció el ceño.

—¡Provocaron una estampida!

—No, no lo hicieron. Fue ese idiota de Lobo al gritar que nos atacaban.

—¡Y lo mataron! ¡Qué vergüenza! No debieron interferir —respondió.

—Me alegro de que lo hayan hecho —mascullé.

Río Digno me lanzó una mirada de advertencia y cambié el tema.

—Yo odiaría que mi cabello apestara a carne quemada durante una semana. Es imposible deshacerse de ese hedor.

Isabel se frotó las sienes y resopló.

—Voy a descansar los ojos y a rezar. Me va a estallar la cabeza.

Río Digno y yo subimos la escalera hasta mi recámara.

—Estás jugando con fuego —mascullo en el instante en que cerró la puerta—. Quizá sea tu amiga, pero no deja de ser española, y la esposa de un juez poderoso.

—Lo sé... —respondí mientras observaba cómo sacudía los alféizares—. Me dejé llevar.

—Pues ten más cuidado. Las he escuchado discutir mucho. Eso no acabará bien.

—Lo haré. Lo siento.

Escuchamos el crujido de la madera fuera de mi recámara. Alguien pasaba enfrente. Esperé hasta que se hiciera el silencio para continuar.

—Quizá sea hora de que nos vayamos. Llevas ya mucho tiempo alejado de tu esposa y tus hijos.

Río Digno asintió.

—Los extraño mucho. Pero tenemos que quedarnos por lo menos un día más.

—¿Por qué?

—Porque tengo noticias de tu primo. Solicita tu presencia en el bosque. Esta noche.

—Todo bien, hermana —dijo Río Digno—. Me miró de forma extraña, pero al final la señora Isabel se tomó el cacao. Era lo último que quedaba de la esencia, así que debes asegurarte de acabar ese bendito libro esta noche.

—Lo haremos, hermano. Gracias.

Cuando me marché ya era casi la medianoche. Iba vestida con mi capucha acostumbrada y la daga a la cadera. Dejé el bastón, para que no me reconocieran en caso de que alguien me viera. Sin embargo, me sentía sorprendentemente estable y eso me alegró mucho.

Seguí las instrucciones de Río Digno para llegar a la estela desde casa de Isabel. Esa noche había muchas personas en la calle, incluso a esa hora tardía, en su mayoría borrachos errantes. Los sucesos del día habían provocado un alboroto en el pueblo y por poco me atropella un grupo de guardias que buscaban a los arqueros de esta mañana. Llegué al puente de piedra que estaba en los límites de la ciudad y lo crucé. A mi derecha estaba el bosque. Respiré hondo y avancé en esa dirección.

Cada nervio de mi cuerpo cobró vida. Mis oídos estaban atentos a todos los sonidos y no podía deshacerme de la sensación de que algo me observaba. Pensé haber escuchado pasos en el puente y me escondí detrás de un árbol para respirar y tranquilizarme antes de continuar. Los búhos ululaban y los murciélagos sobrevolaban. Lo único que podía ver era el arroyo que murmuraba a mi derecha y que en ocasiones brillaba bajo la luz de las estrellas. Permanecí unos metros detrás del borde de árboles y seguí avanzando durante como media hora, hasta que vi el campo de maíz y el viejo granero.

Me persigné, formulé una oración rápida y me sumergí en el vacío viviente. La única guía que tenía era el aroma del copal encendido. Después de lo que me parecieron siglos pude ver el brillo de una pequeña hoguera. Me acerqué con cautela, tratando de permanecer en silencio, pero fue inútil. Cristóbal estaba ahí. Le daba la espalda al gran montículo emplazado entre las dos ceibas sagradas, empuñando arco y flecha apuntados en mi dirección.

—Soy yo —murmuré.

Bajó el arma y la puso sobre su regazo sin decir palabra. Contempló fijamente la hoguera con la mirada vacía.

Me senté junto a él y puse mis manos sobre las suyas, sin saber qué decir. Todo lo que sabía era que Juan estaría con nosotros en cualquier momento y que perdería mi oportunidad, quizá para siempre.

—Hoy, con Pablo...

Cristóbal estalló en lágrimas. Se inclinó hacia adelante cuando los sollozos estremecieron su cuerpo.

—Todo es mi culpa, Dios, perdóname. Es mi culpa —repetía con voz ahogada, como si reprimiera un grito terrible.

—No, no fuiste tú. ¿Cómo puedes decir eso?

Me miró con el rostro contorsionado, loco de pena.

—Yo lo metí en este negocio sucio. De no ser por mí, estaría vivo.

Negué con la cabeza, pero sabía que discutir sería inútil, así que pasé un brazo sobre sus hombros y recargué mi cabeza contra la suya.

—Lo siento mucho.

Acaricié su espalda y él siguió llorando y balbuceando de manera ininteligible. Solo entendí algo que repitió dos veces: «Mi flecha, mi flecha». Las lágrimas rodaron por mis mejillas.

Cuando Juan apareció bajo la luz, Cristóbal se enjugó los ojos y se puso de pie, con una expresión asesina.

—Te dije que no debías ir tras esas joyas.

Juan flexionó las rodillas como si estuviera listo para abalanzarse sobre él. Sus ojos estaban fijos únicamente en Cristóbal. Levantó una mano con la palma hacia afuera en señal de paz, pero en la otra sujetaba un largo cuchillo de obsidiana.

—¿Y bien? —gritó Cristóbal—. ¡Admítelo! Te volviste codicioso y ahora Pablo y K'otuja están muertos.

—No teníamos suficiente...

—Tenían bastante para el pasaje tanto del Grande como de ese monje grasoso; suficiente para que vivieran durante meses en España y para el viaje de regreso. ¿Por qué ordenaste otro asalto?

—Ellos conocían los riesgos. Debieron tener más cuidado —murmuró Juan.

Cristóbal saltó sobre la hoguera y exclamó entre dientes:

—No te atrevas a culparlos a ellos, ¡malnacido!

Corrí para interponerme.

—Por favor. —Trataba de pensar con rapidez—. Lo que sucedió ya es suficientemente malo. No podemos atacarnos entre nosotros. Tenemos trabajo que hacer. Pablo hubiera querido que termináramos.

Cristóbal me miró con desdén. No lo dijo, pero yo sabía lo que estaba pensando. ¿Qué sabía yo lo que Pablo hubiera querido? ¿Qué sabía yo?

—Entonces, terminemos —dijo—. Así no tendré que ver nunca más su *horrible* cara.

Juan lanzó una risita y lo fulminé con la mirada para que cerrara la boca. Por un momento pareció esforzarse; tensó y crispó la mandíbula. Por fortuna, permaneció en silencio.

Cristóbal regresó junto a la hoguera, se sentó y arrojó en mi dirección un costal que cayó con un golpe seco. Contenía ambos manuscritos, tinta, pergaminos nuevos de amate, el odre y dos tocados. Todo estaba revuelto con los fragmentos de una jarra de arcilla rota. Tragué saliva para no expresar mi desagrado por la manera tan irreverente de tratar estos objetos sagrados. Los saqué con el mayor cuidado posible.

—Yo escribiré —dijo Juan.

Tomó la tinta, la pluma y el papel, y dispuso todo cerca de la hoguera. Luego sacó uno de los penachos, el de plumas rojo brillante.

—Rojo para el fuego.

Lo ató alrededor de mi frente y me dio un beso.

Miré a Cristóbal, quien clavaba su flecha en el suelo, y tomé el otro penacho para él.

—Vamos, primo. Esta noche danzamos en su honor. El demonio con cuernos no morirá en vano.

Lo jalé y le puse el penacho azul en la cabeza. Ambos hombres guardaron silencio, así que me encargué de empezar la plegaria.

Alcé las manos y murmuré:

—Corazón del Cielo, Corazón de la Tierra, tus hijos te alaban. Madre-Padre, Portador y Creador, te pedimos tu bendición. Nosotros, los hijos de Kaweq, de Nija'ib' y de Ajawk'iche'. Te pedimos que te lleves nuestra falsedad y nuestra mancha, y que nos brindes la fuerza y el valor para preservar tus enseñanzas por siempre.

—Amén —dijeron Juan y Cristóbal al unísono.

Para mi sorpresa, no agregaron nada más.

Cristóbal bebió el *balché'ki* y luego me lo dio.

Tomé mi primer respiro. Estaba perfumado con el aliento a miel de los dioses y el aroma del maíz de la Abuela del Día y de la Claridad, quien había moldeado todos mis miembros y cabello, y el de mis hermanos.

Buscamos a nuestros creadores en la semioscuridad y sentimos su magnificencia en el contorno de los árboles y el brillo de las estrellas. Nos hincamos y rezamos, dando gracias por nuestra vida.

—Kaweq, Nija'ib', Ajaw-k'iche' —nos nombraron con voces resonantes—. Conozcan a sus esposas, y multiplíquense.

Apenas podíamos ver a nuestras bellas esposas o a nuestros bellos hijos. El mundo estaba en un eterno crepúsculo, en la sombra y la niebla. Tanta maravilla en este mundo y solo podíamos adivinar su verdadero esplendor. Sin embargo, sabíamos en lo profundo que un nuevo día llegaría. Los dioses nos habían dado la vista, y aunque nos habíamos cansado de su anochecer interminable, nunca dejamos de sentirnos agradecidos.

—Vayan a las montañas —aconsejaron los dioses, compadeciéndose—. Los favoreceremos un poco más.

Cruzamos pastizales y llanos, ciénagas y ríos, selvas y valles, hasta que encontramos la montaña madre. Ahí recibimos grandes bendiciones, entre tormentas oscuras y granizo blanco, en un frío indescriptible y penetrante.

El primero en aparecer, en el ruido sordo de vapor y cenizas, fue Hacauitz, señor de la Montaña de Fuego. Su cuerpo estaba esculpido con una mezcla de piedras negras, porosas, y cristales.

—Estoy vinculado a ti, Ajaw-k'iche'. —Su voz lanzaba chispas naranja brillante—. A través de mí, su casa prosperará.

Caí de rodillas y besé los pies de mi dios, temblando de asombro.

Después, apareció una mujer delicada. Su piel lustrosa brillaba como el cuarzo, sus ojos carecían de pupilas y eran tan negros como el pozo de la noche. Cada movimiento suyo era exquisito, una danza, una alegría.

—Soy Auilix, la Dama de la Luna, vinculada a los Nija'ib —dijo—. A través de mí, su casa se elevará.

El señor Nija'ib tomó el borde de su falda estrellada y lo presionó contra sus labios.

Luego hubo un destello y el rugido de un incendio candente. Un árbol se partió a la mitad y estalló en llamas. La ladera de la montaña se encendió y Tohil avanzó, magnífico, el más deslumbrante de todos.

—Casa Kaweq, la más magnífica de las tres Casas, conozcan a su amo. Les traigo mi fuego y mi rabia para mantenerlos calientes y fieles.

El señor Kaweq se postró. No se atrevió a tocar a Tohil; sin embargo, le cantó alabanzas.

Fue en ese momento que vi que los otros nos habían seguido, los rab'inales y los kaqchikeles, y mexicanos que hablaban palabras extrañas. Antes no podíamos verlos sin el fuego, pero ahora sí.

Observaron nuestras flamas con celos y dijeron:

—Dennos algunas, ¡o las robaremos!

—¿Es eso en realidad lo que desea *su corazón*? ¿Acoger mi flama? —les preguntó Tohil.

Los otros respondieron que así era, todos excepto los kaqchikeles, los estafadores, que simplemente robaron una.

—Muy bien, para los corazones que así lo desean, tendrán mi llama.

Los otros estaban alegres; no se habían dado cuenta de que los habían engañado.

Pasó el tiempo y nuestros nietos tuvieron hijos propios. Construimos las grandes pirámides de nuestros dioses para que descansaran ahí. Todo el tiempo supimos, presentimos, que la era del primer amanecer se acercaba.

Una mañana se escuchó un gran grito en toda la naturaleza. Los pumas rugieron; los pericos, águilas y zopilotes chillaban y graznaban, abrían sus alas y alzaban el vuelo. Los innumerables pueblos del mundo siguieron su recorrido hacia el Este y ahí, a la distancia, un débil brillo naranja empezó a extenderse en el azul plomizo.

—¡Miren! —gritamos, y empezamos a cantar juntos, todos los pueblos, los rab'inales, kaqchikeles, mexicanos y nosotros, los k'iche', y muchos más.

—Es como lo predijo la Visionaria. Hunahpú y Xbalanqué vencieron la noche eterna, el inframundo —dijo Nija'ib'.

Los gemelos iluminaron el mundo, lo bañaron de calidez, de luz amarillo-dorada. Cada color en la tierra brillaba fresco, como capullo en primavera, como una fría mañana de invierno. Las lágrimas rodaron por nuestras mejillas al ver esta maravilla, este milagro. Habíamos nacido de nuevo. Nuestras familias crecieron y se multiplicaron. Nos convertimos en una gran nación y continuamos nuestros rezos, nuestras plegarias. Ofrecimos sangre y linfa a todos nuestros dioses, la sangre de los pájaros y los ciervos. Quemamos resina, pericón y hierba dulce en agradecimiento. Sin embargo, no fue suficiente.

—¡Nuestros dioses son demasiado buenos! ¡Nuestras ofrendas son lamentables! —dijo el señor Kaweq.

—Sangrémonos, pues —dije—. Así.

Saqué mi daga, me corté la palma y vertí mi sangre en el fuego.

—Aún no es suficiente —dijo el señor Nija'ib—. Necesitan más. Pero ¿qué?

Finalmente, los dioses nos dieron la respuesta.

—Deben ganar grandes victorias. Deben secuestrar a otras tribus.

Nos armamos con lanzas y escudos. La guerra llegó, inevitable como el primer amanecer. Tohil nos aseguró que seríamos victoriosos. Nos reveló su engaño, el acuerdo secreto que había concertado con los otros pueblos. Le habían pedido su fuego y, a cambio, él había recibido sus corazones.

—Al fin los dioses tienen una ofrenda perfecta —dije al tiempo que sacaba el corazón que aún latía del pecho de mi enemigo—. La sangre del corazón, sangre pura.

—Es bueno, pero somos viejos. Nuestro tiempo se acaba —dijo el señor Nija'ib'.

—Debemos dejar instrucciones a nuestros hijos e hijas —propuso el señor Kaweq—. Debemos dejar un libro con nuestro consejo, nuestro conocimiento, nuestra visión. Para que nunca caminen en la oscuridad, para que nunca puedan perderse.

Así, elaboramos el *Libro del Consejo*, nuestro mayor regalo y tesoro.

—Tomen, hijos, tómenlo y manténganlo seguro. Defiéndanlo con su vida —dije.

Las palabras del señor Ajaw-k'iche', mi más antiguo ancestro, resonaron en mis oídos conforme, poco a poco, el bosque empezó a tomar forma. El olor a copal y sudor picaba mis fosas nasales y la palma de mi mano pulsaba en el lugar en el que me la había cortado, pero casi no sentía dolor porque estaba entre este mundo y el otro, columpiándome en ambos. Escuché un crujido en los límites del bosque y vi cuatro dedos delicados y pálidos que desaparecieron de inmediato en las sombras.

—¡Intruso! —gritó el espíritu del señor Ajaw-k'iche', impulsándome.

Salí en su busca, aunque no podía sentir mis pies en el piso. Volé por los árboles. La oscuridad no era nada para mí; la luz del otro mundo seguía brillando en mis ojos. Alcancé con facilidad la figura encapuchada, una mujer, por el tono de sus gritos.

—¡Silencio! —vociferé.

Pero ella siguió lanzando alaridos y corriendo, así que arrojé mi daga, que giró dos veces en el aire antes de perforar la base de su capucha con un ruido seco. Ella se fue de bruces con los brazos extendidos hacia adelante, como los tenía mientras corría. Permanecí de pie, por encima de ella, absorta con el borboteo, las arcadas que salían de su garganta.

A mi espalda se acercaron fuertes pisadas. Juan nos miraba, jadeando. Los ruidos desaparecieron. Tenía el rostro ceniciento y eso fue lo último que vi antes de que el otro mundo me abandonara por completo y la oscuridad volviera a reptar bajo mis párpados.

—¿Está muerto? —preguntó.

No podía responder. Las tinieblas me habían enfriado y todo mi cuerpo temblaba.

—¡Nija'ib'! —dijo Juan entre dientes—. ¡Cristóbal! ¡Una antorcha!

Ninguno de los dos hablamos mientras Cristóbal avanzaba a trompicones en nuestra dirección, con los ojos vidriosos y confundido. Juan tomó la antorcha y extendió el brazo frente a él; se inclinó hacia abajo y apartó la capucha del rostro de la mujer.

Un grito extraño hinchó mi pecho y se hizo nudo en mi garganta.

Era Isabel. Sus ojos miraban la nada.

Solo la empuñadura enjoyada de mi daga sobresalía de su nuca. La navaja se había hundido profundamente, sujetando la capucha a su cuerpo. Juan intentó sacarla. Mi estómago dio un vuelco y arrojé su contenido líquido al pie de un árbol, apoyándome en el tronco para evitar caer de rodillas. Juan o Cristóbal colocó una mano en mi espalda y dijo algo, pero el corazón me latía en los oídos y no podía escuchar. El rostro de Isabel estaba grabado en mi retina, sus ojos sin vida y el cuchillo, el cuchillo, ¡*mi* cuchillo!

—¡Catalina, basta! —Juan me sacudió por los hombros—. Deja de gritar.

Le habían cubierto la cara de nuevo y habían escondido la daga.

—¿Qué está pasando? —Sollocé. Mi respiración era entrecortada, rápida, y mi pecho era como un bloque de hielo, azul y doloroso—. ¿Qué hice?

—Escúchame, ¡escucha! —dijo Juan—. Necesitas regresar ahora. Vete.

—¿A su casa? ¿*Su* casa?

—Sí, a su casa. Tienes que volver y fingir que no ha pasado nada.

Negué con la cabeza.

—No puedo.

—Debes hacerlo —afirmó Cristóbal.

Se paró junto a Juan. Bajó la antorcha de tal manera que sus rostros se distorsionaron. Parecían apariciones, demonios del infierno. El miedo atenazó mi corazón desbocado y me alejé.

—Nosotros nos encargaremos de esto —agregó Juan—. Vete ahora y no dejes que nadie te vea.

CAPÍTULO 22

Santiago de los caballeros, Guatemala
Primavera de 1555

No pude dormir nada el resto de la noche. Me acosté en la cama, tiesa como un cadáver, cada parte de mi cuerpo estaba tan tensa que me pregunté si me convertiría en roca. Las únicas partes que sentía vagamente vivas eran mi palma que palpitaba y una punzada aguda en la sien. Sin embargo, el dolor era bienvenido.

En algún momento, después de que sonara la campanada de las diez, Río Digno llegó con una charola de plata. Me echó un vistazo y casi la deja caer.

—¿Qué pasó?

Sacudí la cabeza.

—No... no podía dormir, pensando en esos hombres que mataron ayer.

La expresión de Río Digno se suavizó. Sentí un nudo en el estómago por haberle mentido.

—Toma, come algo de papaya, te hará sentir mejor.

Tomé un pequeño bocado y reuní fuerzas para hacer la pregunta.

—¿La... la señora Isabel ya se levantó?

—Sí, los sirvientes dicen que debió salir temprano. No ha regresado aún. Creo que se sienten aliviados. Todos durmieron de más, aunque ninguno se atreverá a admitirlo.

Asentí.

—Quiero disculparme por mi conducta de ayer. Avísame cuando regrese, por favor.

—Por supuesto. —Río Digno puso la mano en mi frente—. Necesitas comer más. Iré a hacerte unos huevos con tortillas fritas y sopa de frijol, ¿te parece?

—Gracias —respondí, solo por complacerlo. No tenía ganas de comer.

Pasé el resto del día en el patio, tratando de estabilizar mis manos para poder bordar, evitando imaginar qué aspecto tenían cuando solo eran espíritu, cubiertas de sangre. No, tenía que dejar de pensar así. Traté de bordar de nuevo. La palma me dolía, aunque la herida era superficial, ni siquiera necesitaba vendarla. La ignoré, ignoré todo y me concentré únicamente en un propósito: salirme con la mía.

Para la cena, los sirvientes empezaron a murmurar.

—¿La señora se ha comunicado? —le pregunté al ama de llaves.

Cada sílaba hipócrita se pegaba al paladar seco en mi boca. Ella negó con la cabeza.

—Esto no es común, ¿o sí? Envíe a alguien a casa de don Bernal y a la de mi padre. Envíe un mensaje al convento. Tenemos que saber si está ahí, atendiendo a los enfermos, como hace a veces. Esperaremos un poco más, para que podamos comer juntas.

Regresé a mi recámara y esperé. Alejé las terribles imágenes que luchaban por llamar mi atención y me concentré en mirar por la ventana hacia el caos que había dejado ayer la estampida. Había jirones de tela y jarras rotas, y una carreta volteada a la que le faltaba una rueda. Pasaron varias personas: un par de monjes dominicos en sus hábitos negros y blancos, un joven español que tañía su laúd y un niño maya con una bufanda tejida de colores alrededor de la cabeza y que empujaba una carretilla cargada de jitomates.

Al final regresaron los sirvientes: una lavandera y un niño que ayudaba en la cocina. Respiré profundo, cambié mi expresión para convertirla en una máscara de ligera preocupación y bajé la escalera, tranquila, paso a paso, sujetándome del barandal.

—¿Y bien? ¿Dónde está?

—Señora, buscamos en todas partes, donde usted nos dijo y más. Fuimos a la catedral y también a casa de doña Clara, pero nadie la ha visto hoy.

—Pero... ¿cómo puede ser?

Por supuesto, no tenían la respuesta.

—¿No habló con nadie esta mañana? ¿No dejó alguna nota?

—No estamos seguros, señora.

Reuní al resto del personal y les hice las mismas preguntas. Salvo por el ama de llaves, que sí contestaba, los demás formaban una fila, hombro con hombro, estupefactos. Era como había dicho Río Digno: nadie admitiría haber dormido hasta tarde esa mañana.

—Esto no está dando resultados. —Caminé de un lado al otro de la habitación, retorciéndome las manos—. Temo que algo terrible haya sucedido. Yo misma iré a palacio y daré la alarma.

Cabalgué hasta el palacio cuando ya atardecía. Los volcanes a la distancia tenían un tono rosado y anaranjado. El mozo de las caballerizas me ayudó a bajar.

—Hace mucho tiempo que no la veía, señorita. Escuché que se había convertido en una de esas incurables, si me disculpa decirlo, pero yo la veo bien.

Sonreí a pesar de que sentía los huesos pasados y que los nervios hacían temblar mi columna vertebral.

—Sí, ya estoy mejor, gracias. ¿Quién está a cargo?

—Hay un nuevo juez a cargo. El que enviaron para investigar los actos de nepotismo de su padre. Pero salió. —El mozo miró alrededor para asegurarse de que estábamos solos y me hizo la seña de que me acercara—. Y escuché que el capitán Lobo no está muy bien desde que la flecha perforó su vientre. Apuesto que será alimento para gusanos al final de la semana.

—Pobres gusanos —murmuré—. Pero escucha, niño, ¿con quién puedo hablar? ¡Es urgente!

—Supongo que con su padre, señorita. Está arriba, en sus aposentos.

Suspiré y le agradecí, luego me apresuré bajo la arcada. Había más guardias que de costumbre y me miraron de arriba abajo cuando pasé frente ellos; al parecer me recordaban. Subí tambaleando la escalera, deseando haber traído el bastón conmigo.

Respiré hondo para tranquilizar mi expresión y controlar mis pensamientos. Me decía que yo era inocente. Solo era una amiga preocupada. No sabía qué había pasado. Estaba desesperada.

Cerré los ojos y toqué a la puerta de mi padre. Maloso ladró al interior.

—¿Quién es? —la voz de mi padre también sonó como ladrido.

—Su hija —respondí, agradecida de mi tono claro.

Hubo una pausa, luego unos pies que se arrastraban. Entreabrió la puerta y trató de empujar al interior con su bastón al perro, que asomó el hocico gimiendo. A pesar de que la tarde era cálida, un calor bochornoso golpeó mi rostro. El olor sofocante, empalagosamente dulce de la habitación me invadió. Logró hacer a un lado a Maloso y me miró.

Fijamos nuestra mirada durante un buen tiempo. Había envejecido y no bien. No había recuperado el peso que perdió durante su enfermedad. Su piel era amarillenta y llevaba la barba larga y enredada. Parecía tan frágil que por un momento la niña en mi interior deseó con todas sus fuerzas estar en sus brazos, tanto que casi extiendo la mano para tocarlo.

Pero el tiempo para hacerlo había pasado hacía mucho. Conmigo, había cerrado su corazón. No me había escrito ni visitado después de que casi muero. Hice una reverencia y dije:

—Señor, le ruego disculpe la molestia.

Parpadeó.

—Me dijeron que no podías hablar ni caminar.

—El señor Jesús hizo que me recuperara y casi he vuelto a ser yo misma.

—Sí, lo veo, atrevida y orgullosa como siempre.

Por un momento pensé ver un brillo de orgullo en su mirada.

—Ni siquiera el abandono de tu necio marido parece haberte enseñado algo de humildad. ¡Atrás, chico! —le gritó a Maloso, que casi lo tira al suelo al tratar de cruzar la puerta y llegar hasta mí.

—Abajo, abajo —dije acariciando su enorme cabeza, que restregaba contra mi estómago.

Agradecí el respiro momentáneo, la oportunidad de tranquilizarme.

—¿Y bien? Es evidente que esta no es una visita formal, como yo la solicité. ¿Qué quieres?

Apretó el cinturón de su gruesa bata de terciopelo negro.

—Isabel salió esta mañana. Nadie sabe a dónde; no dejó ninguna nota. No habló con nadie y no la encontramos por ningún lado. Estoy muy preocupada y no sé qué hacer.

—¿Has buscado en la casa del idiota de nuestro gobernador?

—Sí, envié sirvientes a casa de don Bernal para que se aseguraran. Los envié a todas partes.

—¿Al convento? ¿Al hospicio?

—Sí, padre. ¡Hace horas que debió volver a casa para la comida!

Se mesó la barba descuidada, haciendo que sus mejillas hundidas cayeran aún más.

—Organizaré un grupo de exploración e iremos en su busca.

—¿Usted? ¿No puede enviar al capitán de guardias o a alguien más? No se ve...

—Sí, parece que me estoy muriendo, pero ¿no lo hacemos todos? El capitán está ocupado limpiando el caos de Lobo y buscando a esos arqueros misteriosos, que bien podrían estar involucrados en esto, si me lo preguntas. Envía a un sirviente para que me ayude a cambiarme. Dile a mi secretario que prepare a los guardias y le envíe un mensaje a Bernal. Estoy seguro de que a ese aventurero puritano le encantaría tener la oportunidad de hacerse el héroe.

—¿En verdad cree tener la fuerza suficiente? —murmuré.

Estaba de pie, pero por la manera en que jadeaba parecía que había corrido en una carrera.

—Haz lo que te pedí y deja de perder el tiempo. Cuando hayas terminado, vuelve a casa de Isabel y mándame un mensaje si regresa.

«Lo hice. Lo engañé y ni siquiera dudé en mis palabras», pensé al alejarme y bajar la escalera, pero cada paso parecía desentrañar el delgado tejido de mentiras que había urdido este último día; los últimos cinco años, en realidad, y mi fachada empezaba a caer en pedazos conforme afloraba la verdad. La sangre de Isabel estaba en mis manos. Goteaba y borboteaba por su nuca, formando un charco bajo mis pies.

Encontré al secretario de mi padre y a una sirvienta junto a la fuente. El secretario se apresuró a cumplir las órdenes de mi padre. Sabía que tenía que irme, regresar a casa de Isabel; en su lugar, me quedé ahí temblando. Presentía que con cualquier movimiento gritaría.

Un destello blanco llamó mi atención, y miré la fuente. Una oleada de inmensa gratitud me inundó, haciendo que brotaran lágrimas de mis ojos. Dos orquídeas. Él sabía que yo estaba en palacio. Él también estaba aquí. Me apresuré a su oficina y sin pensar dos veces en la multitud que me rodeaba, que podía o no estar pendiente de mí.

Juan abrió la puerta.

—Me alegra que vinieras.

La habitación estaba oscura, solo una vela parpadeaba en el alféizar. Lo abracé y lo besé, empujándolo contra el escritorio, y arranqué el cinturón de tela que sostenía sus pantalones con dedos voraces. Tomó mis manos.

—¿Qué es esto, Ab'aj Pol?

—Te deseo, Q'anti —dije besándolo de nuevo. Me soltó—. Olvidemos todo por un momento.

Volví a tomar su cinturón. Apartó mis manos con cuidado, como una brisa, pero no dejó de dolerme. Las lágrimas volvieron a raudales y me doblé hasta casi caer sobre el escritorio, pero me sujetó y me ayudó a sentarme a su lado, jalando mi cabeza contra su pecho. Empecé a sollozar.

—Lo siento, lo siento —dije una y otra vez.

—Lo sé, mi amor. Lo sé.

Acariciaba mi espalda y me besó la frente.

Lloré con más fuerza.

—Soy una persona horrible. No merezco amor.

—Sí, lo mereces.

—No, soy horrible. Una persona malvada y terrible. Una cobarde, una mentirosa, una... ¡una asesina! ¿Qué no he hecho? ¿Qué pecados no he cometido? ¿A quién no he lastimado?

—Ya basta. Basta de esto —me interrumpió Juan poniéndose de pie frente a mí. La luz de la vela vacilaba en sus pupilas oscuras, haciéndolo más jaguar que hombre—. Hemos estado en guerra. ¿Pensaste que la conquista había terminado? Nunca acabará, no hasta que hayan destruido nuestra herencia por completo. Y eso no sucederá en tanto haya personas como tú y como yo, dispuestas a matar por eso. Hiciste lo que tenías que hacer. ¿Crees que ella hubiera guardado nuestro secreto?

Me llevé las manos a la cabeza, sentía que se partía en dos a lo largo de la cicatriz. Al principio no estuve muy segura, pero después pensé: «Sí, hubiera hablado». Me había visto rezar en k'iche' y cortarme la mano para hacer un sacrifico de sangre, igual que mi madre. No podía hacer algo más bárbaro, más sacrílego a los ojos de una española. Habría corrido a ver a mi padre, como lo había hecho innumerables veces; o con don Bernal, y no hubieran tenido piedad de mí.

Sin embargo, la culpa me carcomía.

—Gracias a mí, nunca lo sabremos. Gracias a mí, ella está muerta.

—Gracias a ti, el *Popol Vuh* está seguro.

Agaché la cabeza.

—No sé cómo puedo vivir conmigo misma. No puedo volver a su casa otra vez. Es como si las paredes se desplomaran sobre mí. Ahí no puedo respirar.

—Es solo poco tiempo más, a lo mucho unas semanas. Luego podremos irnos.

—¿Irnos?

Tomó mis manos.

—Sí, tú y yo. Construí una pequeña casa cerca de Santa Cruz, no lejos de Chichicastenango. Si aún me quieres, es tuya.

Lo miré boquiabierta, muda. Pasó sus dedos entre mi cabello.

—Bueno, di algo.

—Te amo —susurré con voz ahogada.

Reprimió una risa y acarició mi mejilla con su pulgar.

—Eso es, al fin.

La búsqueda continuó. El juez Ramírez llegó a media mañana del cuarto día, polvoriento y apestando por haber cabalgado sin parar desde que la noticia llegó a Chiapas, donde él se encontraba.

Avanzó tambaleándose hacia mí en el vestíbulo, con una mirada salvaje, desesperada. Extendió su mano sucia hacia mí.

—¿Hay noticias? ¿Regresó?

Negué con la cabeza y mi labio tembló.

—Mi padre está haciendo todo lo que puede. Otros se han unido a la búsqueda.

Se frotó el rostro con la palma de la mano.

—Es por mí. Por fin me abandonó. No me porté bien con ella. No soy nada bueno.

El dolor en su voz me conmovió.

—Pero no se llevó nada. Hubiera necesitado dinero, ropa.

—No, no. Estoy seguro de que me abandonó. Debo... debo hablar con tu padre de inmediato.

—Antes querrá bañarse, o comer algo, ¿cierto? —propuse.

Pero él dio media vuelta y salió por la puerta.

No mucho tiempo después, don Bernal me visitó cuando yo estaba sentada en el patio. Tenía un libro cerrado en mi regazo. El niño maya lo guio hasta donde yo me encontraba y luego retrocedió haciendo una reverencia.

—Querida niña, ahí estás. Me preguntaba si Ramírez está en casa.

Tenía la barba descuidada y parecía que había dormido con la misma ropa durante varias noches.

—Fue a ver a mi padre, don Bernal. Quizá se unió al grupo de búsqueda de la tarde.

—Ah, ya veo. Me gustaría ser más útil, pero bueno...

Su voz chillona se quebró.

—Ha sido de gran ayuda, señor, al enviar esos mensajes a los pueblos vecinos.

—Siempre tan amable. —Se sentó a mi lado y permanecimos en silencio un momento. Unas palomas revolotearon y zurearon en un rincón. Se aclaró la garganta—. A decir verdad, también vine a advertirte, hija, sobre tu estancia en esta casa.

—¿Ah?

Lo miré.

—Sí, bien. No... no sé si nuestra querida Isabel regresará. —Su voz se quebró—. Todos creen que esos arqueros están implicados, o el Ocelote. Dios mío, ruego por que no sufra.

—Yo también —murmuré.

Las lágrimas surcaron mi rostro.

—Sin embargo, niña mía, ahora que Ramírez está de regreso, quizá sería... prudente que tú... ya sabes.

—Ah, debería irme antes de que la gente empiece a hablar.

Él se removió en su asiento, incómodo.

—Ramírez tiene fama de... ya ves. No me gustaría que tu reputación se viera afectada.

«Más afectada», pensé escuchar estas palabras en su mente.

—A mí tampoco —respondí, aunque nada podía importarme menos.

Me sentí aliviada de que me ofrecieran la excusa perfecta. Otro día más en esa casa hubiera acabado conmigo.

—Sé que será difícil para ti regresar a casa de tu padre —dijo—, pero es lo mejor.

Así, puse manos a la obra. Le pedí a Río Digno que me ayudara a empacar. Las siguientes horas se nublaron como el satén colorido y las faldas de algodón que se mecían antes de que las dobláramos, una tras otra, para apilarlas con cuidado. Al cerrar el baúl, por la ventana abierta pude escuchar los cascos de caballos y un ladrido. Alguien golpeó la puerta con mucha fuerza. En el suelo de madera y las baldosas de la escalera resonaron pisadas enérgicas. La puerta de mi habitación se abrió de golpe. Río Digno y yo dimos un salto por el asombro y volteamos a ver la imponente figura encapuchada que estaba en el umbral. Mi pulso se aceleró y la boca se me secó.

—Déjanos —ordenó mi padre.

Dio un paso al frente y parecía desmoralizado. Jadeaba. Se enjugó el sudor y el polvo del rostro con el dorso de la mano. Tenía los ojos hundidos hasta los pómulos y la tez de un tono amarillo pálido. Se sostuvo del respaldo de una silla para estabilizarse.

—Señor, ¿le traigo algo de vino, agua...?

—¡Déjanos! —vociferó en dirección de Río Digno, quien me lanzó una mirada cansada antes de salir. Luego cerró la puerta a su espalda.

—Padre, un poco de agua...

—De todos mis hijos, vivos y muertos —refunfuñó al tiempo que sacaba algo de debajo de su capa, un objeto largo envuelto en tela café—, a ti fue a quien más amé.

Lo desenvolvió y arrojó el objeto a mis pies.

Era una daga. Mi daga.

Era obvio que Juan y Cristóbal habían tratado de deshacerse de ella. Estaba cubierta de tierra y la empuñadura de piel estaba quemada; de alguna manera él la había encontrado y no había modo de confundirla. No con esos tres rubíes perfectos que brillaban como la sangre que había derramado.

—Quien haya encendido esa hoguera, ya seas tú o tus cómplices, intentó ocultar los crímenes que cometiste en contra de ella. Fue un buen trabajo. Solo sobrevivió tu daga.

Miré fijamente a mi padre. Estaba demasiado agotada para fingir, mi corazón estaba demasiado roto como para mentir. De hecho, sentía los huesos menos pesados; era extraño. Al final me veían como era en realidad.

—¿Qué vas a hacer? —murmuré.

Mi padre sacudió la cabeza. Una lágrima rodó por su mejilla hasta su barba hirsuta.

—Tómala —dijo señalando la daga—. Pero quiero que sepas que a partir de este momento renuncio a ti, a los ojos de Jesucristo nuestro Señor.

Contuve el aliento. Sus palabras no me sorprendían, pero el golpe que sentí en las entrañas y el pecho, sí. ¿Por qué me seguía importando? Mi labio inferior tembló. ¿Esta era su compasión? ¿La manera de decirme que me amaba tanto como para dejarme libre? ¿O se trataba de la contundencia en su tono? Porque conocía a mi padre, conocía ese tono. Había decidido estar en mi contra y nunca lo recuperaría. Pero ¿era eso lo que yo quería?

No, en realidad, no. Quería mi libertad, la cual colgaba de un hilo, su hilo. Así que mantuve la boca cerrada una última vez.

—No quiero volver a verte nunca —murmuró, como para llevar la conversación a mis intenciones.

Asentí entre lágrimas. Se llevó la mano al corazón antes de voltear hacia la puerta.

Levanté la daga, la escondí debajo de la almohada y lo escuché bajar la escalera. La puerta se azotó y me acerqué a la ventana para ver cómo salía de la casa. No montó en su caballo; en su lugar, arrastró los pies, lanzando volutas de polvo, algo muy poco común en él. Maloso presionaba el hocico contra su mano, tratando de que le diera unas palmaditas, pero mi padre lo empujó.

A la mitad de la calle se detuvo y se quejó, luego cayó de rodillas.

Sin pensarlo, corrí. Grité pidiendo ayuda y me apresuré por el pasillo hasta llegar a la calle. Mi corazón latía con fuerza y el aire seco quemaba mi garganta. Al final de la calle, un par de hombres mayas se acercaron para ayudarlo, pero el perro gruñó y ellos se alejaron, asustados.

—¡Vamos, vamos, Maloso! —lo llamé.

El perro corrió en mi dirección.

Mi padre volteó al escuchar mi voz y levantó un brazo. Al principio pensé que me hacía una señal para que me acercara y continué mi camino. Pero luego alzó la palma hacia mí.

—Largo —dijo.

Me rechazaba, fiel a su palabra hasta el final. Me paré en seco y su brazo cayó a un costado.

Los hombres gritaron pidiendo un médico, un cirujano, un sacerdote. Un español corrió por ayuda y otros formaron un círculo, curiosos. Un niño se llevó al caballo.

Sujeté el collar de Maloso y esperé. Todo ese tiempo tuve la sensación de que una gran presión se formaba en mi cuerpo, un terremoto de emociones. Culpa, pánico, frustración, impotencia. No sabía qué hacer, así que me limité a mirar y estremecerme, mirar y estremecerme.

—¿Quién es? —preguntaba la gente a mi alrededor.

—Es... es... —tartamudeé. Mis manos temblaban.

Uno de los hombres se inclinó sobre el pecho de mi padre y pude ver su rostro exhausto.

Las rodillas me fallaron. Sentí un brazo sobre mis hombros. Otra mano tomó con cuidado el collar de Maloso. No tuve que voltear para saber que Juan y Cristóbal habían llegado a mi lado.

—Su corazón se detuvo —anunció uno de los mayas, con la voz entrecortada—. Don Alonso, ah, hijos míos. El señor presidente está muerto.

Maloso dejó escapar un aullido y empezó a gemir.

CAPÍTULO 23

Sololá, Guatemala
Otoño de 1555

Cristóbal y yo caminamos tomados del brazo a lo largo de la costa; me recargué en él para tener apoyo. De su morral salían tintineos suaves. El agua fría del lago lamía nuestros pies y tobillos desnudos, y el sol caliente caía sobre nuestros hombros. El dobladillo de mis enaguas estaba empapado, así como sus pantalones de algodón. Podía ver mi antigua casa, que ahora era de Carmen, arriba en la colina, no muy lejos. Río Digno había escrito para informarme que Carmen estaba embarazada. Les deseé a Nico y a ella buena suerte.

Cristóbal señaló una roca plana que sobresalía frente a nosotros, debajo de un dosel de hojas de palma. Me ayudó a subir, y nos sentamos. De su morral sacó unas jarras diminutas con pigmentos de varios colores y los dos manuscritos del *Popol Vuh*. Copiábamos del original tantos dibujos como nos era posible, tratando de replicarlos fielmente. Era un trabajo difícil que requería toda nuestra concentración. Al final del día acababa cansada, con la mente confundida, lenta y adolorida; pero cada vez que lo hacíamos me sentía como si pequeños fragmentos de nuestro viejo ser también se colorearan en nuestras almas ennegrecidas y fracturadas.

«Quizá esto es lo que debería hacer, encontrar antiguos libros mayas y copiarlos. Asegurarme de que sobrevivan». Este pensamiento me alegraba el corazón.

En algún lugar detrás de nosotros, entre los árboles altos, se escuchó el ruido metálico de varios martillos y el murmullo de voces de hombres. El tono agudo e indescifrable de la voz de Juan llegó a mis oídos.

—Alguien está en problemas —dijo Cristóbal.

—Por una vez no soy yo.

Fingí enjugarme una gota de sudor de la frente. Cristóbal me lanzó una mirada de advertencia.

—Sin embargo, te vas a casar con él.

Me encogí de hombros.

—Tampoco era que las propuestas se desbordaran cuando se supo el contenido del testamento de mi padre.

Le había heredado todo a sus familiares españoles, aunque eso no me sorprendió.

—Catalina, es mejor estar sola que atrapada en una unión infeliz. Lo sabes, ¿verdad? Sé que mi padrino te lo hizo difícil de creer. —Tomó mi mano—. Pero tienes otras opciones. Puedes vivir conmigo.

—¡Ah, primo! No, lo siento. Soy horrible. —Besé su mano—. Es este... veneno que tengo dentro. Esta interminable culpa. A veces simplemente ya no sé cómo mostrar mi felicidad.

—Pero ¿eres feliz? ¿Con él?

—¡Sí! Sí, lo soy. Lo juro. No es fácil decir en voz alta lo *bueno* que es él, pero en verdad lo es.

Miré a Cristóbal a los ojos para mostrarle que era sincera. Él sacudió la cabeza.

—Lo debe ser muy en el fondo.

Reí y recargué la cabeza en su hombro. Había sido amable con nosotros, aunque sus sentimientos hacia Juan eran complicados. Nos había permitido quedarnos en su escondite junto al lago. Pero pronto nos iríamos a Chichicastenango a vivir en la casa que Juan había construido para los dos.

Me preocupaba Cristóbal. Se sentiría por completo solo. Después de un tiempo me atreví a preguntarle. Aunque temía abrir de nuevo sus heridas, quería que supiera cuánto me importaba.

—¿Qué hay de ti? ¿Tienes... amor en tu vida?

Me empujó el brazo.

—¡Demonios! ¿Tú qué eres?

—Bueno, claro que yo te amo. Pero... hablaba de... ya sabes. —Miré alrededor para asegurarme de que nadie nos escuchaba y bajé la voz—. Alguien más, alguien como... como Pablo.

Sus ojos se llenaron de lágrimas.

—Lo siento —me apresuré a decir.

Levantó la mano con la palma hacia mí.

—No. Está bien que preguntes, que lo sepas. No... no sabía que entendías.

—Eres mi más viejo amigo.

Un hermoso arrendajo con un impresionante plumaje azul aterrizó sobre nosotros y lanzó una serie de graznidos de llamado.

—Yo no lo entendía —dijo—. Contigo y con Juan. Debí comprenderlo. Nos hubiera ahorrado mucho dolor. Te hubiera ahorrado tanto dolor. —Miró mis piernas y luego un costado de mi cabeza, donde la cicatriz seguía brillando debajo de una gruesa capa de cabello—. Lamento haber sido la causa. Pensé que estaba haciendo lo correcto para ti.

Mi cuerpo y mi mente estaban mejor. Yo estaba mejor. Aunque creía que jamás volvería a ser la misma, tampoco ayudaba mucho obsesionarme con eso.

—Ya está en el pasado —dije.

Cristóbal negó con la cabeza.

—Eres demasiado buena. Le sigo guardando rencor por la muerte de Pablo. Pero, para ser francos, extraño su compañía.

Me moví para darle la espalda al lago. Señalé hacia la selva, hacia el lugar donde no cesaban los martillazos. Algunos hombres cantaban al unísono. El olor a aves asadas y humo llegó hasta nosotros y se me hizo agua la boca.

—Lo que está haciendo ahora, ayudar a construir tu escuela, es su manera de resarcirse.

Cristóbal se frotó la barbilla.

—Supongo que, después de todo, es un rey. Pedir perdón va en contra de su naturaleza.

Tomé su mano y la apreté.

—Afortunadamente para nosotros, tú sabes perdonar. Igual que yo.

Me devolvió el apretón y me sonrió.

—Así es, prima. Sé hacerlo.

Cerré los ojos y una brisa cálida se filtró en mi cabello suelto. Llegó hasta mí otro aroma, el de yuca y tierra, y pensé en mi madre. ¿Era su caricia en el viento? ¿Su beso en mi frente? No había vuelto a escuchar su voz, pero por la manera en la que se agitaron algunas páginas supe que estaba aquí y que estaba orgullosa y en paz.

Sonreí para mí misma.

Había cumplido mi promesa y seguiría haciéndolo durante toda mi vida.

EPÍLOGO

Santa Cruz del Quiché, Guatemala
Primavera de 1557

Seguí el brillo que emanaba de la antorcha de Juan y bajé sentada los peldaños de la vieja escalera oculta debajo de las ruinas del palacio Kaweq, como había hecho años antes.

Me deslicé despacio, como un caracol, no por miedo sino porque a veces mis piernas seguían siendo un problema, y mi embarazo estaba tan adelantado que no me permitía ir más rápido. Esperaba que fuera una niña, mi propia hija del fuego, aunque un hijo del jaguar también me hubiera hecho feliz.

La imaginé dando sus primeros pasos en nuestro jardín, trepando a la espalda de su padre, arrancando naranjas de nuestros árboles, sentada en la pequeña sala junto a la chimenea, bebiendo cacao y escuchando nuestros mitos y canciones. Luego, hice una mueca al pensar que tendríamos que mantener la voz baja, enseñarle todo en la noche, que deberíamos prevenirla, decirle que esas canciones eran nuestro secreto. Pero una voz desafiante, la mía o quizá la suya, murmuró: «Solo por poco tiempo».

—Con cuidado, con mucho cuidado —hizo eco la voz de Juan—. Ya casi llegamos.

Me ayudó a levantarme del piso y lo besé para hacerle saber que estaba bien. El aire húmedo y el espacio cerrado seguían produciéndome una punzada de inquietud en mi vientre abultado. Me aparté del camino para que Cristóbal y el Grande pasaran. Discutían los reportes sobre un obispo salvaje que aterrorizaba a los mayas de Yucatán. Juan encendió una hoguera. Las llamas se elevaron y nos sentamos un momento en las piedras talladas, dispuestas en un círculo alrededor.

—Entonces, hermano, mañana te vas a España. ¿Estás preparado?

La emoción de Juan era palpable. Después de tantos años de servicio, tenía motivos para esperar algunas concesiones de la Corona. Los dominicos atestiguaban su buen nombre. Yo todavía no estaba segura, pero, como él decía, tenía que intentarlo, por nuestros hijos. No podríamos nunca detenernos.

El Grande asintió.

—Tengo todos los documentos que se necesitan, gracias a tu esposa.

—Cuida mi antiguo manuscrito, como yo cuidaré el nuevo —intervine—, a menos que quieras que el espíritu de mi madre te persiga en sueños.

—No sería nuevo para mí, ni desagradable —respondió.

Le sonreí con tristeza.

—Más vale que empecemos con la bendición —dijo Cristóbal—. Grande, arrodíllate junto al fuego.

Cristóbal, Juan y yo caminamos hacia la pared labrada. Al pie de una de las esculturas de mayor tamaño había un baúl lleno de hermosos penachos y otros tesoros k'iche', algunos de los cuales recuperó Cristóbal durante la época en la que fue el Ocelote.

Era difícil creer que mi primo, con esos ojos castaños y amables, con su sonrisa fácil, alguna vez había sido un forajido aterrador. Su escuela seguía floreciendo. Incluso tuvo que contratar a un apuesto pescador tz'utujil para que le ayudara a dar algunas clases. El hombre se había construido una choza junto a la de Cristóbal para ayudarlo a realizar el trabajo a tiempo, por supuesto.

Hurgué en el baúl y saqué mi tocado favorito: el de guacamaya verde. Cristóbal se puso el azul y Juan el rojo. Juan se lo amarró mal, de lado. Extendí los brazos para arreglarlo pero Cristóbal se me adelantó. Juan masculló un agradecimiento y mi primo le dio una palmadita en el hombro.

Volteamos, tomamos un poco de copal de un jarrón que estaba frente a nosotros y lo lanzamos al fuego. El aroma de la resina humeante nos envolvió, como si los mismos dioses respiraran en la cueva, en espera de nuestras alabanzas.

—Corazón del Cielo, Corazón de la Tierra —cantamos al unísono—. Nosotros, los k'iche', te hablamos, te alabamos. Solicitamos tu favor.

Cerré los ojos y dejé que los espíritus se apoderaran de mí.

NOTA DE LA AUTORA

Al implementar las Leyes Nuevas, casi sin ayuda de nadie, don Alonso López de Cerrato logró una de las hazañas más extraordinarias de la administración del Nuevo Mundo. Sin embargo, la historia lo ha olvidado casi por completo. Según consta, el presidente fue enterrado en el monasterio de Santo Domingo, en lo que ahora se conoce como Antigua, Guatemala, anteriormente Santiago de los Caballeros. Desde entonces han movido su lápida y se desconoce su ubicación actual.

El barco de don Juan Cortés fue atacado por piratas franceses de camino a España. Sus documentos, que con toda probabilidad incluían una gran cantidad de códices precolombinos desconocidos, se perdieron. A pesar de eso, don Cortés logró llegar a España y le concedieron audiencias con funcionarios nobles. Por desgracia, incluso con el apoyo de los dominicos, los franciscanos argumentaron con éxito en contra de la restauración de los derechos y privilegios de la nobleza k'iche'. Afirmaban que concederles más poder promovería las revueltas de los pueblos indígenas.

Don Juan de Rojas continuó en su cargo como ministro de Asuntos Indígenas, aunque los registros muestran que dejó de firmar los documentos oficiales en noviembre de 1558. Sus hijos, empobrecidos, siguieron defendiendo los derechos de la nobleza k'iche'.

En 1562, el obispo Diego de Landa ordenó quemar un gran número de códices mayas y miles de imágenes de culto en Yucatán, como parte de su campaña en contra de la idolatría. Estos manuscritos habrían contenido conocimiento sobre religión, historia y civilización maya. Se sabe que solo sobrevivieron cuatro códices a la conquista y la subsecuente Inquisición, así como la única versión conocida del *Popol Vuh,* escrita por el fraile Francisco Ximénez.

Entre 1701 y 1703, Ximénez tuvo la oportunidad de ver el documento «original» del *Popol Vuh* durante su cargo como sacerdote de la parroquia en Chichicastenango. Hizo su propia copia y agregó una traducción al castellano. Su obra se conservó en posesión de los dominicos hasta la independencia de Guatemala. El manuscrito original pudo incluir algunas ilustraciones e incluso alguno que otro símbolo maya, pero se cree que fue escrito fonéticamente, en escritura latina. Sin embargo, la versión de fray Ximénez contiene solo columnas de prosa alfabética.

Por respeto a los autores, esta novela conservó la ortografía original de los nombres propios del *Popol Vuh* (por ejemplo, Tohil, Auilix, Hacauitz), en tanto que se utilizó la ortografía actual para las palabras y términos en k'iche' cuyas etimologías son obvias.

Las identidades de esos autores y el paradero de la versión puramente k'iche' del *Popol Vuh,* que Ximénez fue el último en ver hace más de trescientos años, siguen siendo un misterio hasta hoy.

AGRADECIMIENTOS

En primer lugar, me gustaría agradecer a la gente hermosa de Guatemala, en particular al pueblo k'iche'. Con el más profundo respeto y reverencia, gracias, *maltiox che la*. No sé por qué la investigación de mis raíces me llevó a ustedes y al *Popol Vuh*, pero estoy eternamente agradecida y llena de humildad. Lector, si usted siente lo mismo, por favor, considere patrocinar a una Joven Pionera para el Colegio Impacto de MAIA, una organización dirigida por mujeres indígenas cuyo objetivo es empoderar a otras mujeres indígenas para que continúen su educación, alcancen autonomía económica y planifiquen su familia bajo sus propios términos. Podrá obtener más información en www.maiaimpact.org.

Asimismo, si alguna vez tiene la oportunidad, visite Guatemala y no olvide ir al Museo Popol Vuh, en la capital. Su exhibición es de nivel mundial.

También quiero agradecer al profesor Allen J. Christenson, desde el fondo de mi corazón, sus enormes esfuerzos por capturar el alma del *Popol Vuh* y traducirla al inglés, así como por darse el tiempo de leer este manuscrito. Aprecio profundamente su cuidado y paciencia para proporcionarme tantas notas detalladas y maravillosas, así como sus respuestas a todos mis correos electrónicos de seguimiento. Un agradecimiento espiritual para los profesores Dennis Tedlock y William L. Sherman. Si algunos lectores están interesados en detalles más fácticos sobre este periodo histórico y algunos de sus personajes, recomendaría la poco conocida, pero muy importante obra *El trabajo forzoso en América Central, siglo XVI*, de Sherman. Es muy divertida (aunque no lo es).

A mis primeras lectoras, Katherine y Constance, gracias por su cuidado, sus comentarios y su apoyo con este bebé, y el último también. Constance, agradezco tu tuit #PitMad, gracias al cual conseguí un agente. Estoy por siempre en deuda contigo, mujer brillante. No puedo esperar a ver a Iphigenia en el mundo, ¡donde pertenece!

A mi brillante agente, Johanna Castillo, y su equipo de Writers House (Erin y Victoria), gracias por leer, editar, animarme y derribar todas las puertas hasta que nos aceptaron. A Alexandra Torrealba, mi editora en Amazon Crossing, gracias por ese «sí». Tenerlos a todos ustedes de mi lado ha significado un mundo de diferencia. Mil, mil gracias.

Ha sido un sueño leer esta edición en español. Quiero ofrecer mis más sinceros agradecimientos a todo el equipo de Planeta México, en especial a los editores y a la traductora, Yara Trevethan Gaxiola, por este gran trabajo y por la oportunidad de traer esta historia a mi México lindo.

Gracias a mi comunidad de escritura, porque todos ustedes han leído y se han tomado el tiempo para mejorar este libro, incluidos los fantásticos editores Elaine Colchie, Jon Reyes y Lauren Grange. Gracias por su visión, su sabiduría y su mirada de águila. Gracias a los autores Tina Chan, Xiran Jay Zhao y Jordan Kipy. Tina y Xiran, ambas son superestrellas y las admiro. Si alguien ha estado viviendo debajo de una roca y no ha leído *Viuda de hierro*, de Xiran, hágase un favor y léalo. Y a Jordan Kipy, gracias por tu guía y apoyo a lo largo de los años, y por animarme a seguir escribiendo esta novela. *Theodora Hendrix* es adorable y espeluznante. Cualquiera que tenga niños, busque esta serie.

A todos ustedes que me han exhortado, amigos y familia. Mamá y papá, gracias por todo su apoyo y su amor siempre, los amo con todo mi corazón. Un agradecimiento particular a mi madre, por creer sinceramente en los poderes sobrenaturales de quien leyó la planta de sus pies (sí, de sus pies), que la convencieron hace años de que mis libros serían un éxito. En serio espero que esta mujer tenga razón.

Gracias también a mi suegra, Connie. Y en el cielo, un agradecimiento enorme a la amada tía Jan, por animarme también y guiarme cuando apenas empezaba.

A Craig, mi paciente, amable, amoroso y devoto marido, quien probablemente se avergüenza al leer esto. Gracias por ser el ejemplo más maravilloso para nuestro hijo. Gracias por apoyar mis sueños irrealizables de convertirme en escritora. Gracias por trabajar tiempo completo para que yo pudiera escribir un día a la semana y por todas las horas que dedicaste a criar solo a nuestro hijo cuando tenía que hacer revisiones. Gracias por leer mi primera novela hace diez años y por exhortarme a continuar, incluso cuando pensar escribir cualquier cosa te provoca una ansiedad insoportable. Gracias por ser tú. Te amo.

Por último, gracias a ti, lector, por emprender esta jornada conmigo y con quienes llegaron antes que yo, esos ancestros cuyas voces espero escuchar siempre.